# 크리스마스 캐럴

# 크리스마스 캐럴

인쇄 · 2018년 12월 20일
발행 · 2018년 12월 24일

지은이 · 찰스 디킨스
옮긴이 · 맹문재 · 여국현
펴낸이 · 한봉숙
펴낸곳 · 푸른사상사

주간 · 맹문재 | 편집 · 지순이 | 교정 · 김수란
등록 · 1999년 7월 8일 제2-2876호
주소 · 경기도 파주시 회동길 337-16 푸른사상사
대표전화 · 031) 955-9111(2) | 팩시밀리 · 031) 955-9114
이메일 · prun21c@hanmail.net
홈페이지 · http://www.prun21c.com

ⓒ 맹문재 · 여국현, 2018

ISBN 979-11-308-1396-7 03840
값 14,000원

찰스 디킨스

# 크리스마스 캐럴

—

맹문재 · 여국현 옮김

*A Christmas Carol_* *Charles Dickens*

# 크리스마스 캐럴

# 서문

　나는 이 자그맣고 무시무시한 유령에 관한 책에 우리 마음속 유령을 불러냈다.

　이 이야기가 독자들의 심기를 불편하게 하지 않고, 크리스마스 분위기에도, 나에게도 화를 돋우지 않기를. 유령이 여러분들의 집에도 자주 나타나길, 그런 유령을 내치는 분이 한 분도 없으시기를.

1843년 12월
독자들의 진실한 친구이자 머슴인, 찰스 디킨스

# 제1장 말리의 유령

말리가 죽었다. 이야기는 이렇게 시작된다. 그 사실은 전혀 의심할 여지가 없다. 목사, 관청의 서기, 장의사, 그리고 상주(喪主)까지 그의 매장 기록부에 서명했다. 스크루지도 서명했다. 스크루지 이름만 있으면 거래소에서 만사형통, 뭐든 손에 넣을 수 있다. 늙은 말리는 대갈못마냥 꼼짝없이 죽은 것이다.[1]

명심하시라! 내가 대갈못마냥 죽어 있다는 그런 표현을 알고 있다고 특별히 내세워 말하려는 것은 아니다. 나였다면 철물점에 있는 관에 박는 못을 시체에 대한 최고의 비유로 간주했을 것이다. 그러나 우리 조상들의 지혜는 그 비유에 있으니 내 부정한 손이 그걸 망가뜨려서는 안 된다. 그랬다간 온 나라가 난리가 날 테니. 사정이 그러하니 말리가 아주 대갈못마냥 꼼짝없이 죽었다는 걸 내가 힘주어

---

[1] Doornail은 'as dead as a doornail' 같은 표현에 사용되어 '아주 죽은'이라는 의미이지만, 철자 자체로는 '옛날 문에 박는 대갈못'이다. 디킨스는 여기서 말장난(pun)을 하고 있다. ─옮긴이 주

반복해도 독자들께서 인정해 주시기를.

스크루지는 말리 노인의 죽음을 알았을까? 그야 당연지사. 어찌 모를 수가 있겠는가? 얼마나 오래되었는지 알 길은 없어도 스크루지와 말리는 동업자였다. 그런 고로 말리의 유일한 유언 집행인이자 유산 관리인이었고, 유일한 양수인이자 잔여재산 수령인인 데다, 유일한 친구이자 조문객이었다. 어쨌건 천하의 스크루지는 동료의 죽음이라는 비극 앞에서도 몹시 슬퍼하는 모습보다 탁월한 장사꾼의 수완을 발휘해 엄숙한 장례를 거행하면서도 확실한 이윤을 남기는 걸 잊지 않았다.

말리의 장례식 얘기를 하니 이야기의 처음으로 다시 돌아가게 된다. 말리가 죽었다는 건 의심할 여지가 없다. 이 사실을 분명하게 인정해야 한다. 그렇지 않으면 내가 지금부터 하려는 이야기에 놀라운 점은 눈곱만큼도 없을 것이다. 연극이 시작되기 전에 햄릿의 부왕이 죽었다는 사실을 완전히 인정하지 않는다면, 밤에, 동풍(東風) 속에서, 성벽 위를 산책하는 유령의 행동은, 그저 아무라도 중년 신사가 어둠이 내린 뒤 산들바람이 부는 곳─이를테면 성 바오로 대성당 같은 곳─에 갑자기 툭 튀어나와 글자 그대로 담력이라고는 없는 아들을 놀래려는 것보다 뭔가 더 특별해 보일 일도 없을 것이다.

스크루지는 말리 영감의 이름을 결코 지우지 않았다. 여러 해가 지난 지금도 도매상점 문 위에는 '스크루지와 말리'라는 간판이 그대로 있었다. 상점은 '스크루지와 말리' 상점으로 알려져 있었다. 신참내기들이 가끔 '스크루지 스크루지 상점'이라거나 '말리 상점'이라고 불러도 스크루지는 상관없이 대답했다. 어차피 마찬가지였다.

아! 그러나 뭐든 갈아 대는 지독한 구두쇠 영감, 스크루지! 돈 되는 것이면 뭐든 짜내고, 비틀고, 움켜잡고, 긁어모으고, 놓지 않는, 탐욕스러운 늙은 죄인! 냉정하고 쌀쌀맞은 부싯돌 같아 어떤 쇳조각을 가져다 대도 넉넉한 불꽃 하나 얻어 내지 못했다. 남모르게, 말도 없이, 제 속에 갇혀 사는 굴처럼 고독하게 지내는 늙은이. 마음속 냉기로 인해 늙은 얼굴에 표정은 사라지고, 뾰족한 코는 얼어붙고, 뺨은 쭈글쭈글하고, 걸음걸이도 뻣뻣하고, 눈은 벌겋게 충혈되고, 얇은 입술은 푸르죽죽하고, 짜증 섞인 목소리로 날카로운 말을 서슴없이 내뱉는다. 머리와 눈썹과 뻣뻣한 턱에도 하얀 서리가 가득 내렸다. 어디 있든 항상 싸늘함을 풍기고 다녀 한여름에도 자기 상점을 꽁꽁 얼릴 정도였다. 크리스마스에도 그 냉기는 단 1도도 누그러들지 않았다.

그런 스크루지에게 바깥의 더위나 추위는 별다른 영향을 끼치지 못했다. 아무리 푹푹 찌는 더위에도 그는 더운 줄을 몰랐고, 제아무리 추운 겨울에도 그는 떨지 않았다. 그 어떤 바람보다도 모질었고, 어떤 눈보다 집요하고, 세차게 쏟아지는 비보다 냉정했다. 악천후도 그를 굴복시키진 못했다. 폭우, 눈, 우박, 진눈깨비가 스크루지보다 낫다고 뽐낼 수 있는 것은 딱 한 가지뿐이었다. 그것들은 종종 후하게 '내렸다.' 그러나 스크루지는 결코 '후한 법'이 없었다.

아무도 거리에서 그에게 "오, 이보게 스크루지. 언제 한번 날 보러 올 텐가?" 하고 반갑게 인사하지 않았다. 그에게 동전 한 푼 달라고 애원하는 거지 하나 없었고, 지금 몇 시냐고 물어보는 아이는 물론, 남자고 여자고 간에 평생 그에게 길 묻는 이 하나 없었다. 심지어 맹인 안내견들조차 스크루지를 알아보는 것 같았다. 개들은 스크루지가 오는 것을 보면 주인을 문간 안마당 쪽으로 끌어당기고는 마치 "눈 어두운 주인님, 저 사악한 눈보다 안 보이는 눈이 차라리 더 나아요."라고 말하는 것처럼 꼬리를 흔들곤 했다.

그러나 스크루지가 콧방귀나 뀌었겠는가! 그런 게 바로 그가 원하는 일이었으니. 그것 말고도 복잡하기만 한 인생길 더듬어 살아가는 일도 험난하거늘 온갖 인간적 동정심 같은 것일랑 애초 거리를 두는 것이야말로 뭘 좀 제대로 아는 이들에게는 '장땡' 아니겠는가 하는 게 스크루지의 생각이었다.

옛날 옛적 어느 한 날, 일 년 중 가장 좋은 날인 성탄절 전야에, 스크루지 영감이 그의 사무실에서 분주하게 일하고 있었다. 춥고, 황량한, 살을 에는 듯 찬바람이 몰아치는 날이었다. 안개까지 자욱했다. 사무실 바깥에서 숨 가쁘게 길을 오르내리는 사람들의 소리가 들려왔다. 언 몸을 녹이려 애쓰는지 손으로 가슴을 두드려 대거나 도로 위 포석들에서 동동거리며 종종걸음을 걷고 있었다. 거리의 시계는 이제 겨우 세 시를 지났을 뿐인데 날은 이미 어둑어둑했다. 하루 종일 해도 없던 날이었다. 옆 사무실 창문에 켜진 촛불이 마치 손으로 만져 볼 수 있는 어둑한 갈색의 공기 위에 번진 붉그스레한 얼룩 같았다. 틈새란 틈새는 말할 것도 없고 아주 모든 열쇠 구멍으로 안개가 밀려들어온 데다 바깥까지 안개가 빽빽해서 안뜰이 말할 수 없이 비좁은데도 건너편 집들이 마치 유령들처럼 희뿌옜다. 거무스레한 구름이 잔뜩 깔려 세상의 모든 것을 희미하게 덮어 버리는 장면을 보면, 자연이라는 존재가 가까운 곳에 살면서 뭔가 거대한 것을 끓이는 중이라고 생각할 수도 있었을 것이다.

스크루지의 회계 사무실 문은 열려 있었는데, 건너편에 있는 작고 음침한 감방 같은 곳에서 서류를 베껴 쓰고 있는 점원을 잘 감시하기 위해서였다. 스크루지의 사무실에는 아주 약하게나마 피워 놓은 난로가 하나 있었지만, 점원의 난롯불은 얼마나 약한지 기껏해야 석탄 한 덩어리 달랑 타고 있는 것 같았다. 그러나 스크루지가 석탄 상자를 자기 사무실에 두고 있어서 점원은 석탄을 더 채울 수도 없었다. 그뿐인가. 점원이 삽을 들고 석탄을 가지러 들어오기라도 하면 아마 틀림없이 사장인 스크루지는 둘이 갈라설 필요가 있다고 엄포를 놓을 것이었다. 그러니 점원은 하얀 털목도리를 두르고, 촛불에 언 몸을 녹이려 애를 쓸 수밖엔 없었다. 하지만 상상력이 뛰어난 것도 어느 정도지 아무리 노력한들 소용이 없었다.

"메리 크리스마스, 삼촌! 하느님의 축복을!" 즐거운 목소리가 들렸다. 스크루지의 조카였다. 조카가 얼마나 빨리 들어왔는지 스크루지는 이 소리를 듣고 나서야 조카가 곁에 와 있음을 알았다.

"흥! 허튼소리하고는!" 스크루지가 대꾸했다.

스크루지의 조카는 짙은 안개 속을 얼마나 급히 뛰어왔는지 온몸이 벌겋게 달아 있었다. 잘생긴 얼굴은 발갛게 물들었고, 눈은 초롱초롱 빛났으며 숨 쉴 때마다 입김이 뿜어 나왔다.

"크리스마스가 허튼소리라니요, 삼촌! 진심은 아니시겠지요?" 조카가 말했다.

"진심이다." 스크루지가 대답했다. "메리 크리스마스라니! 너한테 즐거울 권리나 있더냐? 네가 무엇 때문에 즐겁다는 거냐? 가난뱅이 주제에.”

“그렇다면, 좋아요.” 조카가 쾌활하게 대답했다. “삼촌은 무슨 권리로 우울해하시나요? 삼촌은 무엇 때문에 언짢아하시지요? 삼촌은 대단한 부자시잖아요.”

그 순간 뭐라고 딱히 대꾸할 말이 떠오르지 않았던 스크루지는 “흥!” 하고 콧방귀를 뀐 다음 “말 같잖은 소리!” 하고 다시 쏘아붙였다.

“화내지 마세요, 삼촌!” 조카가 말했다.

“이런 바보 같은 놈들만 우글거리는 세상에 살고 있는데, 내가 화를 안 내고 배겨? 뭐, 메리 크리스마스? 얼어 죽을 놈의 메리 크리스마스! 돈 없는 네 놈한테는 세금 고지서나 쌓이는 때지 크리스마스가 다 뭔 소용이야, 대체? 언제 한 번이라도 더 나아지지는 못하고 그저 나이나 한 살 더 먹는 게지. 일 년 열두 달 맞춰 본 네놈 장부가 그저 걱정거리만 안기는 때 말고 뭐란 말이냐.” 스크루지가 되받았다. “내 맘대로 할 수만 있다면, ‘메리 크리스마스‘ 입에 달고 다니는 얼간이들 입술을 푸딩 삼아 구워 버리고, 호랑가시나무 막대기를 가슴팍에다 박아 버릴 텐데. 암, 그렇게 하고말고!” 스크루지가 분개하여 말했다.

“삼촌!” 조카가 뭘 그리 심하게 그러냐는 듯 외쳤다.

“조카! 넌 네 방식대로 크리스마스를 보내라. 난 나대로 보낼 테니.” 스크루지는 단호하게 말했다.

“보낸다구요! 하지만 삼촌은 크리스마스를 보내는 게 아니잖아요.” 조카가 다시 말했다.

"그러니, 나 신경 쓰지 말고 너나 잘 보내! 그 잘난 크리스마스가 너한테 잘해 줄 거 아니냐! 지금껏 그렇게 잘해 줬으니!" 스크루지는 빈정거리며 말했다.

"금전상의 이득은 없어도 좋은 일은 세상에 많아요." 조카가 대답했다. "크리스마스가 그중 하나예요. 크리스마스가 다가오면 그 이름과 유래에서 오는 성스러움이라거나 존경심은 별개로 하고라도, 뭐, 사실 그걸 떼 놓고 생각하는 게 가능한지 모르겠지만요, 저는 언제나 크리스마스를 좋은 때라고 생각해요. 친절을 베풀고, 용서하고, 자비롭게 행동하는, 즐거운 때라고 말예요. 길고 긴 한 해 중에 모든 사람들이 한마음이 되어 꽁꽁 닫아걸었던 마음을 활짝 열고 자기보다 못한 사람들도 실제로는 무덤까지 함께 가는 길동무이지 다른 여행을 하는 사람들이 아니라고 생각하는 거의 유일한 때라고 생각해요. 그러니 삼촌, 크리스마스가 제 주머니에 금화나 은화 동전 하나 보태 준 적은 없어도 제게 좋은 날이었고, 앞으로도 그럴 것이라고 믿어요. 그래서 저는 크리스마스의 축복을 빌지요!"

감방 같은 어두운 방에 있던 서기가 자기도 모르게 박수를 쳤다. 그러나 이내 자신의 잘못을 깨닫고는 난롯불을 들쑤시다가 그만 조금 남은 불씨를 영영 꺼뜨려 버리고 말았다.

"어디 또 박수를 쳐 보시지. 그러면 이번 크리스마스는 백수로 보내게 될 테니!" 점원에게 비꼬듯 말한 스크루지는 조카를 보며 덧붙였다. "아이구 나리, 말씀 한번 아주 그럴싸하군요. 의회에 진출이라도 하시지 왜."

"언짢아하지 마세요, 삼촌. 내일 저희와 저녁 식사 같이 하세요."

스크루지는 조카를 보러 가겠노라고, 정말 그럴 것이라고 말했다. 그 말을 끝까지 한 글자도 안 남기고 다 했는데, 그건, 네놈이 쫄쫄 굶는 꼴을 보겠다는 것이었다.

"하지만 왜요?" 스크루지의 조카가 목소리를 높여 물었다. "대체 왜요?"

"넌 결혼을 왜 했지?" 스크루지가 물었다.

"사랑했기 때문이죠."

"사랑했기 때문이라고!" 스크루지가 호통을 쳤다. 이 세상에서 '메리 크리스마스'라는 말보다 더 꼴불견인 유일한 것이 사랑하는 것이라는 듯. "가 봐!"

"아니, 삼촌, 삼촌은 제가 결혼하기 전에도 절 보러 온 적이 없잖아요. 그런데 지금 그걸 핑계라고 대시는 이유가 뭐지요?"

"됐다, 어서 가 봐." 스크루지가 말했다.

"저는 삼촌께 원하는 것도 없고 또 부탁하지도 않아요. 그런데 왜 우리는 남남처럼 지내야 하는 건가요?"

"그만 가 보라고." 스크루지가 말했다.

"이렇게 고집을 피우시니 참으로 유감입니다. 제가 언제 삼촌께 대든 적이라도 있었나요. 그저 크리스마스를 축복하기 위해서 그랬던 것뿐이에요. 저는 끝까지 크리스마스 기분을 간직할 거예요. 삼촌, 메리 크리스마스!"

"가 봐!" 스크루지가 말했다.

"그리고 새해 복 많이 받으세요!"

"어서 가라니까!" 스크루지가 말했다.

그의 조카는 불평 한마디 없이 사무실을 나갔다. 그는 바깥문에 서서 서기에게 크리스마스 인사를 했고, 서기는 공손하게 답례를 하였다. 그로 보아 그 점원은 몸은 추위로 얼어 있었지만 마음은 스크루지보다 따스한 사람이었다.

"같은 녀석이 또 하나 있군." 점원의 인사를 엿들은 스크루지가 투덜거렸다. "이보게 점원 양반, 일주일에 십오 실링을 받아서 마누라와 식구를 먹여 살려야 할 주제에 메리 크리스마스 운운이라니. 정신병원에나 보내 버려야겠군."

그 정신 나간 놈이 조카를 배웅하더니 다른 두 사람을 맞아들였다. 풍채 좋고 예의 바른 신사 둘이 모자를 벗어 들고 스크루지 사무실에 들어섰다. 장부와 서류를 손에 든 두 사람이 스크루지에게 목례를 했다.

"스크루지와 말리 상점이지요?" 둘 중 한 신사가 명부를 들여다보며 말했다. "스크루지 씨나 말리 씨와 말씀을 좀 나눌 수 있을까요?"

"말리 씨는 칠 년 전에 죽었소. 칠 년 전 바로 오늘 저녁이었소." 스크루지가 대답했다.

"그분의 후한 베풂을 살아 계신 동업자분께서도 잘 대변해 주시리라 믿어 의심치 않습니다." 그 신사가 신분증을 제시하면서 말했다.

그것은 틀림없는 사실이었다. 예전에 두 사람은 마음이 맞았다. 스크루지는 '후한 베풂'이라는 기분 나쁜 말에 얼굴을 찡그리며 고개를 절레절레 흔들고는 신분증을 돌려주었다.

신사가 펜을 들며 말을 이었다. "스크루지 선생님, 한 해 중 지금과 같은 축제의 계절, 이 순간이야말로 엄청난 고통을 받고 있는 가난하고 배고픈 사람들을 위하여 약간의 적선을 베푸시는 것이 그 어느 때보다 바람직한 일로 사료됩니다. 수천 명의 사람들이 생필품이 부족한 채 살아가고, 싸구려 위문품이라도 애타게 원하는 이들이 수십만은 된답니다." 신사는 펜을 손에 집어 들며 말했다.

"감옥은 없답니까?" 스크루지가 물었다.

"감옥이야 많지요." 신사는 펜을 다시 내려놓으며 대답했다.

"구빈원은요? 지금도 돌아가고 있잖소?" 스크루지는 따지듯 물었다.

"물론 운영되고 있습니다. 저는 차라리 그렇지 않다고 말씀드릴 수 있으면 좋겠습니다만." 신사가 대답했다.

"그렇다면 쳇바퀴 돌리기 벌[2]도 빈민구제법도 아주 활발하게 잘 실행되고 있다는 말이잖소?" 스크루지가 되물었다.

"둘 다 아주 잘 돌아가고 있지요, 스크루지 씨."

"아, 그래요! 처음 당신 얘기를 듣고 뭔 사단이 나서 그 유용한 것들이 중단된 줄 알고 걱정했잖소. 그렇지 않다니 몹시 기쁜 일이오." 스크루지가 말했다.

"그것만 가지고는 많은 사람들에게 정신적 육체적으로 합당한 기독교인다운 격려를 거의 할 수 없다는 생각에 저희들 몇몇이 가난한 이들에게 약간의 고기와 음료 그리고 난방 기구를 구입하기 위한 기

---

2 Treadmill : 감옥에서 죄수에게 징벌로 밟게 한 밟아 돌리는 바퀴 — 옮긴이 주

금 모금을 하고 있답니다. 저희는 크리스마스가 있는 이때를 택했답니다. 일 년 중 이맘때야말로 다른 어느 때보다도 궁핍은 통렬하게 느껴지고 풍요로움은 즐거움을 주기 때문이지요. 누가 얼마나 기부하신다고 적어 드릴까요?"

"아무것도 적지 마시오!" 스크루지가 대답했다.

"익명으로 하시길 원하십니까?"

"나를 귀찮게 하지 말고 그냥 내버려 두길 원하오." 스크루지가 말했다. "신사 양반, 당신이 내게 무엇을 원하느냐 물으니 내 답은 이거요. 나는 크리스마스를 즐기지도 않지만, 게을러 빠진 놈들을 즐겁게 해 줄 여유도 없소. 난 이미 내가 좀 전에 언급했던 그 시설들에 충분히 지원하고 있소. 그것만으로도 충분하오. 못 견딜 정도로 쪼들리는 사람들은 그런 곳에 가는 게 옳소."

"거길 갈 수 없는 사람들도 많습니다. 그러느니 차라리 죽겠다는 사람도 많고요."

"만약에 그들이 죽는 게 더 낫다면," 스크루지가 말했다. "그렇게 하는 게 좋지 않겠소. 그러면 남아도는 인구도 좀 줄 것 아니오. 게다가, 이거 실례하오, 아무튼 내 알 바는 아니오."

"아닙니다, 아마 선생님께서도 아실 겁니다." 신사가 스크루지의 눈치를 살피며 말했다.

"나하고는 상관없는 일이오." 스크루지가 되받았다. "사람이란 말이오, 자기 일만 신경 쓰기도 바쁜 법이라 다른 사람들 일에 이러쿵저러쿵 참견할 필요는 없는 법이오. 나는 내 일 건사하는 것만으로도 정신없다오. 잘 가시오, 신사분들!"

아무리 설득해 봐야 소용없다는 사실을 안 신사들은 물러갔다. 스크루지는 평상시보다도 유쾌하고 우쭐한 마음으로 일을 계속했다.

그러는 동안 안개와 어둠이 한결 짙어져 사람들은 활활 타는 횃불을 들고 말 마차 앞에서 환하게 길 안내기를 하며 이리저리 뛰어다녔다. 벽에 난 고딕풍의 창문 밖으로 스크루지를 음흉하게 내려다보며 탁한 소리를 내는 낡은 종이 달린 교회의 오래된 첨탑은 시야에서 사라진 채, 마치 얼어붙은 해골의 이빨이 맞부딪혀 딸각거리듯 엄청난 진동을 남기며 매 정각과 15분마다 구름 속에 종소리를 울려댔다. 추위는 점점 더 맹렬해졌다. 큰길에 나 있는 골목길 모퉁이에서 몇몇 노동자들이 가스관을 수리하며 커다란 화로에 불을 피워 놓았는데, 그 주변에 어른 아이 할 것 없이 누더기를 걸친 한 무리가 둘러앉아 불을 쬐며 넋을 잃은 채 눈을 껌뻑거리고 있었다. 소화전은 마개가 열린 채 그냥 방치되어 흘러넘친 물이 지저분하게 얼어붙어 사람을 싫어하는 얼음으로 변했다. 유리창의 램프 열기 속에서 호랑가시나무의 작은 가지와 열매가 우지직우지직 소리를 내는 가게의 환한 불빛이 지나가는 사람들의 창백한 얼굴을 발갛게 비춰 주었다. 새고기 가게와 식료품 가게의 거래는 대단한 농담거리가 되었다. 할인과 정상 판매 같은 애매한 원칙은 아무 상관도 없어 보이는 떠들썩한 손님들이 연이어 몰려들었다. 맨션 하우스[3]에 거주하는 시장이 50명이나 되는 전속 요리사와 하인들에게 차질 없이 크리스마스를 보낼 준비를 하라고 명령했다. 그러니 심지어 지난 월요일 술

3  런던시장 관저

에 잔뜩 취한 채 거리에서 흉포한 말썽을 피워 시장이 5실링의 벌금을 물렸던 작달막한 재봉사까지 자신의 다락방에서 다음 날 쓸 푸딩을 골고루 섞고 있었다. 비쩍 마른 그의 부인과 아이는 쇠고기를 사러 나갔기 때문이었다.

안개는 더 짙어졌고 날씨도 더 추워졌다! 뼈에 사무치고, 몸을 파고들며, 살을 에는 모진 추위였다. 훌륭한 성자 던스턴(Saint Dunstan)이 그에게 익숙한 무기(불에 달군 부젓가락)를 사용하는 대신에 이런 고약한 날씨로 악령의 코를 얼게 만들었다면, 그랬더라면 거뜬히 목표를 이루었을 것이다. 그때 개들이 갉아 먹고 남은 뼈다귀처럼 굶주린 추위에 물어뜯기고 우물우물 씹힌 살점 없는 설익은 코를 한 아이가 스크루지 사무실의 열쇠 구멍에 몸을 웅크린 채 크리스마스 캐럴을 불러 그를 기쁘게 해 주려고 했다. 그러나 "축복받으세요, 즐거운 신사분! 만사 순조로우시길!" 하는 첫마디를 읊자마자 스크루지가 자를 집어 들어 냅다 던지려고 하는 바람에 노래 부르던 그 아이는 겁에 질려 내빼고 말았다. 스크루지의 성질과 잘 어울리는 서리 속에 안개와 함께 열쇠 구멍만 덩그머니 남게 되었다.

마침내 사무실 문을 닫을 시간이 되었다. 썩 내키지 않는 마음으로 의자에서 일어난 스크루지가 감방 같은 곳에서 이제나저제나 기대하던 점원에게 넌지시 퇴근 시간이라는 사실을 비추자 그는 즉시 촛불을 끄고 모자를 썼다.

"자넨 내일 하루 종일 쉬고 싶겠지?" 스크루지가 물었다.

"괜찮으시면요, 사장님."

"괜찮지 않지." 스크루지가 말했다. "그리고 공정하지도 않지. 만약 내가 그 때문에 반 크라운⁴을 삭감한다면 자네는 혹사당한다고 억울하게 생각할 게 분명할 걸."

서기가 맥없이 웃었다.

"그렇지만" 스크루지가 말했다. "일을 하지 않았는데도 내가 자네에게 하루치 임금을 지급하면 자넨 내가 혹사당한다는 생각은 하지 않겠지?"

서기가 일 년에 단 한 번뿐이라고 말했다.

"매년 십이 월 이십오 일에 사람들의 주머니를 털어 가는 궁색한 변명일 뿐이야!" 스크루지는 커다란 외투 단추를 턱까지 채우면서 말했다. "어쨌건 자네는 내일 하루 종일 쉬어야 하겠지. 대신 모레 아침에는 그만큼 일찍 나오도록 하게."

서기가 그렇게 하겠다고 약속하자 스크루지는 투덜거리며 밖으로 나갔다. 사무실은 눈 깜짝할 사이에 닫혔다. 점원은 하얀 털목도리를 허리까지 늘어뜨리고는(방한 외투를 뽐낼 수 없었으니 그거라도 뽐내는 수밖에!) 크리스마스이브를 축하하는 아이들 꽁무니에 붙어서 미끄러운 콘힐 언덕을 스무 차례나 조심스레 오르내리며 미끄럼을 탄 뒤 캄덴 타운에 있는 집으로 장님술래잡기⁵를 하러 달려갔다.

스크루지는 노상 그랬듯 음산한 선술집에서 쓸쓸하게 저녁을 먹

---

4  1크라운은 5실링이므로 2실링 6펜스 — 옮긴이 주
5  수건 따위로 눈을 가린 후 술래잡기를 한 후 잡은 사람의 이름을 맞히는 놀이 — 옮긴이 주

고, 신문이란 신문은 몽땅 읽어 치우고 나서 남는 저녁 시간 내내 은행 장부를 뒤적거리며 지루함과 싸우다가 잠자리에 들기 위해 집으로 갔다. 스크루지는 고인이 된 동업자가 한때 소유하고 있었던 전세 아파트에서 살고 있었다. 아파트라고 해 봐야 마당에 나지막한 건물을 올려놓은 곳에 그저 어두컴컴한 방들이 붙어 있는 곳인데, 이런 데 있어야 할 이유를 찾기 어려운 곳이라, 아마 이 집이 어린 시절에 다른 집들과 숨바꼭질 놀이를 하다가 이리로 달려 들어온 뒤에 그만 출구를 잊어버린 것은 아닐까 생각해도 별로 이상할 게 없는 곳이었다. 방들은 낡고 황량하기가 이를 데 없어 달랑 스크루지 혼자 살고 있었고, 다른 방들은 사무실로 임대된 터였다. 뜰은 또 얼마나 어두운지 땅바닥에 놓인 돌멩이 하나까지 속속들이 꿰고 있는 스크루지조차 손으로 더듬거리며 나갈 도리밖엔 없었다. 시커멓고 낡은 대문에는 안개와 서리가 착 달라붙어 있는 게 꼭 날씨를 주관하는 신(神)이 문지방에 자리를 깔고 앉아 슬픈 명상에 잠긴 것 같았다.

대문의 쇠고리로 말하자면 된통 크다는 것을 빼면 특별하달 게 없었다. 스크루지가 그 집에서 지내는 동안 그 쇠고리를 밤낮으로 봐왔다는 것 또한 사실이다. 뿐만 아니라 스크루지는 런던 시에 거주하는 다른 어떤 사람들―감히 말하자면 런던 시의회, 시의회 의원, 동업 조합원―과 마찬가지로 소위 상상력이란 것과는 아무 상관이 없는 사람이라는 것도 어김없는 사실이다. 그뿐인가. 그날 오후에 스크루지가 세상을 뜬 지 칠 년이나 되는 동업자 말리를 마지막으로 언급한 이후 단 한 번도 그 친구 생각을 하지 않았다는 사실을 독자들은 명심해야 할 것이다. 그러니 독자들이여, 어디 할 수 있다면 한 번 내게 설명해 보시라. 스크루지가 열쇠를 대문 자물쇠에 꽂아 넣었을 때 아무런 중간 과정의 변화도 없이 쇠고리가 아닌 말리의 얼굴을 보게 되었는지!

말리의 얼굴. 그것은 뜰에 있는 다른 물건들처럼 깜깜한 어둠이 음침한 빛을 발하고 있었다. 그 모양이 꼭 컴컴한 지하실에서 썩고 있는 바닷가재 같았다. 화를 내는 것도 그렇다고 사나운 표정을 하고 있는 것도 아닌 표정을 하고 그저 생전에 그랬던 것처럼 스크루지를 바라보고 있었다. 유령 같은 이마 위에는 흐릿한 안경이 걸쳐 있었다. 머리칼은 누가 숨이라도 불어 대거나 뜨거운 입김을 쏘아 대는 것처럼 희한하게 하늘거렸고, 두 눈은 둥그렇게 뜨고 있었지만 꼼짝도 하지 않았다. 그런데다가 빛깔까지 납빛이어서 모골을 송연하게 만들 만큼 공포를 불러일으켰다. 하지만 그 공포는 얼굴 표정 때문이 아니라 말리의 얼굴이라는 사실에도 불구하고 그 얼굴도 어쩌지 못하는 무언가 때문이었다.

스크루지가 그 유령의 현상을 뚫어지게 바라보자 다시 쇠고리로 보였다.

스크루지가 화들짝 놀라지 않았다거나 어린 시절부터 이런 끔찍한 두려움을 낯설어하던 그의 피가 두려움일랑 의식하지 못했다고 한다면 그건 애초부터 거짓말이리라. 그렇긴 해도 그는 손을 뗐던 열쇠를 다시 잡고 억세게 돌리더니 문을 열고 방 안으로 들어가 촛불을 켰다.

그는 문을 닫기 전에 아주 잠깐 망설이며 행동을 멈췄다. 그러더니 마치 말리가 땋아 내린 머리를 하고 홀 안으로 불쑥 들어오는 모습을 보고 겁에 질린 느낌을 대충 예상하기라도 한 듯 먼저 조심스레 뒤를 돌아보았다. 그러나 문 뒤에는 쇠고리를 고정시키고 있는 나사못과 너트뿐 아무것도 없었다. 그래서 스크루지는 "제기랄! 제기랄!" 하면서 문을 쾅 닫았다.

문 닫히는 소리가 온 집 안에 천둥처럼 울렸다. 위층의 모든 방이란 방과 포도주 상인이 지하실에 저장해 둔 술통이란 술통이 모두 제 나름의 메아리를 울려대는 것 같았다. 스크루지가 그런 울림 따위에 겁먹을 사람은 아니었다. 그는 문을 닫아걸고는 홀을 지나 천천히 계단을 올라갔다. 촛불이 잘 비치도록 바로잡기까지 하면서.

독자 제위께서는 아마도 대충 이런 말도 안 되는 이야기를 할 수도 있겠다. 여섯 필 말이 끄는 마차를 몰아 아주 오래된 계단을 올라간다거나 새로 제정된 악법을 거침없이 빠져나간다거나 하는 그런 허풍들 말이다. 하지만 내가 여러분에게 하고자 하는 이야기는 바로 이런 거다. 저 계단으로는 마차의 가로장을 벽 쪽으로, 문은 난간 쪽으로 하고 영구차 한 대는 너끈히 몰고 올라갈 수 있다는 것! 그것도 아주 누워 떡 먹기로. 그만큼 폭은 충분하고도 남았다. 스크루지가 어두컴컴한 그의 앞으로 영구차가 지나가는 것을 봤다고 생각한 것도 바로 그런 까닭 때문이었다. 도로에 켜 둔 가스등 여섯 개가 다 비쳐도 통로를 훤히 밝힐 수는 없었을 터인데, 달랑 양초 하나로 얼마나 어두웠을지는 여러분들도 짐작하고 남으시리라.

스크루지는 어둠 따위는 조금도 상관하지 않고 올라갔다. 어둠은 돈이 안 든다. 그래서 좋았다. 그러나 육중한 문을 닫기 전에 그는 방을 두루두루 돌아다니면서 물건들이 제자리에 있는지 살펴보았다. 말리의 얼굴이 워낙 또렷하게 떠올라 그렇게 하고 싶었다.

거실, 침실, 허드레 물건을 보관하는 방, 모두 멀쩡했다. 탁자 밑에도 소파 밑에도 쥐새끼 한 마리 없고, 벽난로의 꺼질 듯 말 듯한 불기도 그대로, 숟가락과 대야도 제대로 있었다. 벽난로 시렁에 얹힌 작은 오트밀 죽 냄비(스크루지는 코감기에 걸렸다)도 그대로였다. 침대 아래에도 화장실에도 아무도 없었고, 잠옷 안쪽도 비어 있었지만, 벽에 걸린 모양이 뭔가 좀 엉성하긴 해 보였다. 허드레 방도 그대로였다. 낡은 난로 앞 철망, 낡은 신발들, 두 개의 생선 바구니, 세 발 달린 세면대, 그리고 부지깽이까지 몽땅 다 평상시 그대로였다.

그제야 안도한 스크루지가 문을 닫았다. 꼭꼭 닫아걸고 또 닫아걸었다. 평소의 그의 습관은 아니었다. 놀랄 일이 없겠다 싶을 만큼 안전해지자 스크루지는 넥타이를 풀고 잠옷을 걸친 뒤 슬리퍼를 신고 나이트캡을 쓰더니 오트밀 죽을 들고 난로 앞에 앉았다.

불이라고는 하지만 필락 말락 한 것이 이런 추운 밤에 아무 소용도 없었다. 스크루지는 난로 앞으로 바싹 다가가 몸을 웅크린 채 한 줌도 안 되는 석탄에서 나오는 쥐꼬리만 한 온기라도 뽑아내려고 용을 썼다. 그 벽난로는 옛날 네덜란드 상인이 만들어 놓은 것으로, 온 사방에 더덕더덕 붙은 네덜란드풍 기묘한 타일에 성서의 이야기들이 그려져 있었다. 카인과 아벨, 그리고 파라오의 딸과 시바의 여왕, 깃털 침대 같은 구름을 타고 하늘에서 내려오는 천사 모습의 전령,

아브라함, 벨사살,[6] 소스 그릇 모양의 배를 타고 출항하는 사도들 등 스크루지의 마음을 잡아끄는 수백 명의 인물들이 그려져 있었다. 그러나 저세상으로 간 지 7년이나 된 말리의 얼굴이 고대 예언자의 지팡이처럼 불쑥 튀어나와 그 모든 장면을 깨끗이 삼켜 버렸다. 만약에 그 매끄러운 타일이 처음부터 텅 비어 있어서 스크루지 머릿속에 떠오르는 뒤죽박죽된 조각들을 그 위에 그릴 수 있었다면, 타일 하나하나마다 늙은 말리의 얼굴이 떡하니 박혀 있었을 것이다.

"제기랄!" 스크루지는 투덜거리며 맞은편 방으로 걸어갔다.

방을 몇 번이나 왔다 갔다 한 뒤 다시 앉았다. 의자에 앉아 머리를 등받이 뒤로 젖히자 쓰이지도 않는 종이 눈에 들어왔다. 방에 매달아 두고 지금이야 알 수도 없는 목적을 위해 건물 맨 꼭대기 층에 있는 방에 연락하는 데 쓰였던 종이었다. 그가 종을 바라보는 바로 그 순간, 간이라도 떨어질 만큼 놀랍고, 뭐라 말할 수 없을 정도로 기이하고 무섭게도 그 종이 움직이는 게 보였다. 처음에는 가만히 흔들려 소리도 거의 나지 않더니, 곧 요란하게 댕그랑거렸다. 그러자 집 안의 모든 종들이 따라 댕그랑거렸다.

기껏해야 30초나 1분 정도 계속되었겠지만 스크루지에겐 한 시간 같은 시간이 지나갔다. 종들은 시작할 때처럼 한꺼번에 소리를 그쳤다. 그러더니 저 아래 깊숙한 곳에서 철커덕거리는 소리가 들려왔다. 누가 포도주 상인의 지하실에 있는 술통들 위로 육중한 쇠사슬을 끌어당기기라도 하는 것 같았다. 그러자 스크루지는 유령들이 출

---

6  고대 바빌로니아 제국의 마지막 왕－옮긴이 주

몰하는 집에서 유령들은 쇠사슬을 끌고 다닌다는 이야기를 들은 것이 떠올랐다.

쾅 하는 소리와 함께 지하실 문이 열리더니 훨씬 더 시끄러운 소리가 아래층에서 들려왔다. 그 시끄러운 소리는 계단을 올라와 곧장 그가 있는 문 쪽으로 다가오고 있었다.

"이런 제기랄!" 스크루지는 투덜거렸다. "말도 안 돼!"

하지만 그 소리가 멈추지 않고 육중한 방문을 뚫고 들어오더니 그의 눈앞에 떡하니 나타난 순간 그의 안색이 확 변했다. 그것이 들어오자마자 꺼져 가던 불꽃이 휙 살아나며 "나는 그를 알지! 말리의 유령을!"이라며 소리치는 것 같더니 다시 약해졌다.

같은 얼굴, 아주 똑같은 얼굴이었다. 땋아 늘인 머리, 평상시 입던 양복 조끼, 몸에 꽉 끼는 타이츠에 목이 긴 구두를 신고 있는 영락없는 말리였다. 땋은 머리카락처럼 억센 구두의 털 장식 술, 코트 자락, 땋아 늘인 머리, 그리고 머리 위의 머리카락까지 말리였다. 끌고 온 쇠사슬이 허리를 감고 있었다. 꼬리처럼 길게 그를 휘감고 있었다. 그 쇠사슬에는—스크루지는 그것을 꼼꼼히 살펴보았다—금고, 열쇠, 맹꽁이자물쇠, 장부, 증서, 그리고 쇠로 만든 육중한 지갑들이 주렁주렁 달려 있었다. 말리의 몸은 투명했다. 그래서 그를 지켜보던 스크루지는 그의 조끼를 꿰뚫고 윗옷 뒤에 달려 있는 두 개의 단추까지 볼 수 있었다.

스크루지는 말리가 인정머리가 없다는 말들을 가끔 들었지만 지금 이 순간까지 결코 믿지 않았다.

그렇다, 바로 그 순간까지도 그는 믿지 않았다. 그 유령을 하나하나 남김없이 살피며 바로 자기 앞에 서 있는 것을 보면서도, 죽은 눈에서 풍겨 오는 오싹함을 느끼면서도, 머리와 턱에 감고 있는 생전본 적 없는 주름진 목도리의 천을 보면서도 스크루지는 여전히 도저히 믿을 수가 없어서 자신의 감각들과 싸우는 중이었다.

"어쩐 일인가!" 스크루지가 그 어느 때보다 빈정대며 냉담하게 물었다. "나한테 뭘 원하나?"

"그거야 많지!" 말리의 목소리, 틀림없는 말리의 목소리였다.

"당신은 누군가?"

"누구였느냐고 묻게나."

"그래, 당신 누구였는가?" 스크루지가 목소리를 높였다. "유령 주제에 별나게도 구는군." 그는 '유령답게'라고 하려 했으나 이 말이 보다 적당할 것 같아 바꾸었다.

"살아 있을 땐 자네의 동업자였지. 제이콥 말리였다네."

"자네 ─ 앉을 수는 있겠나?" 스크루지는 미심쩍은 듯 유령을 쳐다보며 물었다.

"물론."

"그럼 앉게."

스크루지가 그렇게 물었던 건 저리도 투명한 유령이 의자에 앉을 수 있는지 어쩐지 알 도리가 없는 데다, 혹시라도 그게 불가능하다면 곤란한 변명을 덧붙일 필요도 있었기 때문이었다. 그러나 유령은 아주 익숙한 듯 난로 맞은편에 있는 의자에 앉았다.

"자넨 나를 못 믿는군." 유령이 말했다.

"믿지 못하겠네," 스크루지가 말했다.

"내 실체에 대해 자네의 감각보다 나은 증명이 뭐가 더 있겠는 가?"

"글쎄." 스크루지가 말했다.

"왜 자네 자신의 감각을 의심하나?"

"그거야," 스크루지가 답했다. "감각이란 것들은 말이야, 사소한 일에도 영향을 받는다네. 속만 조금 거북해도 속는 게 감각이란 것들이지. 자네는 소화도 안 된 쇠고기 조각이나, 겨자 한 톨, 치즈 부스러기나, 설익은 감자 조각일 수도 있지. 자네가 뭐든 간에 무덤보다는 고깃국물에 가깝다네."

스크루지는 농담을 하는 버릇을 지닌 사람은 아닐뿐더러 지금은 익살맞은 말로 장난칠 기분도 전혀 아니었다. 단지 자신의 주의를 딴 데로 돌리고 공포감을 줄이려고 재치 있게 굴어 보는 것이었다. 그만큼 유령의 목소리는 그의 골수 깊숙한 곳까지 뒤흔들어 놓았다.

스크루지는 단 1초라도 저렇게 꼼짝도 하지 않는 흐리멍덩한 눈을 바라보며 아무 말도 없이 앉아 있었다가는 자기가 미쳐버릴 것 같았다. 유령에게서 풍겨 나오는 지옥의 분위기에는 무시무시하게 끔찍한 뭔가가 있었다. 스크루지가 그것을 직접 느낄 수 없었다 해도 이 경우는 분명히 그랬다. 왜냐하면 유령은 분명 꼼짝도 하지 않고 앉아 있었지만, 그의 머리카락, 그의 옷자락, 그리고 그의 장식 술이 화덕에서 나오는 뜨거운 수증기에 의해 줄곧 흔들리고 있었기 때문이다.

"이 이쑤시개가 보이나?" 스크루지는(방금 설명했던 그런 이유로) 재빨리 다시 물었다. 눈 깜짝할 순간이라 할지라도 유령의 섬뜩한

응시를 피하고 싶은 마음도 있었다.

"그렇다네." 유령이 대답했다.

"자넨 이걸 보고 있지도 않지 않은가." 스크루지가 말했다.

"하지만 하여튼 나는 그걸 보고 있다네." 유령이 대답했다.

"좋아!" 스크루지가 되받았다. "그렇다면 내가 이 이쑤시개를 삼킬 수밖에 다른 도리가 없겠군. 그리곤 남은 평생 내내 내 상상이 만들어 낸 무수한 악귀들에게 괴롭힘을 당하게 되겠군. 제길! 이런 말로 안 되는 일이!"

이 말을 듣는 순간 유령이 소름끼치는 비명과 함께 쇠사슬을 흔들어 댔는데, 그 소리는 또 얼마나 불길하고 오싹하게 소름 돋는 소리였지 스크루지는 자신의 의자를 꽉 붙잡았다. 안 그러면 졸도해 굴러 떨어질 판이었다. 그러나 그건 약과였다. 방 안에서 하고 있기에는 너무 덥다는 듯 유령이 머리에 감겨 있던 붕대를 푸는 순간 유령의 아래턱이 가슴 위로 덜컥 떨어져 내리자 스크루지는 기절초풍을 했다!

스크루지는 털썩 무릎을 꿇으며 두 손으로 얼굴을 감쌌다.

"살려 주시오!" 스크루지가 외쳤다. "무시무시한 유령이여, 왜 날 괴롭히는 건가요?"

"이런 속물 같으니!" 유령이 말했다. "나의 존재를 믿나 안 믿나?"

"믿소." 스크루지는 대답했다. "믿고말고. 그런데 대체 유령들이 이 세상을 돌아다니는 까닭이 뭐란 말이오, 또 왜 하필 날 찾아왔단 말이오?"

"사람들 안에 있는 영혼은 저와 같은 인간들 사이로 멀리까지 두

루두루 돌아다녀야 하지. 하나같이 다 그래야 한다네. 살아 있을 때 그러지 못한 영혼은 죽은 뒤에 그리 해야만 하는 저주를 받게 되지. 온 세상을 떠돌아다니면서―아, 슬프구나!―살아 있을 때 사람들과 함께 나눴더라면 행복했을 텐데 그러지 못했던 일들을 지켜보기만 해야 하는 판결을 받게 되지!"

또다시 그 망령은 울부짖으며 쇠사슬을 흔들어 대면서 훤히 비치는 자신의 손을 쥐어짰다.

"당신은 족쇄를 차고 있는데, 왜 그런 거요?" 스크루지가 벌벌 떨며 물었다.

"다 살아 있을 때 내가 만든 사슬들에 매인 거라네." 유령이 대답했다. "차례차례 하나씩 하나씩 다 내가 만든 것들이지. 내 자유의지로 이것들을 졸라맸고, 내 자유의지로 찼다네. 이게 자네에겐 낯선가?"

스크루지는 더욱더 몸을 떨었다.

"그렇지 않으면 자넨 자네가 매단 강철 사슬의 무게와 길이를 알고 싶은 겐가?" 유령이 집요하게 따져 물었다. "자네 사슬은 칠 년 전에 벌써 지금 내 사슬만큼이나 무겁고 길었지. 그 후로도 자넨 부단히 애쓴 모양이네. 엄청난 사슬이구만!"

스크루지는 자기 주변의 바닥을 힐끗 살펴보았다. 오륙십 길쯤 되는 강철 사슬에 꽁꽁 묶인 자기 모습을 볼 것만 같았다. 하지만 아무것도 보이지 않았다.

"제이콥!" 애원하듯 그가 말했다. "제이콥 말리 영감, 더 이야기해 주게. 날 좀 편안하게 해 줄 이야기를 좀 해 주게, 제이콥."

"내가 해 줄 말은 없다네." 유령은 대답했다. "에버니저 스크루지, 그건 다른 세계에서 오고, 다른 관리들이 다른 종류의 사람들에게 전할 것이라네. 내가 하고 싶은 말이 있어도 자네에게 해 줄 수 없네. 내게 허용된 시간도 이젠 거의 없네. 나는 휴식을 취할 수가 없네. 머물 수도 없고, 어디에서든 꾸물거리며 머물 수도 없다네. 나를 똑똑히 보게! 살아 있을 때 내 영혼은 우리의 사무실 밖으로 벗어나 본 적이 없었지. 내 영혼은 이 좁아터진 사무실 밖으로 나가 돌아다녀 본 적도 없었다네. 그래서 내 앞에는 지루한 여행이 놓여 있다네!"

깊은 생각에 빠질 때면 스크루지는 바지 주머니에 손을 찔러 넣는 버릇이 있었다. 유령이 한 말들에 대해 곰곰이 생각하는 지금도 그랬지만, 눈은 내리깔고 여전히 무릎은 꿇고 있었다.

"그 점에 있어서 자네는 경기가 썩 좋지는 않았던 모양이구만, 제이콥." 스크루지가 겸손하고 공손하지만 사무적인 태도로 말했다.

"안 좋았지!" 유령이 스크루지의 말을 되받았다.

"죽은 지 칠 년이 되었는데, 그동안 내내 돌아다니고 있다니!" 생각에 잠긴 스크루지가 말했다.

"그러는 내내 쉬지도 못하고 마음도 편하지 않았네. 끊임없이 고통스러운 회한에 시달렸지." 유령이 말했다.

"빠르게 다녔나?" 스크루지가 물었다.

"바람의 날개를 타고 다녔지." 유령이 대답했다.

"칠 년 동안 엄청나게 많은 곳을 다녔겠군." 스크루지가 말했다.

이 말에 유령은 또다시 울부짖으며 쇠사슬을 철커덩거리기 시작했는데 쥐 죽은 듯 조용한 야밤에 얼마나 소름이 끼치는지 불법방해 죄로 기소되어 감방에 갇힌다 해도 당연하다 싶을 정도였다.

"아! 붙잡혀 갇힌 채, 겹겹이 쇠사슬이 채워져," 유령이 울부짖었다. "불멸의 존재들이 이 세상에서 무진 애를 써도 결국 그 선함이 제대로 꽃피기도 전에 영원의 세계로 가기 마련이라는 것을 모르다니! 친절한 기독교인의 영혼이 비좁은 이 세상에서 광대한 자신의 쓸모를 다 발휘하기에는 필멸의 인생이 너무도 짧다는 것을 모르다니! 아무리 후회해도 잘못 살아온 한 번뿐인 삶의 기회란 수정할 수 없다는 것을 모르다니! 그런데 그게 나였구나! 아! 내가 바로 그랬구나!"

"하지만 자넨 항상 사업가로서는 좋은 사람이었잖은가, 제이콥." 스크루지가 더듬거리며 말했다. 그는 지금 이 말을 자기 자신에게 대 보기 시작했다.

"사업이라!" 유령이 다시 손을 비틀며 울부짖었다. "인류가 나의 사업이었다네. 모두의 행복이 나의 사업이었어. 자비, 인정, 관용, 그리고 박애야말로 모두 나의 사업이었다네. 내 거래는 그저 광대한 망망대해 같은 내 사업의 물방울 하나였을 뿐이었지."

유령은 마치 후회해도 소용없는 모든 슬픔의 원인이라도 되는 듯 쇠사슬을 팔 높이만큼 위로 들어 올렸다가 다시 방바닥에 사정없이 내동댕이쳤다.

"늘상 되돌아오는 시간 중에 이맘때가 나는 제일 고통스럽다네." 망령이 말했다. "살아 있을 때 나는 눈을 내리깔고 무심하게 동료 인간들 사이를 지나치기만 했을 뿐 왜 단 한 번이라도 동방박사들을 누추한 마구간으로 이끌었던 그 축복받은 별을 고개 들어 쳐다보지 않았더란 말인가! 그 별빛이 나를 인도해 줄 가난한 집들이 진정 없었던 것일까!"

스크루지는 유령이 계속 이런 식으로 말하는 것을 듣자니 종잡을 수 없을 정도로 당황스러워져서 몸까지 심하게 떨기 시작했다.

"내 말을 듣게!" 유령이 외쳤다. "내 시간은 거의 다 되었어."

"알았네." 스크루지가 대답했다. "듣지. 하지만 내게 너무 가혹하게 굴지는 말게. 너무 듣기 좋은 소리도 말고, 제이콥! 부탁하네!"

"내가 자네 앞에 이렇게 훤히 나타난 까닭이 뭔지는 말해 줄 수가 없네. 사실 난 아주 오랜 날들을 자네 곁에 보이지 않게 앉아 있었다네."

썩 기분 좋은 말은 아니었다. 스크루지는 손을 덜덜 떨면서, 이마에 흐르는 땀을 닦았다.

"그건 내 참회 가운데 전혀 사소한 부분이 아니라네." 유령은 계속 말했다. "내가 오늘 밤 여기 온 건 자네에게 경고하기 위해서라네. 자네에겐 나와 같은 운명을 피해 갈 수 있는 기회와 희망이 아직 있다네. 내가 일러 주는 기회와 희망 말이야. 에버니저."

"자네는 내게 항상 좋은 친구였지. 고맙네." 스크루지가 말했다.

"자네에게 유령 셋이 찾아올 걸세." 유령이 말을 이었다.

스크루지의 표정이 유령의 표정만큼이나 침통하게 변했다.

"그게 자네가 말한 기회와 희망이라는 건가, 제이콥?" 그는 더듬거리는 목소리로 따지듯 물었다.

"그렇다네."

"난- 난 안 만나는 게 나을 것 같네만." 스크루지가 말했다.

"그들의 방문 없이는," 유령이 말했다. "자네도 내가 밟고 있는 이 길을 피해 갈 수 없다네. 내일 새벽 첫 번째 종이 칠 때, 첫 번째 유령이 찾아올 걸세."

"한꺼번에 다 만나고 끝낼 수는 없겠는가, 제이콥?" 스크루지가 넌지시 물었다.

"모레 밤 같은 시각에 두 번째 유령이 올 걸세. 세 번째 유령은 그 다음 날 자정을 알리는 마지막 종소리가 그치면 나타날 것이네. 나는 더 이상 기다리지 말게나. 그리고, 자네 자신을 위해서 잊지 말고 명심하게, 우리 사이에 나눈 얘기들을."

이 말과 함께, 그 유령은 테이블 위의 붕대를 집어 들더니 자신의 머리에 둘둘 감았다. 붕대로 양턱을 묶을 때 이에서 딸가닥거리는 소리가 나는 걸 듣고서야 스크루지는 유령이 붕대를 감는 것을 알았다. 그가 가까스로 용기를 내어 눈을 들어 보니, 자신을 찾아온 불가사의한 방문객이 팔에 온통 쇠사슬을 감고 똑바로 서서 자신을 바라보고 있었다.

그 환영은 스크루지로부터 뒷걸음질 쳐 물러났는데, 한 발씩 내딛을 때마다 창문이 저절로 조금씩 올라가더니 유령이 창문에 이르렀을 때는 활짝 열렸다.

그 유령이 스크루지에게 다가오라고 손짓을 했고, 그는 순순히 따랐다. 서로의 거리가 두 걸음 이내로 가까워지자, 말리의 유령이 손을 들어 더는 가까이 오지 말라고 경고를 보냈다. 스크루지가 움찔 멈췄다.

고분고분 말을 따라서가 아니라 놀라움과 공포가 더 큰 이유였다. 왜냐하면 유령이 손을 올리는 순간, 스크루지는 허공에서 들려오는 종잡을 수 없이 혼란스러운 소리들을 감지했기 때문이었다. 비탄과 후회가 뒤섞인, 말로 표현할 수 없는 슬픔과 자책이 가득한 울부짖음이었다. 그 유령은 잠시 동안 그 소리들을 듣더니, 그 슬픈 만가를 함께 부르며 황량하고 캄캄한 어둠 속으로 날아가 버렸다.

스크루지는 견딜 수 없는 호기심에 이끌려 창문으로 다가가 밖을 내다보았다.

허공에 유령들이 가득했다. 모두가 허둥지둥 불안해하는 가운데 신음 소리를 내며 이리저리 방황하고 있었다. 하나같이 말리의 유령처럼 쇠사슬을 감고 있었다. 몇몇은(아마 죄를 지은 정부 관리들인 모양인지) 함께 묶여 있었다. 자유로운 유령은 하나도 없었다. 많은 유령들이 생전에 스크루지와 개인적 친분이 있는 사이였다. 그중 흰 조끼를 입고 엄청나게 커다란 쇠 금고를 발목에 매달고 있는 늙은 유령은 생전에 스크루지와 아주 친했던 인물이었다. 그 유령은 현관 계단에 어린아이를 안고 있는 불쌍한 여인을 도울 수 없어 서럽게 울고 있었다. 유령들 모두는 같은 불행을 느끼고 있음이 명백해 보였다. 그들은 인간들의 문제를 좋은 쪽으로 해결하려고 참견하고 싶어 하지만, 영원히 그 힘을 잃어버린 것이었다.

유령들이 모두 안개 속으로 사라진 것인지 아니면 안개가 그들을 삼켜 버린 것인지 분간할 수는 없었지만, 유령들과 그 유령들의 목소리가 온데간데없이 함께 사라지고, 스크루지가 집으로 돌아올 때처럼 캄캄한 밤이 다시 찾아왔다.

스크루지는 창문을 닫고 유령이 들어왔던 문을 살펴보았다. 문은 그가 자신의 손으로 직접 잠근 것처럼 덧채워져 있었고, 빗장도 흐트러지지 않았다. 스크루지는 "제길 엉터리 같은 수작!" 하고 내뱉으려다 첫마디에서 말을 멈췄다. 그리고는 이제껏 겪었던 감정 때문인지, 아니면 그날의 피로 때문인지, 아니면 볼 수 없는 세계를 잠시나마 흘끗 보았기 때문인지, 말리의 유령과 나누었던 지루한 대화때문인지, 그도 아니면 그저 밤이 늦어 휴식이 몹시도 필요했기 때문인지, 스크루지는 옷도 벗지 않고 침대에 들어 곧바로 잠에 빠져들었다.

# 제2장 세 유령 중 첫 번째 유령

스크루지가 잠에서 깨어났을 때는 너무나 깜깜해서, 침대에 누워 바라보는데 칙칙한 방 안의 벽과 투명한 유리창도 거의 구분할 수 없었다. 그가 흰 족제비 같은 눈을 하고 어둠 속을 꿰뚫어 보려고 애를 쓰고 있는 그때 근처에 있는 교회에서 15분마다 치는 네 번째 종소리가 들려왔다. 그는 몇 시인가 알려고 귀를 기울였다.

가슴이 쿵 떨어질 정도로 놀랍게도 그 묵직한 종은 여섯에서 일곱으로, 다시 일곱에서 여덟으로, 그리고 열두 번까지 규칙적으로 치고 나서야 멈추었다. 열두 시라니! 그가 잠자리에 든 것은 틀림없이 새벽 두 시가 지나서였다. 저 시계는 엉터리였다. 시계 장치 어딘가에 고드름이라도 끼어 들어가 박힌 것이 틀림없지. 그렇지 않고서야 열두 시라니! 그는 대체 말도 안 되는 그 시계의 시간을 바로잡기 위해 반복 타종 시계[1]의 스프링을 눌렀다. 시계는 재빨리 작은 진동으

---

1  스프링 장치를 누르면 마지막으로 친 타종을 알려 주는 시계 ─ 옮긴이 주

로 열두 시를 치더니 멈추었다.

"아니, 그럴 리가! 내가 꼬박 하루하고도 다음 날 밤까지 자다니! 태양에 이변이 생기지 않고서야 이건 불가능한 일이야. 그러니 지금은 낮 열두 시겠지!" 스크루지가 중얼거렸다.

그런 생각만으로도 놀랄 일이라 그는 침대에서 기어 나와 더듬더듬 창문 있는 데로 갔다. 그는 창밖에 있는 뭐라도 보려면 창에 낀 서리를 잠옷 소매로 문질러 닦아 내지 않으면 안 되었다. 그래도 보이는 게 거의 없었다. 그저 분간이 되는 것이라곤 여전히 안개가 자욱하고 미치도록 춥다는 것, 그리고 만약 밤이 대낮을 때려눕히고 온 세상을 차지했다면 틀림없이 들려야 마땅할, 야단스럽게 이리저리 오가면서 소란스러운 사람들 소리 하나 들리지 않았다. 이건 실로 엄청난 다행이었다. 왜냐하면 세고 말고 할 날들이 없다면 '제1어음[2] 일람 후 3일 뒤 에버니저 스크루지 또는 지명인에게 지불함' 등과 같은 말은 당시 미국 정부의 공채처럼 가치 없는 휴지 조각이 될 것이니 말이다.

스크루지는 다시 침대에 들어가 생각하고, 생각하고 또다시 생각해 보았지만 도대체 영문을 알 수가 없었다. 생각하면 생각할수록 오히려 더 혼란스럽기만 했다. 그렇다고 생각하지 않으려고 애를 쓰자니 그럴수록 생각은 더 많아졌다.

말리의 유령이 특히 그를 괴롭혔다. 곰곰이 생각한 끝에 이 모든 것이 꿈일 것이라고 결론을 굳힐 때마다 그의 머릿속에서는 마치 세

---

2  분실, 미착 등에 대비하여 발행하는 등본 어음의 일종 — 옮긴이 주

게 당겼다 놓은 스프링처럼 다시 생각이 원점으로 되돌아가 똑같은 문제를 슬그머니 내밀며 해결하라고 재촉하는 것이었다. "그게 꿈이었나 아니었나?"

스크루지는 15분 종이 세 번 더 칠 때까지 그런 상태로 누워 있었는데, 그때 시계가 한 시를 칠 때 유령이 방문할 것이라던 말리 유령의 경고가 갑자기 떠올랐다. 그는 한 시가 지나갈 때까지 깨어 있기로 결심했다. 어차피 다시 잠이 들기란 천국에 들어가기나 마찬가지로 어려울 것이 분명한 일이었으니, 그 결심은 그로서는 아마 가장 현명한 방법이었을 것이다.

15분이란 시간이 얼마나 길게 느껴졌는지 스크루지는 자기도 모르는 사이에 깜박 졸아 종소리를 놓친 거라고 몇 번이고 확신했을 정도였다. 마침내 종소리가 귀 기울여 듣고 있던 그에게 들려왔다.

뎅, 뎅!

"십오 분이 지났군." 스크루지는 세면서 중얼거렸다.

뎅, 뎅!

"삼십 분도 지났어!" 스크루지가 말했다.

뎅, 뎅!

"또 십오 분이 지났지." 스크루지가 말했다.

뎅, 뎅!

"한 시 정각이군. 그런데, 아무 일도 없잖아!" 스크루지는 의기양양하게 말했다.

그는 시간을 알리는 종소리가 울리기도 전에 이렇게 말했는데, 바로 그때 비로소 한 시를 알리는 종소리가 울렸다. 낮고 굵으면서, 둔

탁하고, 공허하고, 우울한 종소리였다. 그 순간 방 안에 빛이 번쩍하더니, 그의 침대 커튼이 스르르 걷혔다.

그의 침대 커튼이 어떤 손에 의해 옆으로 걷혔다는 얘기다. 발치께나 등 뒤의 커튼이 아니라 바로 그의 앞, 얼굴 정면의 커튼이 걷힌 것이다. 스크루지는 화들짝 놀라 반쯤 몸을 일으켜 누운 자세로 앉은 채 침대 커튼을 젖힌 무시무시한 방문자와 대면하고 있는 자신을 발견했다. 내가 지금 독자 여러분과 대면하고 있는 것처럼, 내가 여러분의 팔꿈치 가까이에 영혼으로 서 있는 것처럼, 그렇게 그 유령과 가깝게 서 있었던 것이다.

유령은 이상한 모습을 하고 있었다. 마치 어린아이 같았다. 아니 어린아이라기보다는 노인 같았다. 다소 초자연적인 매개체를 통해 시야에서 좀 멀리 떨어져 있는 것처럼 보여 어린아이 정도의 크기로 작아 보인 탓에 그랬던 모양이었다. 그 유령의 목 주변과 등 아래까지 길게 늘어뜨려진 머리카락은 나이 탓인 듯 호호백발이었지만, 얼굴에는 주름 하나 없었고, 피부는 아주 부드러운 홍조를 띠고 있었다. 팔은 길쭉하니 근육질이었다. 손도 마찬가지여서 손아귀 힘은 비상할 정도로 강할 것 같았다. 아주 섬세한 모양의 다리와 발은 상체의 팔과 손처럼 맨살이 드러나 있었다. 순백의 튜닉[3]을 입고 있었고, 허리 둘레에는 번쩍이는 허리띠를 두르고 있었는데, 그 광채가 아름다웠다. 손에는 싱싱하고 푸른 호랑가시나무 가지 하나를 쥐고 있었고, 옷에는 크리스마스 계절의 상징과는 묘하게 대조되는 여름

---

3  가운 같은 겉옷─옮긴이 주

철 꽃들이 장식되어 있었다. 그러나 그 유령이 더없이 이상해 보이는 것은 무엇보다도 머리 정수리로부터 밝고 투명한 빛이 쏟아져 나와서 그 빛 때문에 그 모든 것이 환히 보인다는 점이었다. 그 정수리의 빛이 좀 희미해진다 싶으면 의심할 여지 없이 지금 팔 아래에 끼고 있는 커다란 소등기를 모자로 가끔 사용하는 것 같았다.

하지만 스크루지가 점점 끈기 있게 유령을 바라보자니 모습만 이상한 게 아니었다. 유령의 허리띠가 어떤 때는 여기서, 어떤 때는 저기서 불꽃을 튀기고 반짝반짝 빛났고, 한순간 빛나던 것이 또 다음 순간 깜깜하게 어두워졌기 때문에 그 유령의 모습 자체가 그 명암 속에서 요동을 쳤다. 그래서 어떤 때는 팔 한쪽만 있었다가, 어떤 때는 다리가 한쪽만 있거나, 또 어떤 때는 다리가 스무 개나 되기도 했으며, 머리도 없이 두 다리만 있거나, 몸통은 없이 머리만 달랑 있는 모습이기도 했다. 이 사라진 몸통 부분에 대해서 말하자면, 그 몸통 부분이 눈 녹듯 녹아 사라진 짙은 어둠 속에서는 윤곽조차 찾아볼 수 없었다. 스크루지가 시시각각 변하는 유령의 모습에 놀라워하고 있던 바로 그 순간 유령은 뚜렷하고 확연하게 원래의 제 모습으로 돌아왔다.

"당신이 저에게 온다던 그 유령님입니까?" 스크루지가 물었다.

"그렇다!"

목소리가 부드럽고 점잖았다. 다만, 기묘할 정도로 저음이어서, 아주 가까이서 들린다기보다는 먼 거리에서 들려오는 것 같았다.

"당신은 누구시며, 어떤 분이신가요?" 스크루지가 물었다.

"나는 과거의 크리스마스 유령이다."

"먼 옛날인가요?" 스크루지는 난쟁이 같은 작은 유령의 키를 유심히 살펴보며 물었다.

"아니. 너의 과거다."

만약 누군가 그에게 왜 그랬는지 이유를 묻는다면 스크루지는 아무런 대답도 할 수 없었겠지만, 유령이 그 모자를 쓴 모습을 보고 싶다는 별스러운 욕망이 일어, 그는 유령에게 모자를 써 봐 달라고 간청하였다.

"뭐라고!" 유령이 발끈 소리를 질렀다. "내가 주는 빛을 그 세속의 때 가득한 더러운 손으로 이렇게 빨리 꺼 버리려고? 욕심 때문에 이 모자를 만들어 지난 세월 내내 내 이마 깊숙이 푹 눌러쓰도록 강요한 이들 중 하나가 네 녀석인 걸로 충분하지 않느냐!"

스크루지는 자신이 살아오는 동안 어느 때라도 그 유령을 화나게 할 생각이 있었다거나 혹은 일부러 '모자를 씌웠던' 바를 아는 게 없다고 공손하게 부인했다. 그러고는 대담하게도 무슨 일로 자기를 찾아왔냐고 물었다.

"네 행복을 위해서다!"라고 유령이 대답했다.

스크루지는 매우 고맙다며 감사를 표했지만, 방해받지 않고 쉴 수 있는 밤이 자신의 행복에는 훨씬 더 도움이 되었을 것이라는 생각을 하지 않을 수 없었다. 그런 그의 생각을 유령이 들었던 것이 틀림없었다. 유령은 곧바로 이렇게 말했다.

"아니, 너의 교화를 위해서다. 조심해라!"

그 말과 동시에 유령은 억센 손을 내밀어 스크루지의 팔을 부드럽게 움켜쥐었다.

"일어나! 나와 함께 가자!"

날씨며 시간이 걸어가는 데에 적합하지 않다고, 침대야 따뜻하지만 온도계는 얼음이 꽁꽁 얼 영도 한참 아래로 내려갔다고, 슬리퍼에 실내복에 나이트캡만 달랑 쓴 얼어 죽을 차림인 데다, 마침 감기까지 걸려 있다고 스크루지가 아무리 사정을 해도 소용없었을 것이다. 유령의 손은 여자 손처럼 부드러웠지만 움켜쥔 힘에는 저항을 할 수가 없었다. 스크루지는 일어났다. 그러나 유령이 창문 쪽으로 가는 것을 알아차리고는 애원하며 그의 옷자락을 꼭 부여잡았다.

"저는 인간입니다. 십중팔구 떨어집니다." 스크루지가 대들듯 말했다.

유령은 자신의 손을 스크루지의 가슴에 얹으면서, "여기다 내 손을 얹고 있으면 너는 이보다 높이 날아오를 거다!"라고 말했다.

그 말이 끝나자마자, 그들은 벽을 뚫고 나가 널따란 시골 길 위에 서 있었다. 길 양편에 들판이 펼쳐져 있었다. 도시는 완전히 사라졌다. 흔적조차 보이지 않았다. 도시와 함께 어둠도 안개도 사라졌다. 대신 이곳은 땅 위에 눈이 쌓인, 맑고 추운 겨울 날씨였다.

"이럴 수가!" 스크루지가 주변을 둘러보며 자신의 양손을 맞잡고 말했다. "여긴 내가 자란 곳이야. 여기서 어린 시절을 보냈는데!"

유령은 그런 스크루지를 온화한 표정으로 바라보았다. 유령이 보인 친절한 기미는, 비록 경미하고 순간적이긴 했지만, 그 노인의 감정 속에 아직 남아 있는 것 같았다. 스크루지는 공기 중에 떠다니는 수천 가지의 향기를 알 수 있었다. 그 각각의 향기는 까마득하게 오랫동안 잊고 있었던 수천수만 가지의 생각, 희망, 기쁨, 그리고 근심

등과 연결되어 있었다.

"네 입술이 떨리는군. 볼은 또 왜 그래?" 유령이 물었다.

스크루지는 평소와는 다른 목소리로 여드름이라고 중얼거렸다. 그리고 유령에게 원하는 곳으로 자신을 데려가 달라고 간청했다.

"이 길을 기억하나?" 유령이 물었다.

"기억납니다! 눈 감고도 걸어갈 수 있지요." 스크루지가 흥분해서 외쳤다.

"그런데도 그렇게 오랜 세월 동안 잊고 지내다니!"라고 말하며, 유령이 재촉했다. "계속 가자."

그들은 길을 따라 걸어갔다. 스크루지는 가는 길에 보이는 문이란 문, 말뚝이란 말뚝, 그리고 나무들까지 모두 기억할 수 있었다. 마침내 다리가 있고 교회가 있고 굽이쳐 흐르는 강을 끼고 있는, 장이 서는 조그만 읍(邑)이 멀리서 모습을 드러냈다. 털이 텁수룩한 조랑말 몇 마리가 아이들을 등 위에 태운 채 그들을 향해 달려오는 것이 보였다. 조랑말 위의 아이들은 농부가 모는 시골 이륜마차와 짐마차에 타고 있는 다른 아이들을 소리쳐 불렀다. 활기차고 기운이 넘치는 아이들이 서로를 소리쳐 부르며 왁자지껄 소란스러운 통에, 드넓은 들판이 즐거운 음악으로 가득 차, 상쾌한 공기도 그 노랫소리에 맞춰 환한 웃음을 터뜨리고 있었다.

"이건 그냥 옛날에 있었던 일들의 환영일 뿐이지. 저들은 우리를 알아볼 수가 없어." 유령이 말했다.

쾌활한 아이들이 다가왔다. 아이들이 다가오자, 하나하나 모두 스크루지가 아는 아이들이었다. 스크루지는 한 명 한 명 아이들의 이름을 모두 불렀다. 그 아이들을 보고 난 스크루지는 왜 한없이 기뻤던가! 아이들이 지나가자 왜 그의 싸늘했던 눈에 눈물이 반짝이며 가슴은 두근거렸던가! 골목길이나 갈림길에서 각자의 집을 향해 헤어지는 아이들이 서로에게 메리 크리스마스 인사를 하는 소리를 들었을 때 왜 그의 마음은 온통 기쁨으로 가득 찼을까! 스크루지에게 메리 크리스마스는 무엇이었나? 즐거운 크리스마스라니! 그게 도대체 그에게 무슨 이득을 주었단 말인가?

"학교가 완전히 빈 건 아니군." 유령이 말했다. "친구들한테 따돌림당한 외톨이가 아직 저기 남아 있군."

스크루지는 그 아이가 누구인지 안다고 했다. 그러더니 그가 흐느껴 울었다.

그들은 큰길을 떠나 여전히 또렷하게 기억되는 골목을 지나서 우중충한 붉은 벽돌로 된 커다란 저택에 도착했다. 조그마한 풍향계가 얹힌 둥근 지붕 안에 종이 매달려 있었다. 웅장한 저택이었지만 파산한 집들 중 하나였다. 널찍한 사무실은 거의 사용되지 않았으며, 사방 벽들은 축축하고 이끼가 자라는 데다, 창문은 깨어졌고, 문들도 썩어 있었다. 마구간에서는 닭들이 푸드덕거리며 꼬꼬댁거리고, 마차고와 헛간에는 온통 풀이 우거져 있었다. 집 안쪽에서 옛날의 멋진 모습은 더 이상 찾아볼 수 없었다. 황량한 현관으로 들어가 문이 열린 많은 방들을 흘끗 들여다보니 초라하게 장식된 썰렁하고 휑한 내부가 눈에 들어왔다. 공기 중에는 흙냄새가 풍겼고, 방 안에는 휑뎅그렁하니 썰렁한 냉기가 감돌아, 어쩐지 촛불은 수두룩하게 밝혀 놓았지만 먹을거리는 별로 없는 그런 식당을 연상시켰다.

유령과 스크루지는 홀을 가로질러 건물 뒷문으로 갔다. 문이 열려 있어서 기다랗고 텅 빈 음침한 방이 눈앞에 드러났는데, 수수한 소나무 널빤지로 만든 책걸상들이 나란히 늘어서 있어서 한층 더 썰렁해 보였다. 그중 한 걸상에 한 외톨이 아이가 꺼져 가는 난로 곁에서 책을 읽고 있었다. 그 모습을 보고 스크루지는 의자에 주저앉아 잊고 있었던, 옛날의 불쌍한 자기 자신의 모습을 보며 눈물을 흘렸다.

그 방 안에 잠복하고 있는 울림, 널빤지 벽 뒤에서 쥐들이 찍찍거리며 돌아다니는 소리, 어두컴컴한 뒷마당에 있는 배수구에서 반쯤 녹아 떨어지는 물방울 소리, 잎은 다 떨어지고 맥없이 서 있는 포플러 나뭇가지 사이로 지나는 산들바람 소리, 텅 빈 창고 문의 느린 흔들림, 난로 안에서 나는 딸깍딸깍하는 소리 하나까지 어느 것 하나 스크루지의 마음을 누그러뜨리지 않는 것이 없어서, 저절로 눈물이 흘러내렸다.

유령이 스크루지의 팔을 툭 치면서 열심히 책을 읽고 있는 스크루지의 어린 모습을 가리켰다. 갑자기 낯선 이국풍 옷차림을 한 남자가 허리띠에 도끼를 차고 나뭇짐을 실은 나귀를 고삐로 잡아끌면서, 놀랍도록 현실적이고 눈에 띄는 모습을 하고 나타났다.

"아니! 저건 알리 바바 아닌가!" 스크루지는 매우 기뻐하며 소리쳤다. "정직한 알리 바바 영감님! 그럼, 그렇고말고. 알다마다! 어느 핸가 크리스마스 때, 저 외로운 아이가 여기 외롭게 홀로 남아 있을 때, 처음, 꼭 지금처럼, 왔었지. 가엾은 녀석! 발렌타인과 그의 거친 형 오슨도! 저기 그들이 가고 있구나! 그런데 속옷 차림으로 다마스커스 성문 앞에 버려진 채 잠들어 있는 저 사람 이름이 뭐였더라! 유령님도 보이지 않습니까! 그리고 마신(魔神)이 거꾸로 처박은 술탄의 말구종, 저기 그놈이 거꾸로 서 있군! 그래도 싸지. 쌤통이구나. 감히 어디 공주님과 결혼을 하겠다고!"[4]

스크루지가 웃는 것도 아니고 우는 것도 아닌 참으로 기이한 목소리로 이들에 대해 그토록 진지하게 마음 쓰는 소리를 듣고, 또 더할 나위 없이 감정이 고조되고 흥분된 그의 얼굴을 본다면, 런던에 있는 동료들은 아마도 웬일인가 싶어 기절초풍을 했을 것이다.

"저건 그 앵무새가 아닌가!" 스크루지가 또 소리쳤다. "초록색 몸통에 노란 꼬리, 머리 꼭대기엔 상추처럼 자란 머리털을 한 놈. 저기 저 친구도 있군! 불쌍한 로빈 크루소, 앵무새는 그렇게 불렀지. 배를 타고 섬을 한 바퀴 빙 돈 다음 다시 집으로 돌아오면 앵무새가 그랬지. '불쌍한 로빈 크루소, 어디 갔다 와, 로빈 크루소?' 로빈슨 크루소는 자기가 꿈을 꾸고 있는 줄 알았지만, 꿈이 아니었지. 그건 앵무

---

**4** 『아라비안 나이트』나 중세 기사 이야기인 「발렌타인과 오슨」 등 어린 시절 스크루지가 읽었던 책에 나오는 인물들을 빗대어 말하고 있다. 발렌타인과 오슨은 쌍둥이 형제이며 어렸을 때 숲 속에 버려졌지만, 발렌타인은 궁정의 기사로, 오슨은 곰의 동굴에서 숲 속의 야만인으로 자란다. 술탄의 말구종은 『아라비안 나이트』 1권의 「누르 알딘 알리와 그의 아들 바드르 알 딘 하산의 이야기」에 나오는 꼽추 마부를 가리킨다. 술탄이 자신의 아들과 혼인하기를 거절한 데 대한 분풀이로 대신의 예쁜 딸을 꼽추 마부와 강제로 결혼시킨다. 그러나 하산이라는 잘생긴 청년과 그 아가씨를 결혼시키려는 마신(魔神)은 결혼 첫날밤 신부를 기다리는 꼽추 마부를 변기통에 처박아 놓아 둘의 결혼식을 막는다. 아래 단락에서는 대니얼 디포의 『로빈슨 크루소』에 대해 이야기한다. —옮긴이 주

새 소리였어. 저기 프라이데이가 가는군, 작은 만 쪽으로 필사적으로 내달리는군! 이봐! 어이! 이봐!"

그러더니 스크루지는 평상시 성격에서 돌변해서 자신의 옛날 모습에 딱한 마음이 드는지 "불쌍한 녀석!" 하고 소리치며 또 울음을 터뜨렸다.

소맷부리로 눈물을 닦고 나서 주머니에 손을 찔러 넣은 스크루지가 주위를 둘러보면서 말했다. "후회되는군. 그러나 너무 늦었어." 하고 중얼거렸다.

"뭐가 문젠가?" 유령이 물었다.

"아닙니다, 아무것도 아녜요." 스크루지가 대답했다. "어젯밤 저의 집 문 앞에서 크리스마스 캐럴을 부른 한 아이가 있었어요. 그 아이에게 뭐라도 쥐여 줬으면 좋았을 텐데 하는 생각이 났어요. 그냥 그 생각이었지요."

유령은 알겠다는 듯 미소를 짓고 손을 저으며 말했다. "또 다른 크리스마스를 보자!"

그 말과 함께 스크루지의 옛날 모습이 훌쩍 커졌고, 방은 좀 더 어둡고 지저분해졌다. 벽의 널빤지는 오그라들었고 유리창은 깨져 있었다. 천장의 회반죽 조각들은 떨어져 지붕 아래 윗가지들이 그대로 드러나 보였다. 그러나 대체 어찌 이렇게 되었는지 독자 여러분들과 매한가지로 알 턱이 없었다. 그저 지금 눈앞의 일이 사실과 정확하게 일치한다는 것, 즉 모든 일이 꼭 그렇게 일어났다는 것이었다. 모든 급우들이 즐거운 휴가를 위해 집으로 돌아갔을 때 그는 거기 그렇게 또 혼자 남아 있었다.

과거의 자기인 그 소년은 지금 독서를 하는 게 아니라 절망적인 모습으로 방 안을 서성이고 있었다. 스크루지는 유령을 바라보며 비탄에 잠긴 듯 머리를 흔들며, 걱정스러운 듯 문 쪽을 바라보았다.

그때 문이 열렸다. 소년보다 훨씬 어려 보이는 자그마한 여자아이가 달려 들어와 팔로 소년의 목을 안더니 몇 번이고 뽀뽀를 하면서 "오빠, 귀여운 오빠." 하고 불렀다.

"오빠를 집으로 데려가려고 왔어. 귀여운 오빠!" 조그마한 손으로 손뼉을 치고 허리를 숙여 웃으면서 소녀가 큰 소리로 말했다. "오빠를 집으로 데려가려고. 집, 집으로 말이야!"

"집이라고, 꼬맹이 팬?" 소년이 대꾸했다.

"응!" 여동생이 신나서 대답했다. "집에, 영원히, 영원히 말이야. 아빠가 전에 보다 훨씬 상냥해서 집이 천국 같아! 요전 날 밤에 자려고 할 때 아빠가 진짜 상냥하게 말씀을 하시는 거야. 그래서 내가 겁내지 않고 오빠를 집으로 데리고 오면 어떻겠느냐고 한 번 더 물어봤지. 그랬더니 아빠가 그래라, 그래야지라고 대답하셨어. 그리고 나더러 오빠를 데리고 오라고 마차에 태워 보내신 거야. 그러니 오빠도 이젠 어른답게 굴어야 돼!" 눈을 동그랗게 뜨며 여자아이가 말했다. "이제 다시는 이리로 오지 않을 거야. 먼저, 우선 크리스마스 내내 우리 모두 함께 지내게 될 테니, 세상에서 가장 행복한 시간이 될 거야."

"너 아주 숙녀가 다 됐구나, 꼬맹이 팬!" 소년도 기분 좋게 큰 소리로 대답했다.

여동생은 까르르 웃으며 손뼉을 치면서 오빠의 머리를 만지려고 했다. 그러나 아직은 키가 너무 작아 까치발을 하고는 오빠를 끌어 안았다. 여동생은 아이답게 잔뜩 들뜬 채 문 쪽으로 그를 잡아끌기 시작했다. 그는 조금도 싫어하는 내색 없이 여동생을 따라갔다.

홀에서 무서운 소리가 크게 들려왔다. "스크루지 군의 짐을 저쪽에 내려놓게!" 현관 쪽에서 교장이 모습을 드러내더니 정중한 듯하면서도 몹시 사나운 태도로 스크루지를 노려보면서 악수를 건네서 스크루지는 잔뜩 겁먹은 상태가 되었다. 교장은 이제까지 본 어떤 곳보다도 오싹한 전율을 불러일으킬 응접실처럼 보이는, 사방이 막힌 아주 오래된 방으로 스크루지와 여동생을 데리고 갔다. 벽에는 지도들이 걸려 있었고, 창가에는 천구의(天球儀)와 지구의(地球儀)가 있었는데, 모두 추위로 밀랍같이 창백해 보였다. 교장은 그곳에서 묘한 빛깔의 포도주 병을 꺼내고 기이할 정도로 설익은 케이크 한 덩어리를 가져와서는 그것들을 둘에게 나눠 주었다. 그와 동시에 빼빼 마른 하인을 시켜 마부한테도 '뭔가'를 한 잔 가져다 주라며 보냈다. 마부는 교장에게 감사를 드리지만, 만약 그 술이 자신이 이전에 맛본 것과 같은 종류의 술이라면 마시지 않는 편이 낫겠노라고 했다. 이때쯤 스크루지 도련님의 트렁크가 마차 꼭대기에 매어져, 아이들은 안도하며 얼른 교장에게 작별 인사를 하고 마차를 올라타 넓은 정원을 쾌활하게 달려 내려갔다. 빠르게 달려가는 마차 바퀴가 검은 상록수 낙엽에 서렸던 흰 서리와 눈을 튀겼다.

"항상 허약한 아이여서 바람 한 줌만 불어도 시들어 버릴 수 있는 아이였지." 유령이 말했다. "하지만 정말 마음이 넓은 아이였어!"

"정말 그랬어요. 맞는 말씀이에요. 부정하지 않아요, 유령님. 부정하다니 당치도 않지요!"

"결혼한 뒤에 죽었지. 내가 알기로는 아이들도 두었지." 유령이
말했다.

"하나 있었지요." 스크루지가 대답했다.

"맞아, 자네 조카군!" 유령이 말했다.

스크루지는 마음이 거북한 듯 짧게 "예"라고만 대답했다.

그들이 학교를 떠난 게 바로 그 눈 깜짝할 순간인데 지금은 벌써
통행량이 많아 혼잡한 어떤 도시의 거리에 와 있었다. 허깨비 같은
사람들이 오가고, 허깨비 같은 짐마차와 여객 마차들이 서로 제 길
을 두고 다투는 등, 영락없는 현실의 도시에서 볼 수 있는 다툼과 소
란스러움으로 가득했다. 가게들의 장식을 보아하니 이곳 역시 크리
스마스 때인 것은 분명해 보였다. 저녁때여서 거리에는 불이 환하게
켜져 있었다.

유령은 한 큰 도매상점의 문 앞에 멈춰 서더니 스크루지에게 아는
곳이냐고 물었다.

"아다마다요! 여기서 견습 생활을 한걸요!" 스크루지가 대답했다.

그들은 안으로 들어갔다. 웨일스인들이 쓰는 가발을 쓴 한 노인이
높다란 책상 뒤에 앉아 있었는데, 키가 2인치만 더 컸더라면 머리가
천장에 부딪히고도 남을 것 같았다. 스크루지가 그 노인을 보고 몹
시 흥분하여 소리쳤다.

"아니, 페지위그 영감님! 이럴 수가, 페지위그가 다시 살아나다
니!"

페지위그 영감이 펜을 내려놓고 시계를 쳐다보았다. 시계는 일곱

시를 가리키고 있었다. 그는 양손을 부비더니 헐렁한 양복 조끼의 매무새를 고르고는 저 발끝부터 온몸으로 호탕하게 웃으며, 편안하고, 유창하면서, 풍성하고 넉넉한 주인의 명랑한 목소리로 소리쳐 불렀다.

"요호, 이봐! 에버니저! 딕!"

이제는 젊은 청년이 된 스크루지의 옛 모습이 동료 견습생과 함께 활기차게 뛰어 들어왔다.

"딕 윌킨스야, 틀림없어요!" 스크루지는 유령에게 말했다. "원 저런, 정말. 저기 그가 있군요. 딕과 나는 둘도 없는 단짝이었지요. 불쌍한 딕!" 아, 저런!

"오호, 너희들!" 페지위그 영감이 말했다. "오늘 밤은 이제 그만하지. 크리스마스이브잖아, 딕. 크리스마스, 에버니저! 눈 깜짝할 사이에 얼른 가게 문을 닫자고!" 페지위그 영감이 손뼉을 짝짝 치며 외쳤다.

독자 여러분들은 두 견습생이 얼마나 그 일을 빨리 해치웠는지 상상도 못 할 것이다. 두 견습생은 하나, 둘, 셋 만에 덧문을 들고 거리로 나가, 넷, 다섯, 여섯 만에 그 덧문들을 제자리에 올려놓고, 일곱, 여덟, 아홉 만에 빗장을 질러 고정한 다음, 독자 여러분들이 열둘을 세기도 전에 경주마처럼 숨을 헐떡이며 돌아왔다.

"오호!" 페지위그 영감이 높다란 책상으로부터 믿을 수 없을 정도로 민첩하게 뛰어내리며 소리쳤다. "얘들아, 여길 깨끗하게 치우고 널찍한 공간을 좀 마련하자구! 자, 딕! 어서, 힘내고, 에버니저!"

깨끗하게 치워라! 치우지 못할 게 뭐란 말인가! 치울 수 없을 건 또 뭐가 있겠는가! 페지위그 영감이 지켜보는데. 일은 순식간에 이루어졌다. 옮길 수 있는 물건들은 하나도 남김없이, 마치 공적 생활로부터 영원히 추방되기나 한 것처럼 치워졌다. 바닥도 쓸고 물로 닦고, 램프를 손질했으며, 난로엔 석탄도 듬뿍 얹었다. 가게 안은 아늑하고 따뜻하고 보송보송하고 환하게 밝은, 겨울밤에 독자 여러분들이 기꺼이 들르고 싶어 할 만한 무도회장이 되었다.

악보를 든 바이올린 연주자가 들어와 높다란 의자를 연주석 삼아 올라가더니 쉰 명이나 되는 위장병 환자가 앓는 소리를 내듯 악기를 조율했다. 다음엔 페지위그 부인이 굉장한 미소를 지으며 들어왔고, 매력적인 페지위그의 세 딸들도 기쁨에 넘쳐 들어왔고, 세 딸들을 마음 졸이며 졸졸 따라다니는 여섯 명의 젊은이들도 들어왔다. 이 상점에 고용된 젊은 종업원들도 다 함께 들어왔다. 하녀와 그녀의 사촌인 제빵사도 들어왔다. 요리사도 자기 오빠의 둘도 없는 친구인 우유 배달원과 함께 들어왔다. 주인에게 끼니도 제대로 못 얻어먹는다는 소문이 도는 길 건너에 있는 점원은, 주인 여자로부터 귀를 잡아 뜯긴 일이 있는 이웃집 하녀의 등 뒤에 엉거주춤 따라 들어왔다. 그렇게 그들은 차례차례 모두 들어왔다. 어떤 사람은 수줍어하면서, 어떤 사람은 당당하게, 어떤 사람은 우아하게, 어떤 사람은 어색하게, 어떤 사람은 밀고 어떤 사람은 당기면서 들어왔다. 어쨌든 모두 다 들어왔다. 그들은 곧 스무 쌍으로 나뉘어 춤을 시작했다. 손을 잡고 반쯤 돌다가 돌아서서 다시 반대 방향으로 돌고, 한복판에 이르렀다가 다시 나오고, 마음 내키는 대로 돌고 돌았다. 제일 앞장선 나이 든 쌍은 항상 엉뚱한 곳에서 돌았고, 새롭게 앞장선 젊은 쌍도 그러는 통에 모든 팀들이 다 그렇게 돌았다. 꽁지에 붙은 어떤 팀도 그걸 막을 수가 없었다. 이 지경이 되자, 페지위그 영감이 손뼉을 쳐서 춤을 멈추고 "잘했소!"라고 소리를 질렀고, 기다렸다는 듯 바이올린 연주자는 댄스 파티를 위해 특별히 마련된 흑맥주 항아리 속에 후끈 달아오른 얼굴을 냅다 처박았다. 그러나 곧 고개를 다시 들고는 휴식이 말이나 되냐는 듯 아직 춤추는 사람이 없었는데도 곧장 다시 연주를 시작했다. 마치 원래 연주자는 기진맥진해 문짝에 실려 집으로 옮겨졌으니 자기가 완전히 새로운 연주자로 나서 그 친구를 깨끗하게 잊게 해 주겠다고 단단히 벼르기나 한 것 같은 열광적인 태도였다.

사람들은 춤을 좀 더 추다가 벌금 놀이를 하고 또 춤을 췄다. 과자가 나왔고 니거스 술[5]이 나왔고 구워서 식힌 큼직한 고기와 삶아서 식힌 커다란 고기가 나왔고, 민스파이와 맥주도 엄청나게 나왔다. 그러나 이날 저녁 최고의 광경은 구운 고기와 삶은 고기가 나온 다음에 벌어졌다. 그때 바이올린 연주자가(명심하시길, 그야말로 끝내주는 재주가 있는 사람이란 걸! 그는 여러분들과 내가 아무리 칭찬해도 모자랄 정도라 바이올린 연주 분야에는 정통한 사람이었다!) 〈로저 드 커벌리 경〉이란 곡을 연주하기 시작했다. 그러자 페지위그 영감이 벌떡 일어나서 부인과 춤을 추기 시작했다. 그것도 맨 앞에서. 두 사람을 위해 특별히 준비한 꽤 뻣뻣한 연주곡에 맞춰 두 사람이 춤을 추기 시작하자, 결코 우습게 볼 수 없는 스물서너 쌍쯤 되는

---

5  포도주 · 끓는 물 · 설탕 · 레몬액 등을 섞어 만든 음료 — 옮긴이 주

사람들이 그저 설렁실렁 흉내만 낼 생각은 아예 없이 본격적으로 춤을 추어 댔다.

그러나 그런 사람들이 두 배, 아니 네 배가 있다 한들 페지위그 영감은 기꺼이 그들에 필적할 만했고, 페지위그 부인 또한 마찬가지였을 것이다. 부인으로 말할 것 같으면, 그야말로 모든 면에서 페지위그 영감과 어울릴 만한 천생배필이었다. 그야말로 천생연분, 제 눈의 안경, 짚신의 짝, 뭐라 말해도 모자라는 멋진 파트너였다. 이 말이 훌륭한 칭찬이 아니라면 더 대단한 표현을 알려 주시길, 당장 그렇게 고쳐 쓸 테니. 페지위그의 종아리에서 분명히 빛이 쏟아져 나오는 것 같더니 춤추는 내내 달처럼 빛났다. 춤추는 동안 어느 한순간이라도 다음에 어떤 모습이 될지 여러분이라도 짐작조차 할 수 없을 정도였다. 페지위그 영감과 부인이 그 춤을 끝까지 다 마쳤을 때, 그러니까 양손으로 파트너의 손을 잡고 앞으로 나갔다가 물러나면서, 고개와 상체를 숙여 손을 멋지게 휘리릭 움직이며 그 어려운 동작을 해치운 뒤 자기 자리로 물러났을 때, 페지위그가 너무도 솜씨 좋게 양발을 공중에서 맞부딪힌 채 비틀거리지도 않고 사뿐히 착지하는 폼이 마치 그의 두 다리가 윙크를 하는 것처럼 보였다.

시계가 열한 시를 쳤을 때 무도회는 끝났다. 페지위그 영감 부부는 출입문 양쪽에 각각 자리를 잡고 서서 돌아가는 사람들 한 사람한 사람과 일일이 악수를 나누며 즐거운 크리스마스를 빌어 주었다. 두 명의 도제를 제외하고 모든 사람들이 떠났을 때, 페지위그 영감과 부인은 둘에게도 같은 인사를 했다. 그렇게 흥겨운 목소리들은 다 사라지고 두 젊은이만 가게 뒤쪽 계산대 아래에 있는 침대에 남겨졌다.

이 모든 광경이 벌어지는 내내 스크루지는 넋이 나간 사람처럼 행동했다. 그의 마음과 영혼은 옛날 자신의 모습이 되어 그 장면 속에 있었다. 그는 하나도 빠짐없이 모든 것을 확인했고, 낱낱이 기억했으며, 모든 것을 즐겼다. 그리고 이루 말할 수 없는 낯선 흥분을 경험했다. 그는 옛날의 자기와 딕의 환한 얼굴이 사라지고 나서야 비로소 유령을 떠올렸고, 유령이 그를 뚫어져라 쳐다보고 있다는 것을 알았다. 유령의 머리 위에서 환한 빛이 또렷하게 타오르고 있었다.

"어리석은 사람들을 한껏 감사하게 만드는 건 사소한 일이지." 유령이 말했다.

"사소한 일이라고요?" 스크루지가 되받았다.

유령은 스크루지에게 두 견습생의 말을 들어 보라고 신호를 보냈다. 둘은 페지위그에 대해 진심에서 우러나는 찬사를 쏟아 놓고 있었다. 둘의 말이 끝나자 유령이 말했다.

"어떤가! 안 그래? 그는 겨우 돈 몇 푼 줬을 뿐이야. 아마 삼사 파운드쯤 썼겠지. 그 까짓 돈이 저렇게 칭찬받을 가치가 있다고 보는가?"

"그렇지 않아요." 유령의 말에 발끈한 스크루지가 자기도 모르게 현재의 자신이 아닌 과거의 그처럼 말했다. "그렇지 않아요, 유령님. 영감은 우리를 행복하게도 불행하게도 할 힘이 있지요. 우리 일이 홀가분하거나 고되거나, 또 즐겁거나 힘들게 만들 힘도 있지요. 영감의 말과 표정에 그런 힘이 있지요. 너무도 하찮고 시시해서 덧붙이거나 셈할 수도 없는 그런 것들 속에 말이지요. 그래서요? 그가 주는 행복은 엄청난 돈을 쓴다 해도 줄 수 없는 대단한 것이지요."

유령이 자기를 보는 것 같아 스크루지가 말을 멈췄다.

"무슨 문제라도 있나?" 유령이 물었다.

"아닙니다." 스크루지가 대답했다.

"뭐가 있는 것 같은데?" 유령이 다그쳐 물었다.

"아니요, 아니에요. 지금 당장이라도 내 점원들에게 한두 마디 해주고 싶다! 그뿐입니다."

그가 그렇게 자기 소망을 말하는 순간 과거의 스크루지가 램프의 심지를 낮추었다. 스크루지와 유령은 다시 아무것도 없는 바깥에 나란히 서 있게 되었다.

"내 시간이 점점 짧아지고 있네. 서두르세!" 유령이 말했다.

이 말은 스크루지에게도, 또 그가 볼 수 있는 누군가에게도 한 말은 아니었지만 즉각적인 효력을 나타냈다. 왜냐하면 스크루지는 또 다른 자신의 모습을 보았기 때문이다. 이번에는 좀 더 나이가 들어 한창 혈기 왕성한 때의 사내였다. 그의 얼굴에는 좀 더 훗날에 나타날 모진 면모나 완고해 보이는 주름살은 아직 보이지 않지만 근심과 탐욕의 조짐은 이미 드러나기 시작했다. 눈에서 느껴지는 열망과 탐욕, 그리고 뭔가 불안하게 들뜬 분위기는 이미 깊게 뿌리내린 열정과 거기서 자라날 나무가 드리울 그늘을 드러내고 있었다.

그는 혼자가 아니었다. 상복을 입은 아리따운 젊은 여성 곁에 앉아 있었다. 그녀의 눈에는 눈물이 그렁그렁 맺혀 있었는데, 과거의 크리스마스 유령에게서 내뿜는 빛이 그 눈물에 비쳐 반짝였다.

"별일 아니에요." 그녀가 부드럽게 말했다. "당신에게는 아주 사소한 일이겠죠. 또 다른 우상이 저를 대신한 것뿐이에요. 만약 그 우상이 저처럼 앞으로 당신에게 기운을 북돋우고 위안을 준다면 저는 슬퍼할 이유가 없지요."

"무슨 우상이 당신을 대체했다는 거요?" 스크루지가 항변했다.

"황금의 우상이지요."

"이러니 세상이 공명정대한가 보오!" 스크루지가 말했다. "이 세상에서 가난만큼 가혹한 것은 없고, 부를 추구하는 것만큼 그렇게 혹독하게 비난받는 일도 없으니!"

"당신은 세상을 너무나 두려워해요," 그녀가 차분하게 말했다. "당신의 다른 모든 희망들은 세상이 가하는 추악한 비난을 받지 않겠다는 희망에 매몰되어 버렸어요. 저는 당신의 그 고귀한 염원들이 하나하나 쓰러져 가는 것을 지켜봐 왔어요. 이제 마침내 돈을 벌겠다는 최고의 열정이 당신을 삼켜 버리고 말았군요. 그렇지 않나요?"

"그게 뭐 어쨌다는 거요?" 스크루지가 반박했다. "그래 내가 그만큼 더 세상을 잘 알게 된 거 아니겠소. 그게 어때서? 당신에 대한 내 마음은 조금도 변하지 않았소."

그녀는 머리를 가로저었다.

"그렇지 않소?"

"우리의 약속은 옛날의 일이 되었어요. 그 약속은, 우리 둘 다 가난했어도 만족하면서 열심히 노력해서 때가 되면 재산을 늘려 갈 수 있으리라 여겼던 그때 한 약속이에요. 당신은 변했어요. 그때의 당신은 지금과 달랐어요."

"그때 나는 철없던 아이였소." 스크루지가 마음을 졸이며 말했다.

"당신이 더 이상 예전의 당신이 아니라는 건 당신 속마음이 더 잘 알 거예요. 하지만 저는 그대로지요. 우리가 한마음이었을 때 행복을 꿈꾸게 해 주었던 그 약속이 우리가 둘이 된 지금은 온통 고통으로 가득 찬 약속이 되어 버리고 말았어요. 그것에 대해 얼마나 종종 그리고 얼마나 예민하게 생각했는지 저는 말하지 않겠어요. 제가 이 문제를 얼마나 자주 얼마나 가슴 아프게 생각해 왔는지는 말하지 않을게요. 제가 생각을 해 온 것만으로, 그리고 당신을 놓아 줄 수 있는 것만으로 충분해요." 그녀가 대답했다.

"내가 언제 놔 달라고 했소?"

"말로는 결코 한 적 없지요. 그래요, 결코 말하지 않았지요."

"그런데, 어째서 이러는 거요?"

"변해 버린 성격, 달라져 버린 마음, 또 다른 삶의 환경, 큰 목표가 된 또 다른 희망, 그리고 제 사랑마저도 당신 눈에는 어떤 가치로 가늠할 그 모든 태도들, 이런 것들이 우리 사이에 없었더라도," 그녀가 스크루지를 온화하지만 뚫어지게 바라보면서 말했다. "말해 보세요, 그래도 당신이 저를 찾고 저를 얻으려고 애쓸까요? 아뇨, 아니에요!"

스크루지는 자신도 모르게 이러한 추측이 옳다고 인정하는 것 같았다. 하지만 스크루지는 애써 부인했다. "당신이 정말 그렇게 생각하는 것은 아닐 거요."

"그럴 수만 있다면 저도 달리 생각하고 싶어요." 그녀는 대답했다. "맹세코요. 그러나 제가 이런 진실을 깨달았을 때, 그것은 거부할 수 없을 만큼 강하다는 걸 알지요. 그러나 만약 당신이 오늘이나 내일 자유롭거나, 혹은 어제 자유로웠다면, 지참금 하나 없는 여자를 선택하리라고 제가 믿을 수 있을까요? 당신이? 모든 것을 이익의 잣대로 판단하는 당신이 그 여자를 믿고? 그게 아니면, 당신이 잠시 당신 자신의 그런 기준을 망각하고 그녀를 선택한다 해도, 그 뒤로 당신이 틀림없이 후회와 낙담을 할 것을 제가 모르겠어요? 그걸 저는 안답니다. 그래서 당신을 보내 드리는 거예요. 진심으로 그 옛날 변하기 전 당신에 대한 제 사랑을 위해서."

스크루지는 뭔가 변명을 하고 싶었지만 그녀는 고개를 돌린 채 말을 이어갔다.

"당신에게 이런 상황이 고통스러울 수도 있어요. 과거 당신에 대한 기억을 떠올리면서 그런 희망을 품고 싶기도 해요. 그렇지만 아주, 아주 잠깐일 뿐일 거예요. 당신은 금방 그 기억을 잊을 거예요. 그것도 아무 득 될 것 없는 백일몽이라고, 그 꿈에서 깨어난 게 다행이라고 몹시 기뻐하며 말예요. 부디 당신이 택한 인생에서 행복하시길 빌어요!"

그녀는 그를 떠났다. 그렇게 그들은 헤어졌다.

"유령님이여!" 스크루지가 외쳤다. "더 이상 보여 주지 말아요! 나를 집으로 데려다 주시오. 당신은 어찌 나를 괴롭히며 그리도 즐거워합니까?

"한 장면 더 남아 있다!" 유령이 소리쳤다.

"더 이상은 싫소!" 스크루지가 외쳤다. "더 이상은 싫어요. 보고 싶지 않아요. 더 이상 보여 주지 말아요!"

하지만 무자비한 유령은 두 팔로 스크루지를 붙들고 다음에 벌어지는 장면을 억지로 보게 했다.

이제 둘은 다른 장면, 다른 공간에 와 있었다. 아주 크고 멋진 방은 아니었지만 무척 안락한 방이었다. 난로 곁에는 아름다운 젊은 아가씨가 앉아 있었다. 좀 전의 그 아가씨와 너무 닮아서 스크루지는 같은 인물인가 했는데, 이제 그녀는 단정한 주부가 되어 딸과 마주 앉아 있었다. 방 안은 온통 떠들썩하게 몹시 시끄러웠다. 들뜬 상태의 스크루지가 속으로 셀 수 있는 것보다 더 많은 아이들로 소란스러웠다. 시에서 칭송되는 무리와는 다르게, 아이들은 한 명처럼 움직이는 마흔 명의 아이들이 아니라 한 명 한 명이 각각 마흔 명이나 되는 것처럼 웃고 떠들었다. 그러니 방 안은 이루 말할 수 없는 난장판이었다. 그러나 누구 하나 신경 쓰지 않는 것 같았다. 오히려 두 모녀는 실컷 웃으며 그 상황을 즐기고 있었다. 그러더니 곧 딸까지 가차 없는 어린 산적 무리에 이끌려 아이들의 놀이에 섞여 들기 시작했다. 아! 내가 저 아이들 가운데 하나만 될 수 있다면 무엇이든 주지 않았겠는가! 저 아이들처럼 저렇게 거칠게 뛰어놀 수는 없었겠지만! 그래, 그건 아니지만! 온 세상 부를 다 준다 해도 땋은 머리를 저렇게 흩트리지는 않았을 것이다. 저 작고 귀한 구두를 잡아 뜯지 않았을 것이다. 하느님, 제 영혼을 굽어 살피소서! 또 저 대담한 개구쟁이들이 하는 것처럼 장난삼아 여자아이의 허리 치수를 잴 수도 없었을 것이다. 내 팔이 그 허리에 감겨 다시는 펴지지 않는 벌이나 내렸으면 하고 생각했을 것이다. 그러나 나는 고백한다. 그녀와 입을 맞추고, 그녀에게 질문해 그녀가 입을 열어 답하게 하고, 내리뜬 그녀의 속눈썹을 바라보면서도 부끄러워 얼굴 붉히지 않고, 몇 센티

만으로도 값을 칠 수 없는 보물 같은, 그 곱슬곱슬한 머리카락을 풀어헤칠 수 있었다면 얼마나 행복했을까. 한마디로 말해, 나는 아이처럼 한없는 동심의 특권은 지니면서도 그 참된 가치를 충분히 아는 어른이고 싶었던 것이다.

그러나 그때 문 두드리는 소리가 들리고 아이들이 곧바로 우르르 몰려가는 바람에 그녀는 옷이 늘어진 채 발갛게 상기된 얼굴에 웃음을 띠면서 시끌벅적 야단스러운 아이들 가운데 에워싸여 문 쪽으로 가서 애들 아빠를 맞이했다. 애들 아빠는 크리스마스 장난감과 선물을 짊어진 남자를 데리고 들어섰다. 그 순간 아이들은 환호성을 지르며 서로 앞다투어 그 무방비의 짐꾼 사내에게 달려들었다. 의자를 사다리 삼아 기어오르더니 그의 주머니에 손을 쑤셔 넣지를 않나, 들고 있던 갈색 포장 꾸러미를 강탈하지를 않나, 넥타이를 붙들고 늘어지지를 않나, 목을 껴안지를 않나, 등을 연달아 치지를 않나, 억누를 길 없는 애정을 담아 그의 다리를 차지를 않나! 하나하나 모든 선물 꾸러미를 전해 줄 때마다 감탄과 기쁨이 섞인 환호성이 터져 나왔다. 장난감 인형의 프라이팬을 입안에 넣다가 잡혀가서 그전부터 장난감 칠면조를 삼켰다고 의심받았다는 끔찍한 알림이 나무 접시에 떡하니 붙어 있었다. 그러다 이것이 거짓 경고라는 게 밝혀졌을 때 그 굉장한 안도감이라니! 기쁨과 감사와 황홀함! 그 모두 말로 표현할 수 없을 정도였다. 아이들도 또 그들이 보이는 감정들도 점차 모두 거실을 빠져나가 한 번에 한 계단씩 맨 위층 침실로 돌아가 잠이 든 후에야 이 모든 상황이 겨우 진정되었다고 말하는 것으로 충분할 것이다.

지금 스크루지는 그 어느 때보다도 주의 깊게 그 장면을 바라보고 있었다. 난롯가에 앉아 있는 그 집의 주인 남자와 부인, 그리고 아빠에게 다정하게 몸을 기대고 있는 딸아이. 그때 스크루지는 생각했다. 저 소녀처럼 우아하고 앞길 창창한 아이가 자기를 아빠라고 불렀을 수도 있었겠구나, 평생 메마른 한겨울 같은 자기 인생에 봄 같은 존재가 되어 줄 수 있었겠구나. 스크루지의 눈앞이 뿌예졌다.

"벨," 남편이 미소 띤 얼굴로 아내를 보며 말했다. "오늘 오후에 당신의 옛 친구를 보았다오."

"누구를요?"

"알아맞혀 봐요."

"제가 어떻게 알아요? 하지만, 제가 모르겠어요?" 대답한 부인이 남편이 웃자 따라 웃으며 덧붙였다. "스크루지 씨?"

"그렇다오, 스크루지였소. 그의 사무실 근처를 지나가는데 창문이 열려 있고 촛불 하나가 사무실 안에 켜져 있어 그의 모습을 볼 수 있었다오. 그의 동업자는 사경을 헤매고 있다던데, 스크루지는 혼자 사무실에 앉아 있었소. 세상에 딱 그 사람 혼자인 것처럼 말이오."

"유령님! 저를 이곳에서 벗어나게 해 주시오."

스크루지가 비탄에 잠겨 사정했다.

스크루지가 유령에게 몸을 돌리자 유령이 어떤 얼굴을 하고 그를 보고 있었는데, 그 얼굴에는 묘하게도 지금까지 그에게 보였던 모든 얼굴의 조각들이 뒤엉켜 있었다.

"날 내버려 두시오! 나를 다시 데려다 주시오! 더 이상 나를 따라다니지 마시오!"

그렇게 다투는 과정에서, 유령의 입장에서 보자면 상대방이 아무리 애써도 눈에 띄게 저항할 필요조차 느끼지 못하는 그런 다툼을 다툼이라고 불러도 좋다면, 스크루지는 유령의 빛이 높고 밝게 타오르는 것을 보았다. 빛이 유령에게 미치는 영향력을 어렴풋하게 떠올린 스크루지가 소등기 캡을 움켜쥐고는 갑자기 유령의 머리 위로 뒤집어씌웠다.

유령이 넘어지는 바람에 소등기가 유령의 온몸을 덮어 버렸다. 스크루지가 온 힘을 다해 소등기를 내리눌렀지만 빛을 완전히 덮을 수 없었다. 빛은 소등기 캡 밑을 빠져나와 땅 위로 범람하는 홍수처럼 끊임없이 흘러나왔다.

스크루지는 자신이 완전히 기운이 빠져 걷잡을 수 없이 잠 속으로 빠져들고 있으며, 게다가 지금 자신의 침실에 와 있다는 것을 깨달았다. 스크루지는 마지막으로 소등기의 캡 부분을 꼭 짜내듯 내리눌렀다. 그 통에 손힘까지 다 풀어지면서 간신히 침대 속으로 들어가기가 무섭게 깊은 잠 속으로 빠져들었다.

# 제3장 세 유령 중 두 번째 유령

　　정신없이 코를 골면서 자다가 깨어나 침대에 앉아 곰곰이 생각에 잠긴 스크루지는 다시 한 시를 알리는 시계 종소리가 울릴 것이라는 말을 들을 필요도 없었다.

　스크루지는 자신이 제이콥 말리의 중재를 통해 자신에게 급파되는 두 번째 유령과 만나야 하는 특별한 목적을 위해 정확한 시각에 의식이 돌아온 것이라고 생각했다. 그러나 이번에 새로 올 유령은 어떤 커튼을 걷어 젖힐까 하는 생각에 불안하고 오싹해진 느낌이 든 그는 이번에는 자기 손으로 모든 커튼을 다 열어젖힌 뒤 다시 누워서 침대 주위 사방을 날카로운 눈매로 지켜보고 있었다. 유령이 나타나는 바로 그 순간 놀라고 겁먹고 주눅 들지 않고 유령에게 대들고 싶었기 때문이었다.

　자기 스스로 만사 빈틈이 없고, 세상 물정에도 누구 못지않게 밝다고 자부하는 대범하고 느긋한 부류의 신사들은 동전 던지기부터 살인에 이르기까지 무슨 일이든 능수능란하게 처리할 수 있다고 장담하는 것으로 자신들의 다양하고 폭넓은 모험심을 뽐낸다. 물론 영어울리지 않는 이 두 극단, 즉 동전 던지기와 살인 사이에는 상당히 폭넓고 포괄적인 항목들이 자리 잡고 있다는 것은 의심의 여지가 없다. 독자 여러분들께 믿어 주십사 기꺼이 청하고 싶은 사실이 있다. 다름 아니라, 앞에서 본 이 같은 아주 대담한 모험을 겪지 않아도, 스크루지는 제아무리 낯설고 이상한 세계라도 감당해 낼 만큼 충분히 준비가 된 사람이라는 것, 그래서 어린아이에서 코뿔소에 이르기까지 어떤 무엇이 나타나도 그를 몹시 놀라게 하지는 않았을 것이라는 점이다.

자, 이제 스크루지는 무엇이 나타나도 아무렇지 않을 만반의 준비를 다 하고 있었지만, 단 하나, 아무것도 나타나지 않을 경우에 대한 준비는 전혀 안 되어 있었다. 그러니 새벽 한 시 종이 울렸는데 아무것도 나타나지 않자, 그의 온몸이 심하게 오돌오돌 떨렸다. 5분, 10분, 15분이 지나가도 아무것도 나타나지 않았다. 그 시간 내내 그는 침대에 누워 있었는데, 시계가 한 시를 친 순간부터 불그스레한 한 줄기 광채가 침대에 누운 그를 한가운데 감싸고 흐르고 있었다. 그런데 그저 빛에 불과한 그것이 스크루지에게는 유령 열둘보다 더 두려웠다. 도대체 그게 뭘 의미하는 것인지, 무슨 해코지를 할 것인지 알 도리가 없었다. 그는 이따금 그것이 뭔지 알지도 못한 채, 바로 그 순간 자연 발화(發火)의 흥미로운 사례가 되는 건 아닐까 하고 걱정했다. 그러나 마침내 그는 생각하기 시작했다. ─독자 여러분과 내가 먼저 생각했었을 그대로. 왜냐하면 언제나 그렇듯 그런 상황에서 무엇을 했어야 했는지를 알고, 흠잡을 데 없이 그 일을 처리해 내는 이는 곤경에 처해 있지 않은 사람이기 때문이다─어쨌건, 마침내,

스크루지는 그 기괴한 광채의 비밀과 근원이 옆방에 있을지 모르겠다고, 그 빛의 흔적을 좇아 보면 바로 그 옆방에서 빛이 비칠 것이라고 생각했다. 이 생각에 완전히 사로잡힌 스크루지는 천천히 일어나 슬리퍼를 질질 끌면서 방문 쪽으로 다가갔다.

스크루지가 자물쇠를 손으로 잡는 순간, 뜻밖의 낯선 목소리가 그의 이름을 부르며 들어오라고 했다. 그는 고분고분 그 말에 따랐다. 그 방은 스크루지 자신의 방이었다. 의심하고 말고 할 것도 없었다. 다만 그 방은 놀랍게도 바뀌어 있었다. 벽과 천장에는 싱싱한 초록의 풀들이 걸려 있어 흠잡을 데 없이 완벽한 작은 숲 같았다. 숲 전체는 반짝이는 열매들이 반짝이고 있었다. 호랑가시나무, 겨우살이나무, 담쟁이넝쿨의 싱싱한 잎들이 빛을 반사하는 게 마치 수많은 조각 거울들이 흩어져 있는 것 같았다. 그리고 스크루지 때나 말리가 살아 있던 때, 혹은 지난 수년 동안의 겨울에는 둔한 화석 같았던 난로에 세찬 불길이 굴뚝 위로 타오르고 있었다. 방바닥에는 칠면조에, 거위에, 사냥해서 잡은 고기며, 닭고기, 삶아서 소금에 절인 돼지고기에, 커다란 고깃덩어리, 통구이용 새끼돼지 고기, 기다랗게 둘둘 말아 놓은 소시지, 민스파이, 건포도가 들어간 푸딩, 몇 통이나 되는 굴들, 군밤, 버찌마냥 빨간 빛깔 사과, 즙이 물씬 배어 나오는 귤, 맛있는 배, 주현절[1] 전야제 축일용 커다란 케이크, 큰 잔 속에서 설설 끓고 있는 펀치 등이 왕관 모양으로 쌓여 있고, 방 안은 군침 돌게 하는 뿌연 김으로 자욱했다. 음식들로 이루어진 그 침상 위에

---

1  예수 공현을 기념하는 1월 6일 - 옮긴이 주

덩치 큰 쾌활한 거인이 보기에도 좋아 보이는 편안한 모습으로 앉아 있었다. 그는 '풍요의 뿔'과 비슷해 보이는 활활 타는 횃불을 높이 들어 올려 문 둘레를 두리번두리번 쭈뼛거리며 다가오는 스크루지를 비췄다.

"들어와!" 그 유령이 큰 소리로 말했다. "들어와! 들어와서 내가 누군지 더 똑똑히 보라구!"

스크루지는 잔뜩 겁을 먹고 들어서서 유령 앞에 머리를 숙였다. 그는 더 이상 이전처럼 고집 세고 완강한 인간이 아니었기 때문에 유령의 눈빛이 맑고 친절해도 그 눈을 똑바로 마주치고 싶지 않았다.

"나는 현재의 크리스마스 유령이다! 나를 보아라!" 유령이 말했다.

스크루지가 공손하게 말을 따랐다. 유령은 흰 털가죽으로 단을 댄 소박한 망토 같은 녹색 겉옷을 두르고 있었다. 그런데 몸에 비해 옷이 너무 헐렁해 유령의 널찍한 가슴의 맨살이 드러난 폼이 마치 인위적으로 교묘하게 가리거나 숨기는 것을 경멸하는 것 같았다. 긴 옷의 넓은 주름 아래로 보이는 발 또한 맨발이었다. 머리에는 여기저기 고드름이 박혀 빛나는 호랑가시나무 화관(花冠)이 씌워져 있었다. 유령의 암갈색 고수머리는 길고 제멋대로였으며, 온화한 얼굴, 반짝이는 눈동자, 활짝 편 손, 우렁찬 목소리, 얽매이지 않은 거동, 그리고 유쾌한 풍채 등 어느 것 하나 거칠 것이 없었다. 허리에는 고풍스런 칼집을 차고 있었으나 칼은 들어 있지 않았고 오래된 칼집에는 녹이 슬어 있었다.

"전에 나 같은 모습은 한 번도 본 적이 없겠지!" 유령이 소리쳤다.

"예, 그렇지요." 스크루지가 대답했다.

"내 가족들 가운데 더 젊은 식구들과 같이 걸어가 본 적도 없겠지? 내 말은 최근 몇 년 동안에 태어난 내 형들 말이다. 나는 아주 젊은 축에 속하지." 유령이 이야기를 계속했다.

"그런 적이 없습니다." 스크루지가 대답했다. "유감스럽게도 없는 것 같습니다. 형제분이 많으신가요, 유령님?"

"천팔백 명이 넘지." 유령이 대답했다.

"다 부양하려면 엄청나겠군!" 스크루지가 혼잣말로 중얼거렸다.

현재 크리스마스 유령이 자리에서 일어섰다.

"유령님!" 스크루지가 유순하게 불렀다. "유령님 가실 곳으로 저도 데려가 주십시오. 어젯밤엔 강제로 끌려다녔지요. 그러면서 배운 교훈이 있습니다. 오늘 밤도 제게 뭔가 깨우쳐 주시려거든, 제가 그 깨우침을 통해 얻을 수 있도록 해 주십시오."

"내 옷을 잡게!"

스크루지는 유령의 말대로 옷을 단단히 움켜쥐었다.

호랑가시나무, 겨우살이나무, 붉은 열매, 담쟁이넝쿨, 칠면조, 거위, 사냥으로 얻은 고기, 집에서 기르는 날짐승, 헤드치즈, 고기, 통돼지, 소시지, 굴, 파이, 푸딩, 과일, 펀치 등 모든 것이 순식간에 사라졌다. 방도, 난로도, 이글거리던 불길도, 깜깜한 밤도 모두 사라지고, 그들은 크리스마스 날 아침, 도시의 거리에 서 있었다. 거리 곳곳에서(매섭게 추운 날씨 탓에) 사람들이 자기 집 지붕과 집 앞 길에 쌓인 눈을 긁어 내리고 치우느라고 부산스럽게 움직이며 시끄럽긴 했지만 뭔가 즐거운 음악 소리와 같은 활기도 있었다. 쓸린 눈덩이가 길 아래로 털썩 떨어져 자그마한 눈보라가 흩날리는 것을 본 아이들은 신이 나서 야단이었다.

지붕 위에 쌓여 있는 보드라운 하얀 눈과 길 위에 있는 더러운 눈과 대조적으로 집 정면들은 몹시 더러워 보였고 창들은 더 더러워 보였다. 길 위에는 이륜마차나 사륜 짐마차의 육중한 바퀴가 움푹 파헤쳐 놓은 깊은 자국들이 남아 있었다. 수많은 그 바큇자국들은 대로들이 교차하는 지점에서는 엇갈려 갈라지고 갈라지기를 수백 번, 걸쭉한 황색의 진흙과 얼음물이 범벅된 터라 제대로 흔적도 찾을 수 없는 도랑처럼 변해 있었다. 하늘은 어둑하게 흐리고 가장 가까운 길은 반은 녹고 반은 언 상태인 데다 거무스름한 연기로 숨이 막혀 왔다. 그 연기 속의 좀 더 무거운 입자들은 미세한 숯 검댕 비처럼 쏟아져 내리는 게, 마치 대영제국의 모든 굴뚝들이 만장일치로 뜻을 모아 함께 불을 붙인 다음 마음껏 연기를 뿜어 내는 것 같았다. 날씨나 시가지나 뭐 하나 흥겨운 구석이 없었지만 맑고 청명한 여름날의 대기와 찬란하게 빛나는 여름날의 태양이 아무리 퍼뜨리려고 애써도 꿈도 못 꿀 만큼의 흥겨운 분위기가 가득 퍼져 있었다.

까닭인즉 이랬다. 지붕의 눈을 쓸어내리며 치우고 있던 사람들은 즐거워하며 기쁨에 넘치는 모습으로, 지붕의 난간에서 서로를 소리쳐 부르며 때때로 익살맞은 눈 뭉치—이것은 말로 하는 농담보다 훨씬 더 선량한 미사일이다—를 교환하기도 하다가 그 눈 뭉치가 상대방에게 정통으로 맞으면 호탕하게, 아쉽게 빗나가도 못지않게 신나게 웃음을 터뜨렸다. 새고기 가게는 반은 열려 있었고, 과일 상점은 문전성시를 이루고 있었다. 밤이 잔뜩 담긴, 유쾌한 노신사가 입고 있는 조끼처럼 밑 부분이 볼록하니 커다랗고 둥근 배불뚝이 바구니들이 문간에 걸려 축 늘어진 채 중풍이라도 걸린 양 흔들거리다가 거리 쪽으로 공중제비를 넘으며 나동그라졌다. 불그스름한 갈색 얼굴을 하고 옆구리가 널찍한 스페인산 양파는 스페인 탁발승처럼 통통하게 살이 올라 기름기가 좌르르 흐르는 자태를 하고 선반에 앉아 있다가 아가씨들이라도 지나갈라 치면 음탕하고 장난기 어린 윙크를 보내고는 짐짓 점잔을 빼면서 높이 매달린 겨우살이나무를 힐긋 바라보았다. 배와 사과도 산더미 같은 피라미드 모양으로 높이 쌓아 올려져 있었다. 포도송이들은 가게 주인이 선심을 베풀어 눈에 잘 띄도록 갈고리에 대롱대롱 매달아 놓아 지나가는 사람들이 무료로 군침을 흘렸다. 이끼가 끼고 갈색인 개암나무 열매들도 수북이 쌓여 있었는데, 개암나무 열매의 향기는 옛날 옛적 숲 속에서 시든 낙엽 사이로 발목까지 푹 빠지며 이리저리 돌아다니며 산책하던 때를 떠올리게 했다. 통통하고 거무스레한 노퍽[2]산 사과는 오렌지와 레몬의 노란 빛깔을 돋보이게 해 주었는데, 즙이 꽉 찬 단단한 몸매를 과시하면서 종이 가방에 담아 집으로 가지고 가서 식사 후 디저트로 드셔 보시라고 간절하게 애원하며 청하고 있었다. 이렇게 풍성한 과일들 틈에 놓인 어항 속 금빛 은빛 물고기들은 비록 둔하고 피가 흐르지 않는 족속이었지만 뭔가 벌어지고 있다는 것을 아는 듯 천천히 열정도 없으면서 괜히 흥분해서 뻐끔거리며 그 작은 세계를 빙글빙

---

2  영국 동부의 주-옮긴이 주

글 헤엄쳐 돌고 있었다.

식료품 가게들! 아, 식료품 가게들! 덧문이 하나둘 내려져 대부분 닫혀 있는데 그 틈으로 보이는 가게 안 광경이란! 계산대에 내려앉아 흥겨운 소리를 내는 저울, 몹시도 상쾌하게 헤어지는 실과 실감개, 흥겨운 마술처럼 덜그럭거리는 차와 커피 통, 코를 만족시켜 주는 차와 커피가 어우러진 향, 넘쳐나는 진품 건포도, 믿을 수 없을 정도로 새하얀 아몬드, 길쭉하고 곧은 시나몬 스틱, 너무도 향기로운 또 다른 향료들, 녹아 흘러내리는 설탕을 얼룩이 지도록 두껍게 묻혀 아무리 냉정한 구경꾼이라도 현기증을 느끼며 계속 담즙을 과다하게 분비하도록 만드는 달콤한 캔디, 어디 그뿐인가! 촉촉하고 과즙이 풍부한 무화과, 고급스럽게 치장된 상자 속에서 적당한 신맛을 내며 발갛게 얼굴 붉히고 있는 프랑스산 자두, 그리고 먹기에도 좋을 뿐 아니라 크리스마스 복장까지 떡하니 차려입고 있는 그 모든 것들은 또 어떤가! 손님들은 이날의 부푼 기대 속에 너무 서두르고 정신없이 들떠 가게 문간에서 서로 부딪혀 넘어지면서 고리버들로 만든 바구니를 사정없이 부딪고, 산 물건들을 계산대 위에 놓고 그냥 갔다가 부랴부랴 되돌아오는 등 천태만상의 실수를 저지르면서도 기분만은 최고였다. 이러는 동안 상점 주인과 점원들은 아주 솔직하고 생기발랄한 모습이라 그들이 입고 있는 앞치마를 고정시키는 데 사용한 반짝이는 하트 모양의 핀들은, 밖으로 다 보이게 달고 있어서 크리스마스의 까마귀 무리 같은 수다스런 손님들이 마치 자기들이 선택한 상품인 것마냥 만져 대고 쪼아 대는, 진짜 심장인 듯 보일 정도였다.

그러나 곧 첨탑의 종이 선한 사람들 모두 교회와 예배당으로 모이라 울렸고, 그 소리에 맞춰 먼 곳으로부터 사람들이 모여들었다. 모두 하나같이 제일 좋은 옷을 차려입고 한없이 즐거운 표정들이었다. 수많은 뒷골목과 좁은 길 그리고 이름도 알 수 없는 모퉁이에서 셀 수도 없을 만큼 많은 사람들이 몰려나와 자기들의 저녁 식사거리를 들고 빵집으로 몰려갔다. 유령은 이렇게 소란을 피우는 가난한 사람들에게 대단히 관심이 가는 것 같았다. 유령은 스크루지를 데리고 빵집 문 앞에 나란히 서서, 빵을 든 사람들이 자기 앞을 지나칠 때마다 보자기를 벗기고 들고 있던 횃불에서 향료를 꺼내 빵 위에 뿌려 주었다. 그 횃불은 아주 특별한 것이어서 빵을 든 사람들이 서로 밀치고 말싸움을 할 때면 그 횃불의 촛농 한두 방울을 뿌려 이내 그들은 유쾌한 기분으로 되돌려 놓곤 했다. 그러면 사람들은 말했다. 크리스마스 날에 싸우다니 부끄러운 일이야! 물론 그렇지! 암, 그렇고 말고!

종소리가 그치자 때맞춰 빵집들이 문을 닫았다. 그러나 각 빵집들의 오븐 위에 보이는 물기 머금은 흐릿한 얼룩들 속에는 이들의 저녁 요리와 그 요리 과정에서 남은 정겨운 여운이 남아 있었다. 빵집들 앞 포장된 도로에서 김이 모락모락 피어올라 거리의 돌들이 요리되고 있는 것 같았다.

"유령님의 횃불에서 뿌리는 것 속에는 무슨 특별한 향료라도 담겨 있나요?" 스크루지가 물었다.

"있고말고. 나만의 고유한 것이지."

"오늘의 어떤 음식에도 다 어울리는 건가요?" 스크루지가 물었다.

"온정으로 베푼 음식이라면. 가난한 사람들의 음식이라면 최고지."

"왜 가난한 사람들의 음식에 최고로 잘 어울리는 것인지요?" 스크루지가 물었다.

"가난한 이들이 가장 필요로 하는 것이기 때문이지."

"유령님!" 잠시 생각한 후에 스크루지가 물었다. "유령님은 왜 우리들 주변에 있는 세상의 그 많은 존재들 중에서 저들이 순수하게 누릴 기회를 꺾으려 하려는지 모르겠군요."

"내가!" 유령이 놀라서 외쳤다.

"매주 일요일마다 저들이 밥을 먹을 수 있는 기회를 빼앗으려고 하시잖아요." 스크루지가 대꾸했다. "어쩌면 저들에게는 식사할 수 있는 유일한 날이기도 한데 말입니다. 그렇지 않나요?"

"내가?" 유령이 소리쳤다.

"유령님은 매번 주일마다 이 빵집들 문을 닫게 하시잖아요. 그러니 결국 그런 것이지요." 스크루지가 말했다.

"내가 그랬다고?" 유령이 다시 소리쳤다.

"제가 틀렸다면 용서해 주십시오. 그건 유령님 이름으로, 그렇지 않다면 적어도 유령님의 가족들 이름으로 행해져 왔지요." 스크루지가 말했다.

"너희들 인간 세상에는 말이야." 하면서 유령이 되받았다. "우리를 안다고 외치고, 우리를 사칭하면서 욕정, 오만, 악의, 증오, 질투, 편협함, 이기심을 행하는 자들이 있지. 그자들은 우리나 우리 혈족들과 아무 상관이 없어. 자네들과 아무 상관 없는 것처럼 말이지. 그자들은 존재하지도 않은 것이나 마찬가지지. 명심하게, 그 사실을.

그들이 한 짓은 그들의 책임일 뿐 우리가 한 일이 아니라는 걸 잊지 말아."

스크루지는 그러겠다고 약속했다. 그리고 나서 둘은 그전처럼 사람들 눈에 보이지 않게 교외로 갔다. 유령은 신통한 재주를 가지고 있었다(그 재주는 이미 빵집에서 보았다). 유령은 엄청나게 거대한 덩치에도 불구하고 어디에서나 쉽게 그 자신을 맞추어 조정할 수 있었다. 그래서 천장 높은 홀에서 그럴 수 있었던 것처럼 나지막한 지붕 밑에서도 영묘한 존재답게 아주 품위 있게 서 있을 수 있었다.

유령이 스크루지의 서기 집으로 스크루지를 곧장 이끈 것은 어쩌면 그런 자기의 신비한 재주를 뽐내는 게 재미있었기 때문이었을 것이다. 그게 아니라면 그 유령이 친절하고, 관대하며, 애정 어린 마음의 소유자이며, 가난한 사람들에 대한 동정심을 지니고 있었기 때문이었으리라. 왜냐하면 스크루지를 자신의 옷자락에 매달고 서기네 집으로 간 유령은 그 집 문지방에 서서 미소를 띤 채 자기가 들고 있던 횃불을 뿌려서 밥 크래칫의 집을 축복해 주었기 때문이었다. 한번 생각해 보시라! 주급 겨우 15실링을 받는 밥 크래칫이 매주 토요일이면 자기 세례명과 똑같은 15밥[3]을 가지고 돌아오는데, 현재 크리스마스 유령은 밥의 방 네 개짜리 집을 축복해 주었다니!

이때 크래칫의 아내인 크래칫 부인이 두 번이나 뒤집어서 입고 있는 형편없이 낡은 것이긴 해도 6펜스짜리 치고는 훌륭해 보이는 리본들로 한껏 멋을 낸 가운을 입고 나타났다. 크래칫 부인은 역시 화

--------

3  Bob = 실링(shilling)

려한 리본들로 꾸민 둘째 딸 벨린다 크래칫과 함께 식탁보를 깔고 있었다. 그러는 동안 장남 피터 크래칫 도련님은 엄청나게 큰 셔츠의 깃이(이 셔츠는 아버지 밥 크래칫이 크리스마스를 기념하여 아들이자 상속자인 피터에게 물려준 것이었다) 입을 찔러 대는데도 감자 삶는 냄비에 포크를 찔러 넣으면서, 그렇게 멋지게 차려입은 자기 모습이 좋아 죽겠다는 양 유행의 첨단을 걷는 하이드 파크에 가서 그 멋진 리넨 셔츠를 뽐내고 싶은 마음에 벌겋게 들떠 있었다. 그때 어린 두 남매가 밖에서 뛰어 들어오면서 빵집 밖에서 거위 요리 냄새를 맡았는데 그게 자기들 집에서 나는 줄 알았다며 좋아 죽겠는지 눈물까지 흘리며 환호성을 질렀다. 샐비어 요리와 양파를 먹을 수 있다는 생각에 식탁 곁에서 덩실덩실 춤을 추며 오빠이고 형인 크래칫의 셔츠 입은 모습을 두고 끝도 없이 비행기를 태워 댔다. 그러는 동안에도 피터는(셔츠 깃에 거의 숨이 막혀 죽을 지경이었지만 담담하게) 느릿느릿 삶아지고 있는 냄비 속 감자가 부글부글 끓으며 그만 꺼내 껍질을 까 달라고 냄비 뚜껑을 요란스럽게 두드려 대며 애원할 때까지 화덕 불만 후후 불어 댔다.

"그런데 소중한 너희들 아빠는 어떻게 된 걸까?" 크래칫 부인이 물었다. "네 동생 꼬맹이 팀도 그렇고! 마사도 작년 크리스마스 때는 삼십 분 전에 오더니!"

"마사 여기 왔어요, 엄마!" 한 소녀가 나타나며 말했다.

"마사 언니 왔어요, 엄마!" 두 아이들이 소리쳤다. "와! 우리 끝내주는 거위 요리도 있어, 마사!"

"이게 누구야, 우리 딸, 숨 좀 돌리고, 그런데 왜 이렇게 늦었니!"

크래칫 부인은 연신 딸에게 입맞춤을 하면서 목도리를 풀고 모자를 벗겨 주는데 반가운 기색을 감추지 못했다.

"어젯밤까지 마쳐야 할 일이 많았어요." 마사가 대답했다. "오늘 아침에는 말끔히 정리도 다 해 놓고 와야 했어요, 엄마!"

"저런, 어쨌든 이렇게 왔으니 됐다." 크래칫 부인은 말했다. "난롯가에 앉아 몸 좀 녹이거라. 아이고, 내 딸."

"안 돼, 안 돼! 아빠가 오셔!" 무슨 일에든 약방의 감초처럼 끼어드는 두 남매가 외쳤다. "숨어, 언니! 숨어!"

마사가 아이들이 하라는 대로 숨자마자 키가 자그마한 아빠 밥이 들어섰다. 그는 술을 제외하고도 적어도 석 자는 될 듯싶은 긴 목도리를 목에 걸고 있었고, 실밥이 드러나 보이는 낡은 겉옷은 때가 때니만큼 깁고 솔질한 모습이었다. 꼬맹이 팀이 아빠 목말을 타고 있었다. 아, 저런, 팀, 그 아이는 작은 목발을 들고 양 다리는 철로 된 의족을 하고 있었다!

"그런데, 우리 마사는 어디 있지?" 밥 크래칫이 방 안을 두리번거리며 물었다.

"안 왔어요." 부인이 대답했다.

"안 오다니!" 밥 크래칫의 들뜬 기분이 갑자기 가라앉으며 침울해졌다. 교회에서부터 줄곧 팀의 순종마(馬) 역할을 하며 기운차게 집으로 왔던 터라 그 말에 기운이 쑥 빠졌다. "크리스마스 날인데 안오다니!"

마사는 장난이라고 해도 아빠가 실망한 모습을 보고 싶지 않아서, 나올 때도 안 되었는데 옷장 문 뒤에서 뛰어나와 아빠 품에 와락 안

겼다. 그러는 동안 두 남매는 꼬맹이 팀을 세탁실 쪽으로 데려갔다. 구리 냄비 속에서 끓는 푸딩의 음악 소리를 들려주고 싶었다.

"그래 우리 꼬맹이 팀은 어땠나요?" 크래칫 부인이 깜빡 속아 넘어간 남편을 놀리며 물었다. 밥은 마음에 흡족할 때까지 딸을 꼭 껴안고 있었다.

"아주 얌전했소." 남편이 대답했다. "얌전한 정도가 아니었소. 더 잘 했지. 혼자 앉아 있는 시간이 많으니 그런가 생각이 깊어진 것 같소. 들으면 아주 엉뚱하다 싶은 생각도 하고. 집으로 돌아오는 길엔 그럽디다, 사람들이 교회에서 자기 모습을 봤으면 좋겠다고. 왜냐하면 자신이 절름발이니까 크리스마스 날에 자기 같은 절름발이를 보면, 절름발이 거지를 걷게 하고 장님도 눈을 뜨게 한 예수님을 기억하게 될 테니 그건 기쁜 일일 거라고."

이 말을 하는 밥의 음성도 떨렸지만, 꼬맹이 팀이 더 튼튼하고 따뜻한 마음을 지닌 아이로 자랄 것이라고 말하면서는 더 떨렸다.

팀의 작은 목발이 마룻바닥을 쿵쿵 울리더니 밥이 다른 얘기를 꺼내기도 전에, 꼬맹이 팀이 형과 누나의 부축을 받으면서 난로 옆 제 의자에 앉았다. 밥은 소매를 걷어붙이고―가엾어라, 그 소매가 그를 더 초라하게 만드는 것 같았다―진과 레몬을 주전자에 넣고 뜨겁게 휘휘 저어 섞은 다음 시렁에 얹어 놓고 부글부글 끓이기 시작했다. 거위 고기를 가지러 갔던 맏아들 피터와 안 끼는 데가 없이 쫓아다니는 참견쟁이 두 남매도 곧 신이 나서 의기양양하게 돌아왔다.

그처럼 한바탕 부산스럽게 야단법석을 피우는 것을 보면 독자 여러분은 세상 모든 날짐승 중에, 흑고니도 물론 포함해서, 거위 고기가 제일 진귀한 요리라고 생각할 수도 있다. 실제로 이 집안에서 거위는 딱 그런 대우를 받았다. 크래칫 부인은—미리 작은 냄비에 담아 두었던—고깃국물을 부글부글 끓였다. 맏아들 피터는 믿을 수 없을 정도로 힘 있게 감자를 으깨고, 벨린다는 사과 소스에 달달한 감미료를 치고, 마사는 뜨거운 접시를 닦고, 가장 밥은 꼬맹이 팀을 식탁 한 모퉁이 자신의 옆에 앉혔다. 어린 두 남매는 자신들의 의자는 물론 온 가족이 앉을 수 있도록 의자를 정돈하고 나서는 자기들 자리에 올라앉아 주위를 살피면서, 자기들 차례가 되기도 전에 거위 고기를 달라고 소리를 지를까 싶어 숟가락을 입안에 욱여넣었다. 마침내 접시가 놓이고 모두 감사 기도를 올렸다. 크래칫 부인이 식구들을 찬찬히 둘러보며 칼로 거위의 가슴 쪽을 찌를 준비를 하자 식구들은 모두 숨을 죽였다. 이윽고 크래칫 부인이 칼을 꽂고 오랫동안 기다렸던 거위의 뱃속이 드러나자 식탁 둘레에 조용한 기쁨의 환성이 일어났다. 꼬맹이 팀까지도 두 크래칫 남매의 영향을 받아 나이프 손잡이 부분으로 식탁을 두드리며 조용히 야호! 하고 소리쳤다.

이런 거위 요리는 본 적이 없었다. 밥은 이렇게 훌륭한 거위 요리가 있으리라곤 믿을 수 없다고 했다. 연한 고기와 향긋한 맛, 게다가 알맞은 크기하며 싼 값까지, 식구들은 모두 입을 모아 감탄했다. 사과 소스와 으깬 감자까지 더했기 때문에 식구들 모두의 만찬으로 충분했다. 실제로 크래칫 부인이—접시 위에 쌓인 얼마 안 되는 고기 뼈를 보면서—몹시 흐뭇하게 말한 것처럼, 식구들은 결국 다 먹지도 못했다! 그렇지만 모두들 먹을 만큼 먹었고, 특히 두 크래칫 남매는 샐비어와 양파가 눈썹에 붙어도 모를 정도로 정신없이 먹어 댔다! 그러나 벨린다가 접시를 바꿔 놓을 때쯤 크래칫 부인은—식구들이 볼까 봐 몹시 신경을 쓰면서—혼자 자리에서 일어나 나가 푸딩을 담아 왔다.

그 푸딩이 제대로 안 익었으면 어떡하나! 옮겨 담는데 터지기라도 하면! 식구들 모두가 거위 고기에 정신이 팔려 있는 동안 누군가 뒷마당 담을 넘어 그걸 훔쳐갔으면 어쩌지! 그런 상상만으로도 두 남매는 숨이 넘어갈 텐데! 온갖 불길한 생각이 다 밀려들었다.

와아! 이 김 나는 것 좀 봐! 솥에서 푸딩이 꺼내졌다. 세탁할 때 같은 냄새! 푸딩은 옷감 같았다. 그 냄새는 식당과 빵집과 서로 이웃하고 있는 세탁소의 냄새 같았다! 그게 바로 푸딩이었다. 30초 만에 크래칫 부인이 쑥스러운 얼굴로, 그러나 자랑스러운 미소를 지으며, 푸딩을 가지고 들어왔다. 푸딩은 작은 반점이 있는 포탄처럼 단단하고 굳었으며, 맨 위에 크리스마스 호랑가시나무를 꽂아 장식해 놓았으며, 4분의 1 쿼터 정도의 브랜디에 붙여 놓은 불꽃이 일렁이고 있었다.

오, 멋있는 푸딩! 밥 크래칫은 그렇게 외치고, 차분한 음성으로 결혼 이래 부인이 만든 것 중에서 가장 훌륭한 것 같다고 덧붙였다. 크래칫 부인은 이제 걱정이 없게 되었다고, 아까는 밀가루 분량이 맞는지 걱정했다고 털어놓았다. 모두들 푸딩에 대해 한마디씩 했지만, 많은 식구에 비해 푸딩이 너무 적다고 말하거나 생각하는 사람은 아무도 없었다. 그랬다면 분명히 이교도였을 것이다. 크래칫 식구 중 어느 누구도 그런 내색을 한다면 부끄러워 낯을 붉혔을 것이다.

마침내 만찬이 끝났다. 식탁보를 정돈하고, 벽난로의 재를 치우고 불도 더 피웠다. 주전자에 담긴 혼합주를 맛보니 더할 나위 없이 완벽했다. 사과와 귤이 식탁 위에 놓였고 밤도 한 삽 가득 난로에 얹었다. 그리고 나서 크래칫 식구들 모두가 벽난로 주변에 '동그랗게' 둘러앉았다. 밥 크래칫이 '둥글게'라고 말했지만 그건 실제로는 반원을 의미하는 것이었다. 밥 크래칫의 팔꿈치 주변에 유리잔 가족이 서 있었다. 가족이라고 해봐야 큰 잔 두 개, 손잡이가 없는 커스터드 컵[4]이 전부였다.

그렇지만 이 잔들은 주전자에 담긴 뜨거운 술을 황금 술잔 못지않게 담아 냈다. 밥은 환하게 웃음 띤 얼굴로 술을 따랐고, 그러는 동안 난로 위에 놓인 밤들이 구워지면서 탁탁 소리를 내며 갈라졌다. 그러자 밥이 선창을 했다.

"사랑하는 우리 가족 모두에게 메리 크리스마스! 하나님의 축복이 모두에게!"

가족들이 따라 외쳤다.

"우리 모두에게 하나님의 축복을!" 꼬맹이 팀이 끝으로 외쳤다.

팀은 작은 의자에 앉은 채 아버지 곁에 바짝 붙어 있었다. 밥은 그 아이를 너무도 사랑해서, 그의 곁을 지켜 주고 싶다는 듯, 그를 빼앗기게 될까 두렵기라도 한 듯 팀의 야윈 작은 손을 꼭 잡고 있었다.

"유령님," 스크루지가 전에는 느끼지도 못했던 관심을 보이며 물

---

**4** 우유 · 계란에 설탕 · 향료를 넣어서 구운 과자를 담는 작은 그릇-옮긴이 주

었다. "꼬맹이 팀이 살 수 있는지 제게 말해 주세요."

"남루한 난로의 한구석에 빈 의자가 하나 보인다. 주인 없는 목발도 소중하게 보관되어 있구나. 만약 이러한 환영들이 미래에 의해서도 바뀌지 않는다면 저 어린아이는 죽게 될 것이다." 유령이 대답했다.

"안 돼요. 그건 안 됩니다." 스크루지가 외쳤다. "아, 안 돼요. 자비로운 유령님! 저 어린아이가 살아남을 것이라고 말해 주세요."

"만약에 이런 환영이 미래의 유령에 의해 바뀌지 않고 남아 있다면, 우리 종족은 누구도 저 아이를 볼 수 없을 것이다." 유령이 대답했다. "그런데 그게 어쨌다는 것이냐? 만약 저 아이가 죽는다면, 저 아이한테도 낫고, 남아도는 인구도 줄어들게 되고, 더 낫지 않겠느냐."

스크루지는 유령이 자신이 한 말을 그대로 하는 걸 듣고는 죄책감과 슬픔으로 고개를 떨구고 말았다.

"인간이라면, 만약 네가 목석이 아니라 양심을 가진 인간이라면, 네가 남아돈다는 게 뭔지, 어디서 남아도는지 알기 전에는 그런 사악한 말을 꺼내지 말거라. 네가 감히 어떤 이는 살고 어떤 이는 죽을지를 결정하려는 것이냐? 하느님의 눈으로 보면 이 가난한 어린아이와 같은 수백 수천의 사람들보다 네 녀석이 훨씬 가치 없고 쓸모없다. 오, 이런! 나뭇잎을 기어다니는 벌레 같은 놈이 굶주려 죽어가는 가난한 형제들에게 너무 오래 산다는 따위의 말을 지껄이는 걸 듣다니!"

스크루지는 유령의 꾸짖음에 고개를 떨구고 벌벌 떨면서 바닥만

보고 있다가 이름을 부르는 소리에 얼른 고개를 들었다.

"스크루지 씨! 이런 성찬을 차려 주신 스크루지 씨께 감사를 드립니다!"

"성찬이라구요!" 크래칫 부인이 얼굴을 붉히며 소리쳤다. "그 영감이 여기 있으면 좋겠네요. 잔소리나 한 바가지 해 드리게. 그 영감이 실컷 먹게."

"여보, 애들도 있는데 그게 무슨 말이오! 게다가 크리스마스잖소."

"크리스마스죠, 그럼요." 크래칫 부인이 말했다. "밉살스럽고, 노랭인 데다, 피도 눈물도 없는 냉정한 스크루지 영감 같은 이를 위해서도 건배를 하다니. 당신이야말로 누구보다 그 영감을 잘 알잖아요, 로버트! 가엾은 양반 같으니!"

"여보, 크리스마스 날이오." 밥이 부드럽게 타일렀다.

"그래요. 크리스마스니 그 영감의 건강을 위해 축배를 들겠어요." 크래칫 부인이 말했다. "그 영감을 위해서가 아니에요. 당신을 위해서지. 장수를 빌며, 메리 크리스마스! 새해 복 많이 받으시길! 그분이야 틀림없이 한없이 즐겁고 넘치도록 행복할 테지만!"

아이들도 어머니를 따라서 축배를 들었다. 그날 저녁 성찬에서 분위기가 가라앉았던 것은 이때가 처음이었다. 꼬맹이 팀이 제일 마지막으로 축배를 들었는데, 한 푼어치 진심도 담지 않은 것이었다. 크래칫 가족에게 스크루지는 사람 잡아먹는 귀신이었다. 그의 이름만 나와도 저녁 성찬에 어두운 그림자가 드리워져 5분 동안이나 사라질 줄을 몰랐다.

그 어두운 그림자가 사라지자 식구들은 스크루지라는 해로운 존재를 해치웠다는 안도감에 이전보다 열 배는 더 즐거워했다. 밥 크래칫은 식구들에게 맏아들 피터를 위한 일자리를 눈여겨 봐 둔 게 있다면서 만약 그 일자리를 얻게만 된다면 주급 5실링 6펜스는 넉넉히 받게 될 것이라고 식구들에게 말했다. 크래칫 두 남매는 피터가 점원이 된다는 생각에 깔깔거리며 웃었고, 피터 자신도 그 엄청난 돈을 특별히 어디에 쓸지 곰곰이 생각하기나 하는 것처럼 셔츠 깃 사이로 난롯불을 뚫어지게 바라보았다. 그러자 보잘것없는 급료를 받으며 여성용 모자 가게의 견습공으로 있는 마사가 식구들에게 자신이 어떤 일을 해야 하고, 얼마나 많은 시간을 쉬지 않고 한번에 일해야 하는지를 줄줄이 읊은 다음, 그러니 집에서 보내는 휴일인 내일 아침에는 푹 잘 때까지 자겠다고 말했다. 마사는 또 얼마 전에 백작 부인과 그녀의 아들을 보았는데, 그 아들의 키가 '피터와 엇비슷했다.'고 말했다. 그 말에 피터가 자신의 셔츠 깃을 얼마나 곧추세웠는지 만약 독자 여러분들이 거기 있었어도 그 아이의 머리를 볼 수 없었을 것이다. 이러는 동안 군밤과 술 주전자는 몇 바퀴나 돌고 돌았고, 마침내 식구들은 꼬맹이 팀이 눈 속에서 길을 잃고 헤매는 어린아이에 관해 부르는 노래를 들었다. 애처롭고 작은 목소리였지만 정말 잘 불렀다.

이런 그들의 모습에는 대단히 특별할 것도 없었다. 그들은 말끔하게 잘생긴 가족도 아니었고, 그렇다고 옷을 잘 차려입은 것도 아니었으며, 그들이 신은 신발은 방수도 되지 않았으며, 옷은 누추했다. 그래서 피터는 전당포 내부를 제 집처럼 훤히 알고 있었을 것이며,

그럴 확률이 높다. 그렇지만 그들은 행복했고, 감사했고, 서로서로 즐거워했으며, 그렇게 보내는 저녁 시간에 만족했다. 그래서 희미하게 사라져 갈 때에도 식구들은 유령이 횃불로 뿌려 주는 밝은 불빛의 반짝임 속에서 더욱 행복해 보였다. 스크루지는 그 가족을 바라보고 있었다. 특히 꼬맹이 팀에게서 마지막까지 눈을 떼지 못했다.

어느덧 날이 어두워지고, 눈이 펑펑 내리고 있었다. 스크루지와 유령이 거리를 걸어갈 때, 부엌, 응접실, 그리고 온갖 종류의 방에서 환하게 빛나는 불빛은 정말이지 환상적으로 아름다웠다. 어떤 곳에서는 일렁이는 불빛이 안락하고 편안한 저녁 식사가 준비되고 있음을 보여 주었다. 화롯가 앞에서 연이어 구워 내는 빵을 담은 뜨거운 접시들이 어둠과 추위를 막으려 언제라도 칠 준비가 된 짙은 붉은색 커튼 뒤에 놓여 있었다. 저쪽에서는 집안의 아이들이란 아이들은 결혼해서 분가한 언니와 형들, 사촌들, 아저씨 아주머니들을 먼저 맞이하려고 눈 속으로 달려 나가고 있었다. 또 이쪽 집에서는 도란도란 모여 앉은 손님들의 그림자가 창문 블라인드를 통해 비췄고, 저쪽에는 온통 스카프를 두르고 털 장화를 신은 어여쁜 아가씨들이 하나같이 재잘대면서 사뿐사뿐 경쾌하게 이웃집을 향해 걸어가고 있었다. 그 집에서는 아가씨들이 몰려오는 것을 본 청년이 깜짝 놀라 어쩔 줄 몰라 하며—깜찍한 아가씨들, 그들은 이미 다 알고 있었다—얼굴이 화끈 달아올랐다.

그러나 만약 독자 여러분들이 즐거운 모임에 가는 중인 사람들의 수만 보고 판단한다면, 그들이 집에 도착했을 때, 그들이 오기를 고대하며 굴뚝 높이의 반 정도까지 활활 타오르는 화롯불은커녕 그들을 반갑게 맞이해 줄 이가 한 사람도 없을 것이라고 생각했을 수도 있다. 그런 집을 축복하며 유령은 얼마나 기뻐했는지! 넓은 가슴을 열고 넉넉한 손바닥을 편 채 손길이 닿는 데마다 너그럽게 손으로 밝고 순진한 즐거움을 얼마나 선사하며 돌아다녔는가! 어딘가에서 그날 저녁을 보내려고 옷을 차려입은 채, 길이 어둡기 전에 뛰어다니면서 어둑한 길에 불을 켜는 점등원은 유령이 지나칠 때 큰 소리로 웃었다. 점등원은 유령이 스크루지와 함께하고 있는 것을 전혀 몰랐고 오직 크리스마스만이 머릿속에 들어 있었다.

유령은 미리 한마디 말도 없이 스크루지를 황량하고 쓸쓸한 황무지로 데려갔다. 엄청나게 많은 거친 돌무더기들이 흩어져 있어서 거인의 무덤인가 싶은 곳이었다. 물은 어디로든 흘러나갔고, 또 서리가 그 물들을 얼리지 않았다면 아마 그렇게 되었을 것이다. 그곳에는 이끼와 가시금작화, 그리고 거친 잡초들만이 무성하게 자라고 있었다. 서쪽 하늘에는 저물어 가는 태양이 남긴 타오르는 듯한 한 줄기 붉은 빛이 황량한 땅을 잠깐 음울한 눈빛으로 노려보다가 눈살을 찌푸리면서 아래로, 아래로, 아래로 내려가더니 이윽고, 칠흑 같은 밤의 어둠 속으로 사라졌다.

"여기가 어딘지요?" 스크루지가 물었다.

"대지의 창자에서 일하는 광부들이 사는 곳이지." 유령이 대답했다. "그들은 나를 알지. 자, 봐라!"

창문으로부터 빛이 새어 나오는 한 오두막집으로 그들은 재빨리 다가갔다. 진흙과 돌로 만든 담을 지나자 타오르는 화롯불 주위에 모여 앉아 즐거운 시간을 보내고 있는 사람들이 보였다. 한 노부부가 아들과 손자들, 그리고 증손자들과 함께 화려한 크리스마스 옷차림을 하고 있었다. 노인은 불모의 황무지에서 불어오는 바람 소리에 거의 묻힐 듯한 음성으로 크리스마스 노래를 부르고—그 노래는 노인이 어렸을 때 불렀던 아주 오래된 노래였다—이따금 식구들 모두가 함께 따라 불렀다. 식구들이 목소리를 높이면 노인 역시 몹시 즐거워하며 목청껏 불렀고, 식구들이 멈추면 노인의 목소리도 다시 잦아들었다.

유령은 거기에 머무르지 않고 스크루지에게 자신의 옷자락을 꼭 잡으라고 명령한 뒤 황무지 위를 날아갔다. 어디로 갔을까? 바다는 아니겠지? 아니, 바다였다. 겁에 질린 스크루지가 뒤를 돌아보니 그들 뒤로 땅끝, 무시무시한 바위들이 보였다. 천둥 같은 파도 소리에 귀가 멍했다. 사납게 출렁이며 굉음과 함께 날뛰는 바닷물이 자기가 파 놓은 무시무시한 동굴 속에서 대지를 집어삼킬 듯 맹렬하게 울부짖었다.

해안으로부터 3마일 쯤 떨어진 곳에 일 년 내내 파도에 쓸리고 부딪히는, 폭 꺼진 바위들이 만든 음산한 모래톱 위에 외로운 등대가 하나 서 있었다. 등대의 바닥에는 거대한 해초 더미가 달라붙어 있었으며, 폭풍의 새들이—해초가 바다에서 태어나듯 바람 속에서 태어나는 것으로 생각할 수 있는—등대 주변을 오르락내리락 했다. 자기들이 스치며 날아다니는 파도처럼.

거기에 두 명의 등대지기가 불을 피우고 있었다. 두꺼운 돌담의 총안 사이로 새어 나온 밝은 빛이 사나운 바다에 어렸다. 두 사내는 투박한 테이블에 앉아 막일로 거칠어진 손을 서로 맞잡고 그로그주

(酒) 캔을 들면서 서로에게 크리스마스 축배를 나누고 있었다. 낡은 배의 뱃머리 장식처럼 세월의 온갖 풍상에 깎이고 찌든 얼굴을 한 둘 중 더 나이 든 사내가 강풍과도 같은 억센 노래를 부르기 시작했다.

유령은 거기서 멈추지 않고 스크루지에게 말했듯 해안에서 아주 멀리 떨어진 곳으로 검푸르게 일렁이는 바다 위를 계속 날아가더니 이윽고 망망대해 위에 뜬 배 위에 내려앉았다. 둘은 키를 잡고 있는 키잡이와 뱃머리에서 밖을 감시하는 보초, 그리고 두루두루 살피고 있는 항해사들 곁으로 다가갔다. 각자의 위치에서 어둑한 유령처럼 보이는 선원들은 그러나 하나같이 크리스마스 캐럴을 흥얼거리거나, 크리스마스 생각에 빠져 있거나, 고향을 돌아가 함께하고 싶은 희망을 품고 동료들에게 크리스마스에 얽힌 옛일들을 소곤거리고 있었다. 한편, 배에 탄 승객들은 깨어 있거나 잠자거나, 착하거나 못됐거나 간에 모두 이날은 한 해의 그 어느 날보다도 서로서로 더 다정한 말들을 주고받으며 축제의 기분을 나누는 가운데, 멀리 떨어져 있는 사랑하는 가족들을 떠올리면서 가족들도 자신을 생각하며 기뻐하리라는 것을 알고 있었다.

윙윙 불어대는 바람 소리를 들으며 적막한 어둠을 뚫고 죽음만큼이나 심오하고 깊은 비밀을 간직한 미지의 심해 위를 날아가는 일은 얼마나 엄숙하고 장엄한 일인가를 생각해 보니 스크루지는 놀라지 않을 수 없었다. 그런 생각에 빠져 있을 때 호탕한 웃음소리가 들려와 스크루지는 또 한 번 크게 놀랐다. 그러나 더욱 놀라운 일은 그 웃음소리는 자기 조카의 것이며, 밝고 뽀송뽀송하게 빛나는 방에 유령과 나란히 서서 조카를 향해 만족스러운 듯 사근사근한 미소를 보내고 있는 이가 다름 아닌 자신이라는 사실이었다!

"하, 하!" 조카가 웃었다. "하, 하, 하!"

만약 혹시라도 여러분들이 스크루지의 조카보다 더 쾌활하게 웃는 어떤 사람을 알고 있다면, 물론 그런 일은 없겠지만, 나 또한 그를 알고 싶다. 그 사람을 나에게 소개해 주시길. 기꺼이 사귈 용의가 있으니.

질병이나 슬픔도 그러하지만, 웃음과 좋은 기분만큼 참을 수 없는 전염성을 가진 것이 이 세상엔 없다는 사실은 얼마나 아름답고 공평하며 귀중한 세상의 이치란 말인가. 스크루지의 조카가 옆구리를 움켜쥐고 머리를 흔들며 얼굴까지 터무니없이 찡그려 일그러뜨리며 쾌활하게 웃자, 스크루지의 조카며느리 역시 그와 마찬가지로 실컷 웃음을 터뜨렸다. 함께하던 친구들까지 뒤질세라 큰 소리로 거침없이 웃어댔다.

"하, 하! 하, 하, 하, 하!"

"그분은 글쎄 크리스마스가 쓸데없는 거라고 하셨어. 틀림없이 그랬어!" 스크루지의 조카가 말했다. "정말 그렇게 믿고 계시더라니까!"

"정말로 부끄러운 일이에요, 프레드!" 스크루지의 조카며느리가 몹시 분개하며 말했다. 저런 여성들에게 축복을! 저런 여성들은 무슨 일이든지 어중간하게 대충대충 하지 않는다. 항상 열심히 진지하게 한다.

그녀는 몹시 아름다웠다. 보기 드물 정도로 특출난 미모였다. 옴

폭하니 보조개가 있는, 놀란 듯한 표정의 근사한 얼굴, 입 맞추고 싶은 아담하고 도톰한 입술―틀림없이 그랬다―미소를 지을 때면 서로 옹기종기 모여드는 턱 주변에 난 작고 예쁜 점들, 그리고 어린 아기들에게나 보았던 태양처럼 반짝이는 두 눈동자, 이 모든 것들을 다 지닌 그녀는 여러분들이 도발적이라 부를 만한 매력적인 존재, 더할 나위 없이 아름다운 존재였다. 아, 더할 나위 없이 완벽한 존재였다!

"그분은 정말 재밌는 영감이야." 스크루지의 조카가 말했다. "사실이지. 그렇지만 유쾌한 분은 아니지, 그럴 수도 있는데 말이야. 하지만 자신이 분노하고 스스로 벌주는 꼴이니, 그분을 나쁘다 탓할 수도 없지."

"아저씨는 엄청난 부자라고요, 프레드." 스크루지의 조카며느리가 넌지시 말했다. "적어도 당신이 나에게 늘 하던 말에 따르면 말예요."

"그게 무슨 소용이겠어, 여보! 그분한텐 그 많은 돈이 아무 소용도 없어. 그 돈을 어디 좋은 데 쓰시는 걸 한 번도 못 봤잖아. 그 돈으로 삼촌 당신이 편안하게 사시는 것도 아니고. 그렇다고, 그 돈으로 우리에게 혜택을 주시겠다는 만족할 만한 생각은, 하하하, 꿈에도 없으시고!"

"저는 그분을 참을 수가 없어요." 스크루지의 조카며느리가 말했다. 그녀의 자매들과 다른 부인들 모두 같은 의견을 내놓았다.

"아, 난 참을 수 있어!" 스크루지의 조카가 말했다. "그분이 안됐어. 화를 내려도 해도 그분에게 화를 낼 수가 없어. 그분의 변덕 때문에 고통받는 사람이 누구겠어? 언제나 그분 자신이지. 우리가 자신을 싫어한다는 생각이 머리에 가득하시니 여기 우리 집에 오셔서 함께 식사하려고 하지 않으시는 거지. 그래서 그 결과는? 물론 뭐 대단한 만찬을 잃은 것은 아니긴 하지만."

"나는 사실, 그분이 아주 훌륭한 만찬을 놓친 거라고 생각해요." 스크루지의 조카며느리가 남편의 말을 끊었다. 다른 사람들 모두 똑같은 생각이었다. 그들 모두 그 문제에 관해서는 충분한 자격이 있는 배심원들로 인정해 주는 게 마땅했다. 왜냐하면 다 함께 저녁 식사를 마치고 등불 밝힌 화롯가 테이블에 둘러앉아 후식을 먹으려는 참이었기 때문이었다.

"좋아요! 그 말을 들으니 매우 기쁘군요." 스크루지의 조카가 말했다. "사실 나는 요즘 젊은 주부들은 크게 믿지 않았거든요. 토퍼, 자네 생각은 어떤가?"

토퍼는 스크루지 조카며느리의 자매 중 한 사람에게 마음을 두고 있는 게 분명해 보였다. 그는 자기 같은 미혼 남자는 그런 문제에 대한 견해를 밝힐 권리가 없는 불쌍한 낙오자라고 대답했다. 그 말에 스크루지의 조카며느리의 여동생 중 한 명이 - 장미꽃 장식을 단 여동생이 아니라 레이스 터커[5]를 단 통통한 여동생 - 얼굴을 붉혔다.

"하려던 이야기 계속 해 봐요, 프레드." 스크루지의 조카며느리가 손뼉을 치며 말했다. "저이는 시작한 말을 끝내는 법이 없어요. 참 엉뚱한 사람이에요!"

---

5  17~18세기 여자 복장의 깃 장식 -옮긴이 주

스크루지의 조카가 또 한 번 한바탕 웃음을 터뜨리는 바람에 그 웃음이 퍼지는 것을 막기란 불가능했다. 통통한 처제가 향초(香醋) 냄새까지 맡아 가며 애를 썼지만 모든 사람들이 그를 따라 웃고 말았다.

"내가 하려던 말은, 아저씨가 우리를 좋아하지 않고, 우리와 함께 즐겁게 보내지 않으려 한 결과는 그저 삼촌이 즐거운 순간들을 좀 잃긴 했지만, 그것 때문에 삼촌에게 해가 될 일은 없다는 거지. 삼촌이 친구들과 보낼 수 있는 시간을 잃고 있다고 확신해. 그건 곰팡내 나는 낡은 사무실이나 먼지투성이 방에서 혼자만의 생각에 빠져 있는 것보다는 분명 더 유쾌한 일이지. 내가 삼촌이 좋아하시건 말건 상관없이 매년 초대하는 게 그런 기회를 드리고 싶어서야. 삼촌이 안됐잖아. 삼촌이 돌아가시는 날까지 크리스마스를 욕할지도 모르지만, ─그런 삼촌 뜻을 모른 체하고─ 해마다 삼촌을 찾아가 좋은 기분으로 안녕하세요? 라고 인사를 하면 삼촌도 크리스마스에 대해 더 좋은 쪽으로 생각하시지 않을 수 없을 거야. 만약 그게 삼촌 마음을 움직여서 삼촌이 데리고 있는 그 가난한 서기에게 오십 파운드를 유산으로 남겨 줄 수 있다면, 그것만 해도 굉장한 일이겠지. 어제 내가 삼촌 마음을 움직인 것 같기도 했어."

그가 스크루지의 마음을 움직였다는 말에 주위 사람들이 먼저 웃음을 터뜨렸다. 그렇지만 본래 성격이 좋은 데다 그들이 웃는 것에 대해 별로 개의치 않고 어쨌거나 사람들이 웃었다는 사실에 더 기분이 좋아진 그는 일행을 더 즐겁게 유쾌하게 하도록 부추기면서 즐겁게 술병을 돌렸다.

차를 마신 다음 사람들은 노래를 몇 곡 불렀다. 다들 노래를 좋아하는 음악 가족이라 뭘 하는지를 잘 알아서, 합창곡이나 돌림노래를 했을 때 정말이지 훌륭했다고 나는 여러분들께 확실히 이야기할 수 있다. 특히 토퍼는 이마의 핏대를 세우거나 지나치게 얼굴을 붉히지 않으면서도 훌륭한 성악가처럼 묵직하게 울리는 베이스 음을 낼 수 있었다. 하프 연주 솜씨가 훌륭했던 스크루지의 조카며느리는 아주 간단한 소곡(정말 단순한 곡이었다. 여러분들도 2분이면 배워서 휘파람으로 불 수 있다)도 연주했다. 그 곡은 과거의 크리스마스 유령이 상기시켰던 어린 시절에 보았던, 스크루지를 기숙학교에서 집으로 데려다 주었던 여동생이 잘 부르던 노래였다. 그 음악을 듣자 스크루지에게는 그때 유령이 보여 주었던 모든 일들이 마음속에 떠올라 마음이 점점 누그러져 이런 생각을 했다. 만약 그가 몇 년 전에 그 음악을 자주 들을 수만 있었다면, 제이콥 말리를 묻어 주었던 교회 관리인의 삽에 의지하지 않고 스스로의 행복을 위해 손수 인생의 친절을 베풀었을 것이라고 생각했다.

저녁 내내 그들이 노래만 부른 것은 아니었다. 얼마 뒤 그들은 벌금 놀이를 했다. 이따금 아이처럼 동심을 가져 보는 것도 좋은 일인데다, 그러기엔 크리스마스보다 좋은 때가 어디 있단 말인가? 크리스마스의 위대한 창시자야말로 아이 아니었던가! 각설하고! 첫 번째 게임은 장님술래잡기 놀이였다. 당연히 그랬다. 그런데 나는 토퍼의 신발에 눈이 달려 있는 것이 아니라면 그가 눈을 가리지 않은 게 틀림없다고 믿는다. 내 짐작으로는 그와 스크루지의 조카 사이에 뭔가가 있었다는 말이다. 그리고 현재 크리스마스의 유령도 그것을 알고 있는 것 같았다. 토퍼가 레이스 깃 장식을 한 통통한 처제의 뒤를 따라가는 방법이란 걸 보면 인간 본성은 우직하다는 믿음을 산산이 깨트리는 것이었다. 그는 부지깽이를 쓰러뜨리고, 의자에 걸려 넘어지고, 피아노에 부딪치고, 커튼 속에 파묻혀 숨이 막히면서도, 그녀가 가는 곳은 어디든지 어김없이 따라갔다. 그는 통통한 그 처제가 있는 곳을 언제나 알고 있었다. 그는 그녀 외에는 누구도 잡으려 하지 않았다. 만약 여러분이 일부러 그와 부딪쳐 넘어졌다면(실제 그들 중에 몇 명이 그러기도 했다) 그는 여러분을 잡으려고 애를 쓰는 시늉은 하기는 했을 것이다. 물론 그렇게 하는 것은 여러분이 다 알고 있다는 사실을 모욕하는 일이겠지만, 그는 개의치 않고 곧바로 통통한 처제가 있는 방향으로 슬금슬금 옮겨갈 것이었다. 그녀는 자주 그런 그가 공정하지 않다고 소리쳤는데, 실제로 공정하지 않았다. 그러나 결국 토퍼가 그 처제를 붙잡았을 때, 그녀의 비단옷 스치는 소리에도 불구하고, 그를 지나쳐 재빠르게 달아났음에도 불구하고 더 이상 도망칠 데가 없는 구석에서 그녀를 붙잡았을 때, 그때 한 그의 행동이 가장 밉살맞았다. 그녀를 모르는 체, 꼭 필요하기나 한 것처럼 머리 장식을 만져 보고, 그것도 부족한지 그녀가 누군지 확인이라도 하겠다는 듯 그녀의 손가락에 낀 반지를 확인해 보고, 목걸이를 만지작거렸는데, 이는 정말 비열하고 터무니없는 행동이었다! 술래가 다른 사람으로 바뀌어 그들 두 사람이 커튼 뒤에서 은밀하게 함께 숨게 되었을 때 그녀가 토퍼에게 그런 행동에 대해 자신의 생각을 얘기했을 것은 불문가지였다.

스크루지의 조카며느리는 장님술래잡기 놀이에 참여하지 않고 아늑한 구석에서 커다란 의자와 발판을 마련해 놓고 편안하게 휴식을 취하고 있었는데, 유령과 스크루지가 바로 그 뒤에 있었다. 하지만 남편을 너무도 완전히 사랑한 그녀는 벌금 놀이에는 참여했다. 게다 가 '어떻게, 언제, 어디서' 게임에서도 발군의 실력을 발휘해, 스크 루지의 조카가 남몰래 흐뭇해할 정도로 여동생들 코를 납작하게 해 주었다. 토퍼가 여러분들에게 말했을 법하지만 처제들도 영리하긴 했다. 그곳에는 젊은이와 노인 합쳐 모두 스무 명가량의 사람들이 있었는데, 한 사람도 빠짐없이 놀이에 참여해서 나중에는 스크루지 도 끼어들었다. 진행되는 놀이에 폭 빠져버린 스크루지는 자신의 목 소리가 그들의 귀에는 들리지 않는다는 사실도 까맣게 잊은 채, 때 때로 매우 큰 소리로 자신이 짐작한 답을 말했고, 종종 들어맞았다. 바늘귀가 부러지지 않는다고 보장할 만큼 최고로 예리한 화이트채 플 바늘조차도 스크루지보다 예리하지는 못했고, 그가 속으로 예상 했던 것처럼 날카롭지 않았다.

유령은 이런 스크루지의 태도를 보고 몹시 기뻐하며 호의적인 시 선으로 그를 바라보았다. 스크루지는 어린아이처럼 손님들이 떠날 때까지 여기에 머무를 수 있게 해 달라고 간청했다. 하지만 유령은 그럴 수 없다고 대답했다.

"새로운 게임입니다. 삼십 분만, 유령님, 딱 한 번만!" 스크루지가 애원했다.

그것은 예-아니오 놀이였다. 스크루지의 조카가 무언가를 생각 하면 나머지 사람들이 그것을 알아맞히는 놀이였다. 사람들의 질문 에 대해 그는 단지 '예', '아니오'로만 대답할 수 있었다. 속사포 같은 질문이 쏟아진 끝에 그가 동물에 대해 생각하고 있다는 것이 어느 정도 밝혀졌다. 살아 있는 동물인 데다, 다소 비위에 거슬리고, 야만적이며, 으르렁거리고, 때로는 툴툴거리기도 하는 동물인 동시에, 때로는 남을 험담하기도 하는 동물이고, 런던에 살며, 거리를 거닐지만 구경거리는 아니고, 누군가에 의해 끌려다니는 것도 아니고, 동물원 속에 갇혀 사는 것도 아니고, 절대 시장에서 도살되지도 않고, 말이나 나귀, 암소, 황소, 호랑이, 개, 돼지, 고양이, 곰 등도 아닌 동물이었다. 새로운 질문이 그에게 쏟아질 때마다 스크루지의 조카는 포복절도를 하며, 말할 수 없을 정도로 즐거워서 소파에서 일어나 발을 동동 굴렀다. 마침내 그 통통한 처제가 비슷하게 웃으며 외쳤다.

"제가 알아냈어요! 그게 뭔지 알아요, 형부! 뭔지 안다구요!"

"그래, 뭐지?" 프레드가 소리쳤다.

"형부의 삼촌 스크루-우-우-우지!"

그게 정답이었다. 모두가 감탄하는 분위기였다. 몇몇 사람이 '그것은 곰입니까?'라는 질문에 대해 '예'라고 대답했어야 한다고 이의를 제기하긴 했다. 그들의 추측이 스크루지를 향하고 있었는데, '아니오'라는 그 대답이 스크루지에게서 멀어지게 하기에 충분했다는 이유에서였다.

"정말이지 그분 덕분에 아주 즐거운 시간을 보냈네요." 프레드가 말했다. "그러니 그분의 건강을 위해 축배를 들지 않는다는 건 배은

망덕한 일이지요. 마침 여기 우리 손에 멀드 와인[6]도 한 잔 준비되어 있군요. 자, 내가 선창하지요. '스크루지 삼촌을 위하여!'"

"스크루지 아저씨를 위하여" 사람들도 따라서 외쳤다.

"스크루지 영감님이 어떤 분이시건 간에! 메리 크리스마스 그리고 해피 뉴 이어!" 스크루지의 조카가 말했다. "그분은 내 축복을 받고 싶지 않으시겠지만, 그럼에도 불구하고 받으시길. 스크루지 삼촌을 위하여!"

스크루지는 사람들 눈에는 보이지 않았지만 너무 기쁘고 날아갈 듯 마음이 가벼워졌다. 만약 유령이 그에게 시간만 주었다면 스크루지는 자기를 볼 수 없는 그 사람들에게 답례의 축배를 들고, 들리지 않더라도 감사의 말을 전했을 것이다. 그러나 이 모든 장면은 스크루지 조카의 마지막 말과 함께 사라져 버렸고, 스크루지와 유령은 다시 그들의 여정을 이어갔다.

그들은 많은 것을 보았고, 멀리까지 갔으며, 수많은 가정을 방문했지만, 결말은 언제나 행복했다. 유령이 곁에 가면 아픈 환자들은 생기를 되찾았고, 타향에 떠나 있던 사람들은 고향을 가까이 느꼈고, 고생하며 발버둥치는 사람들은 큰 희망을 품고 인내했으며, 가난한 사람들은 부자가 된 마음을 갖게 되었다. 구빈원, 병원, 감옥, 불행한 이들의 모든 피난처, 그 모든 곳에서 보잘것없는 순간의 권세를 지닌 하찮은 인간들이 문을 꼭 닫아걸지도 않고, 유령의 출현

---

6 와인에 설탕·향료를 넣은 뜨거운 음료. 겨울 크리스마스 같은 때에 마심. -옮긴이 주

을 막지도 않았기 때문에, 유령은 그들에게는 축복을 내리고, 스크루지에게는 교훈을 가르쳤다.

이 모든 일들이 단 하룻밤에 일어났다면 참으로 긴 밤이었다. 그러나 스크루지는 이 사실이 의아했다. 그들이 함께 보낸 시간 속에 온 크리스마스 휴일이 응축된 것 같았다. 게다가 스크루지 자신의 외모는 변하지 않고 그대로인데, 유령은 점점 더 분명하게 늙어간 것도 이상했다. 스크루지는 이러한 변화를 알고 있었지만 아무런 내색도 하지 않고 있다가 아이들의 주현절 전야제를 떠나오고 난 뒤 어느 공터에 서 있게 되었을 때, 유령의 머리가 백발이 된 것을 보고 물었다.

"유령님의 수명은 그렇게 짧은가요?" 스크루지가 물었다.

"이승에서의 내 수명은 매우 짧다." 유령이 대답했다. "오늘 밤이 마지막이다."

"오늘 밤요!" 스크루지가 놀라서 소리쳤다.

"오늘 밤 자정까지다. 들어 봐! 그 시간이 점점 다가오고 있다."

그 순간 11시 45분을 알리는 종소리가 울렸다.

"제가 여쭤본 것이 정당한 것이 아니라면 용서해 주세요." 스크루지가 유령의 옷자락을 자세히 바라보며 말했다. "저는 뭔가 이상한 것을 보았습니다. 유령님 몸의 일부가 아닌 것 같은 것이 옷자락 밑으로 비어져 나왔습니다. 그게 발인가요 아니면 발톱인가요?"

"발톱이겠지. 살이 그 위에 붙어 있으니." 유령은 슬픈 음성으로 대답했다. "자, 여기를 봐라."

유령이 옷자락 접힌 부분에서 아이 둘을 꺼냈다. 비참하고, 절망적인 모습으로, 겁에 질린, 섬뜩하고, 불쌍해 보이는 어린아이들이었다. 아이들은 유령의 발밑에 무릎을 꿇고 앉아서 유령의 옷자락에 매달렸다.

"자, 이봐! 여기를 보아라. 보라고, 봐, 여기 아래를!" 유령이 소리쳤다.

사내아이와 여자아이 하나씩이었다. 얼굴은 누렇고, 몸은 깡마르게 야윈 데다, 옷차림은 남루하기 이를 데 없고, 얼굴은 찌푸린 채, 탐욕스러우면서도, 비굴하게 겸손하게 납작 꿇어 엎드려 있었다. 우아한 젊음이 가득 차 있고 생기발랄한 젊은 기운이 돌아야 할 얼굴은 어디 가고, 핏기도 없이 쪼글쪼글 오그라든 노인의 손이 꼬집고 비틀어 짜고 갈기갈기 찢어 놓은 듯한 모습이 거기 있었다. 천사가 왕관을 쓰고 앉아 있어야 할 곳에 악마가 숨어서 위협하며 노려보고 있었다. 경이롭고 신비한 창조의 과정에서 아무리 인간성이 변화하고, 타락하고, 왜곡된다 한들 이렇게 끔찍하고 공포스러운 괴물을 만들어 내지는 못하리라.

스크루지는 오싹한 소름을 느끼며 뒤로 물러섰다. 이런 식으로 모습을 보여 주었으니, 스크루지도 귀여운 아이들이라고 말하려 애는 썼으나, 그런 엄청난 거짓말을 하니 숨이 턱 막혀 말이 나오지 않는 편이 나았다.

"유령님! 이 아이들이 유령님의 자식들인가요?" 스크루지는 더 이상 묻지도 못했다.

"인간의 자식이다." 아이들을 내려다보면서 유령이 대답했다. "부모들이 간청해서 이렇게 날 붙들고 늘어지고 있다. 이 사내아이는

'무지'고, 이 여자아이는 '가난'이다. 정도와 관계없이 이 둘을 조심해야 한다, 특히 사내아이를. 그의 이마에 파멸이라는 글자가 적힌 게 보인다. 저 글자를 지우지 않는다면 말 그대로 파멸이다. 어디 부정할 수 있느냐!" 유령이 자신의 손을 런던 쪽을 향해 뻗으며 소리쳤다. "너희들에게 무지를 말하는 이들을 욕해 보라! 너희들의 당파적인 목적을 위해 무지를 인정해 보라, 그러면 더욱 악화되기만 할 뿐! 결국 파멸의 날을 기다리는 꼴일 뿐이다!"

"아이들이 보호받거나 의지할 곳은 없나요?" 스크루지가 외쳤다.

"감옥이 없다는 말이냐?" 스크루지에게 몸을 돌린 유령이 마지막 말을 남겼다. "구빈원이 없다는 것이냐?"

종소리가 열두 시를 알렸다.

스크루지는 주위를 둘러보며 유령을 찾았으나 보이지 않았다. 마지막 종소리의 떨림이 그쳤을 때, 스크루지는 죽은 제이콥 말리의 예언을 떠올리며 고개를 들었다. 긴 옷을 걸치고 두건을 쓴 엄숙한 유령이 땅 위에 퍼져 가는 안개처럼 그를 향해 다가오고 있었다.

# 제4장 세 유령 중 마지막 유령

유령은 천천히, 말도 없이 근엄한 태도로 다가왔다. 유령이 가까이 다가오자 스크루지는 무릎을 꿇었다. 이 유령에게서는 음산하고 신비한 분위기가 풍기고 있었다.

유령은 아주 새카만 옷으로 온몸을 휘감고 있었다. 머리와 얼굴, 온몸의 윤곽까지 다 옷으로 가려져 있어서 쑥 내민 한 손 말고는 보이는 게 없었다. 그 손이 아니었다면 어둠과 유령의 형상을 구분할 수도, 유령을 둘러싼 주위의 칠흑 같은 밤과 유령을 분간하기도 어려웠을 것이다.

스크루지는 곁으로 다가온 유령의 큰 키와 위엄이 넘치는 태도, 그리고 알 수 없는 신비한 존재감으로 인해 온몸 가득 장엄한 공포감을 느꼈다. 유령이 입도 뻥끗하지 않고 꼼짝도 하지 않았기 때문에 스크루지도 더 이상은 알 길이 없었다.

"제가 지금 앞으로 올 크리스마스 유령님 앞에 있는 건가요?" 스크루지가 물었다.

유령은 여전히 말은 없이 그저 자신의 손을 들어 앞쪽을 가리켰다.

"유령님은 저에게 아직 일어나진 않았지만 조만간 우리 앞에 벌어 질 일들을 보여 주시려는 것이겠지요. 그렇지요, 유령님?" 스크루지가 집요하게 물었다.

한순간 옷 윗부분이 오그라들며 주름이 잡혔다. 마치 유령이 그렇 노라고 머리를 숙이기라도 한 것 같았다. 스크루지가 받은 유일한 대답이었다.

스크루지가 제아무리 지금까지 유령과 동행하는 데 익숙해 있었 다 해도, 이 말 없는 형상은 너무도 두려운 존재였던지라 두 다리가 사시나무 떨듯 후들거려서 따라 나서기는커녕 제대로 서 있을 수도 없었다. 유령은 그런 스크루지를 지그시 바라보면서 스크루지가 회 복할 수 있도록 걸음을 멈추고 가만히 있었다.

하지만 그런 유령의 태도에 스크루지는 더 큰 두려움을 느꼈다. 그 유령이 자아내는 뭔가 알 수 없는 야릇한 공포가 스크루지의 온 몸에 전율을 불러왔다. 스크루지가 아무리 애써 용을 써 봐도 기껏 유령의 괴기한 손과 뭔지 구분도 안 되는 거대하고 시커먼 형상밖에 는 볼 수 없지만, 저 새카만 장막 뒤에서 유령의 눈이 자신을 뚫어져 라 노려보고 있을 것을 생각하니 알 수 없는 막연한 두려움에 온몸 이 오싹해졌다.

"미래의 유령님!" 스크루지가 소리쳤다. "제가 지금까지 본 어떤 유령님들보다 저는 당신이 두렵습니다. 하지만 유령님이 오신 건 저 에게 이로움을 주시기 위해서라는 걸 알고 있습니다. 저 또한 과거 와는 다른 사람이 되어 살아가기를 희망하고 있으니, 감사하는 마음 으로 기꺼이 유령님을 따를 준비가 되어 있습니다. 이제 그만 저에게 말을 걸어 주시지 않겠습니까?"

유령은 아무런 대답이 없었다. 여전히 손으로 그들의 앞쪽만 곧장 가리켰다.

"인도해 주십시오!" 스크루지가 말했다. "인도해 주십시오! 밤이 빠르게 지나가고 있습니다. 저에게는 너무도 소중한 시간입니다. 인도해 주십시오, 유령님!"

유령은 그에게 다가왔던 것처럼 그에게서 물러났다. 스크루지가 유령의 옷 그림자 속으로 따라 들어가자, 옷 그림자가 자신을 품고 데려가는 것 같았다.

도시로 들어가는 것은 아니었다. 도시가 그들 곁으로 튀어 올라 그들을 에워싸는 것 같았다. 그렇지만 그들은 도시 한복판에 있었다. 상인들이 북적대는 상품 거래소 한가운데였다. 상인들은 분주하게 동동거리며 왔다 갔다 하거나 주머니 속의 돈을 짤랑거리기도 하고, 떼로 모여 이야기를 나누거나, 시계를 쳐다보다가, 심각한 생각에 잠겨 커다란 금박 도장을 만지작거리고 있었다. 하나같이 스크루지가 익히 알고 있는 행동들이었다.

유령은 상인들 몇 명이 모여 있는 무리들 곁에 멈췄다. 유령의 손이 그들을 가리키는 걸 보고 스크루지가 앞으로 다가가 그들의 대화를 들었다.

"모르네." 턱이 엄청나게 큰 비대한 사내가 말했다. "좌우지간 난 그 일에 대해 아는 게 별로 없다네. 그냥 그가 죽었다는 것만 아네."

"언제 죽었다던가?" 또 다른 사내가 물었다.

"내가 알기로는 지난밤이라네."

"왜, 뭣 때문이라던가?" 엄청나게 큰 코담뱃갑에서 수북하게 코담배를 꺼내면서 세 번째 사내가 물었다. "영원히 죽지도 않을 것 같더니만."

"그걸 누가 알겠나." 첫 번째 사내가 하품을 하면서 말했다.

"돈은 다 어떡했다던가?" 코끝에 불거져 나온 커다란 혹이 꼭 수컷 칠면조의 턱밑 처진 살처럼 덜렁거리는 얼굴이 불그스레한 사내가 물었다.

"들은 바 없다네." 턱 큰 사내가 하품을 하며 대답했다. "동료에게 남겼겠지, 뭐. 나한테 떨어진 게 없다는 건 알고 있다네."

이 농담이 모두의 웃음보를 터뜨렸다.

"눈 뜨고 못 볼 싸구려 장례식이 되겠지." 턱 큰 사내가 덧붙였다. "내 장담하네만, 장례식에 가겠다는 사람 코빼기도 못 보겠어. 우리라도 떼거리로 가서 조문 봉사나 하는 게 어떤가들?"

"글쎄, 점심이라도 준다면 모를까." 혹부리 코 신사가 말했다. "간다면, 밥은 기필코 얻어먹고야 말걸세."

또다시 웃음이 터졌다.

"보아하니, 결국, 내가 이 중에 제일 무관심한가 보군." 첫 번째 사람이 말했다. "난 거기 가서 검은 장갑 낄 마음도, 점심 얻어먹을 마음도 눈곱만큼도 없다네. 뭐, 혹 누구라도 간다면야 나도 생각은 해 보겠네. 하긴 생각해 보면 내가 그 사람에겐 대단히 특별한 친구가 아니었다고 할 수야 없겠네 그래. 길 가다 만날 때마다 걸음을 멈추고 이야기 정도는 나누었으니 말일세. 그럼, 잘들 가게!"

말하던 사람도 듣던 사람도 뿔뿔이 헤어져 다른 무리들 틈에 섞였다. 스크루지는 그 사내들을 알고 있었다. 유령을 빤히 쳐다보았다. 설명이 필요했다.

유령은 소리도 없이 미끄러지듯 거리로 들어가더니 두 사람이 만나는 곳을 가리켰다. 스크루지는 그들의 대화를 들으면 설명이 될까 하는 마음에 귀를 기울였다.

그들 또한 익히 아는 이들이었다. 엄청난 재산을 지닌 대단히 중요한 사업가였다. 스크루지는 그들에게 좋은 평판을 얻는 걸 중요하게 생각했다. 물론 사업상의 측면에서, 엄연히 사업상의 측면에서 그랬다.

"잘 지내시는지요?"

"예, 별 일 없으신지요?"

"그런데 말입니다, 악마도 마침내 갔군요. 허참?"

"저도 들었습니다. 날씨가 춥지요?"

"크리스마스 때니까요. 그런데 참, 스케이트는 안 타시죠?"

"네, 네. 그런데 생각할 것이 좀 있어서, 그럼 이만!"

대화는 그게 다였다. 그게 그들의 만남이었고, 대화였고, 작별이었다.

처음에 스크루지는 좀 놀랐다. 유령이 저렇게 아무것도 아닌 대화를 중요하게 여기다니! 그러나 곧 뭔가 감춰진 의도가 있다는 확신이 엄습해 와서 스크루지는 그게 뭘까 곰곰이 생각해 보았다. 그들이 자신의 옛 파트너 제이콥의 죽음을 두고 저런 대화를 나눈 것이라고는 생각할 수 없었다. 그건 벌써 오래전 일이고 지금의 유령은 미래의 유령이잖은가! 아무리 생각해도 저 대화를 연관시킬 만큼 직접 관련된 사람이 떠오르지 않았다. 그렇긴 해도 그들이 말하는 고인이 누구든 간에 자신이 더 나은 사람이 되도록 잠재된 교훈은 있으리라는 것은 분명하겠다는 생각에 스크루지는 조금 전 듣고 본 모든 말과 상황을 마음에 새겨 두면서, 특히 자신의 환영이 나타나면 신경 써 지켜보리라 결심했다. 미래의 자신이 하는 행동을 보면 자신이 놓친 실마리가 뭔지 짐작할 수 있을 것이고, 이 알쏭달쏭한 수수께끼를 쉽게 해결할 수도 있다고 기대했기 때문이었다.

스크루지가 자기를 닮은 형상이 있나 싶어 주위를 둘러보았다. 그러나 그가 자주 가던 익숙한 모퉁이에 다른 남자가 서 있었다. 벽시계가 평소 자신이 그곳에 가 있던 시간을 가리키고는 있었으나, 현관을 통해 쏟아져 들어오는 사람들 가운데 그 자신을 닮은 사람은 찾을 수 없었다. 하지만 그는 놀라지 않았다. 마음속으로 자신의 변화된 삶에 대해 곰곰이 생각하고 있던 터라 여기 어디서 새롭게 태어날 그 모습을 보지 않을까 생각하면서 은근히 그러기를 기대하고 있었기 때문이었다.

유령은 여전히 아무 말도 없이 음울한 자세로 손을 뻗은 채 스크루지의 곁에 서 있었다. 곰곰이 생각에 잠겨 있다 깨어난 스크루지가 유령이 손의 방향을 바꿔 자신이 서 있는 곳을 가리키는 곳을 보는 순간 보이지 않는 눈동자가 자신을 뚫어져라 응시하고 있다는 상상을 했다. 온몸이 벌벌 떨리면서 한기가 밀려와 오싹해졌다.

스크루지와 유령은 번잡한 곳을 벗어나 어두컴컴하고 으슥한 곳으로 들어갔다. 한 번도 지나간 적이 없는 곳이었다. 물론 그곳 형편이 어떤지 평판은 또 얼마나 안 좋은 곳인지는 스크루지도 모르지 않았다. 길은 좁고 지저분하고, 가게들이며 집들은 볼품없고, 사람들은 헐벗었고 술에 찌들어 초라하고 흉했다. 골목길과 아치형 굴다리 통로는 무수한 시궁창처럼 더럽고 역겨운 냄새와 먼지, 생활의 오물들을 구불구불한 길에 쏟아냈다. 일대에 온통 범죄와 매춘과 불행의 악취가 진동했다.

악명 높은 이 소굴의 깊숙한 끝자락에 벽에 붙여 지은 나지막한 지붕 아래 툭 튀어나온 입구가 비좁은 가게가 하나 있었다. 쇠붙이, 낡은 넝마, 빈 병, 뼈다귀, 비곗덩어리 같은 것들을 매입하는 곳이었다. 가게의 안마당에는 녹슨 열쇠, 못, 쇠사슬, 경첩, 줄, 저울, 저울추, 그리고 온갖 종류의 고물 쇳덩어리들이 쌓여 더미를 이루고 있었다. 산더미처럼 쌓인 보기 흉한 넝마, 썩은 고깃덩어리 뭉치와 뼈 무덤들 속에서 굳이 들춰내 캐물으려는 사람들 거의 없는 비밀들이 숨어 자라나고 있었다. 낡은 벽돌로 된 숯 난로 곁에 놓인 물건들 사이에 머리가 하얗게 센 일흔 살쯤 돼 보이는 무뢰배 노인이 하나 앉아 있었다. 차가운 바깥 공기를 막느라고 온갖 잡다한 누더기를 빨랫줄에 매달아 커튼처럼 쳐 놓았는데 곰팡내가 코를 찔렀다. 그래 놓고 조용한 은둔 생활의 사치를 한껏 누리기라도 하듯 파이프 담배를 피우고 있었다.

스크루지와 유령이 그 노인 앞에 막 들어서는 그때 묵직한 보따리를 든 한 여인이 가게 안으로 들어왔다. 그 여인이 막 들어서자마자, 또 다른 여인이 비슷한 보따리를 들고 들어왔다. 그 여인 뒤에 바짝 붙어 색 바랜 검은 옷을 입은 사내도 들어왔다. 여인들이 서로를 알아보고 놀란 것 못지않게 사내도 두 여인을 보고 화들짝 놀랐다. 서로 당황해서 잠깐 멍한 순간 파이프를 문 노인까지 어리둥절해 있다가 세 사람은 모두 한통속이 되어 웃음을 터뜨렸다.

맨 먼저 들어온 여자가 소리쳤다. "청소부가 일등! 세탁부가 이등, 장의사가 삼등. 이봐요, 조 영감, 이런 우연이! 꼭 서로 짠 것처럼 우리 셋 다 여기서 만나다니!"

"이보다 더 좋은 장소가 어디 있겠나." 조 영감이 파이프를 빼면서 말했다. "응접실로 들어가세. 자네야 오래전부터 여긴 훤할 테고. 다른 두 사람도 낯설지 않을 테니. 잠깐 내가 가게 문을 좀 닫고 옴세. 아! 이놈의 삐걱거리는 소리! 이놈의 경첩만큼 녹슨 쇠붙이가 있을까. 그리고 보니 여기서 내 뼈다귀만큼 오래 묵은 뼈도 없네그려. 하, 하! 이보다 자기 하는 일에 잘 어울릴 수가 있을까. 우리 서로도 쿵짝이 잘 맞고 말이지. 자, 들어오지. 어서 응접실로 들어들 오게."

응접실이란 넝마로 쳐 놓은 장막 뒤편을 말했다. 조 영감은 낡은 양탄자 누르개를 가지고 불을 긁어모으더니, 파이프 줄기로 그을음 낀 램프 심지를 다듬고는(때는 밤이었다) 파이프를 입에 다시 물었다.

조 영감이 그러는 동안, 이미 자기 말을 끝낸 여자는 들고 있던 보따리를 마룻바닥에 던져 내려놓은 뒤 무릎 위에 팔짱을 끼고 거만한 자세로 앉아 나머지 두 사람을 무시하는 눈길로 쳐다보고 있었다.

"뭐가 이상하단 거야! 뭐가 이상하냐고, 딜버 부인?" 그 여자가 말했다. "다 자기 앞가림은 자기가 하는 거지. 그 작자도 늘 그랬다구!"

"그거야 두말하면 잔소리지, 맞지!" 세탁소 여자가 대꾸했다. "그 영감보다 더한 사람이 있으려고."

"그걸 알면서 왜 그리 겁먹은 강아지마냥 멀뚱멀뚱 서서 바라보고만 있어요, 부인? 누가 더 약은가 보자고? 우리가 지금 서로의 약점을 들추자는 것도 아니고, 안 그래?"

"암, 그렇고말고!" 딜버 부인과 장의사 사내가 한 목소리로 대답했다. "그런 건 꿈도 안 꾸지."

"좋아, 그럼 된 거지!" 여자가 말했다. "그걸로 된 거야. 이 까짓것들 좀 어찌 된다고 뭐 어떻게 되겠냐고. 죽은 그 노인네는 신경도 안 쓸걸."

"암, 두말하면 잔소리지!" 딜버 부인이 웃으며 맞장구를 치고는 말을 계속했다.

"그 악질 구두쇠 영감이 요단강 건넌 후에도 자기 물건을 지키고 싶었다면 목숨 줄이 붙어 있을 때 좀 순리대로 살지, 안 그래? 그랬더라면 그 영감 숨이 멎을 때 돌봐줄 사람이라도 하나 있었을 텐데, 그리 쓸쓸히 혼자 누워서 마지막 숨 거두진 않았을 텐데."

"이제까지 들은 말 중에 제일 옳은 말이네." 딜버 부인이 말했다. "다 자기 죗값의 심판을 받은 거지."

"좀 더 무거운 심판을 받을 줄 알았는데." 여자가 맞받았다. "그랬더라면. 그랬으면 틀림없이 다른 것들에도 손을 좀 댈 수 있었을 텐데. 조 영감님, 그 보따리 풀어 봐요. 값이 얼마나 나갈지나 알려나 주시고. 솔직하게 말해야 돼요. 내가 첫 번째인 것도 겁나지 않고, 다들 본다고 해도 뭐 두려울 것도 없다고. 다 자기 앞가림하면서 사는 거 몰랐던 것도 아니고. 이게 뭐 죄나 되나. 조 영감님, 보따리를 풀어 봐요."

그러나 친절한 동료들이 그렇게 하도록 내버려 두지 않았다. 색 바랜 검정 옷을 입은 장의사가 맨 먼저 약탈품을 들이밀었다. 값비싼 물건들이 아니었다. 도장 한두 개, 필통 한 개, 소매 단추 한 쌍, 값싼 브로치 한 개, 그게 고작이었다. 조 영감은 나온 물건들 하나하나에 쳐 줄 가격을 셈해서 벽에다 적었다가 더는 나올 물건이 없음을 확인하고는 그것들을 모두 더해 합계를 냈다.

"자, 이게 자네의 몫일세." 조 영감이 말했다. "나를 끓는 물에 처박아 넣는다 해도 6펜스를 더 줄 수는 없네. 자, 다음 사람?"

다음은 딜버 부인이었다. 홑이불과 수건, 별 볼 일 없는 옷가지 몇 벌, 구식의 은제 티스푼 두 벌, 설탕 집게 한 쌍, 그리고 장화 몇 켤레. 아까와 똑같은 방식으로 그녀의 물건들에 대해서도 셈이 매겨져 벽에 적어 두었다.

"나는 항상 숙녀들에게 너무 후하단 말이야. 다 내가 무른 탓이지. 이러니 내가 망하지." 조 영감이 말했다. "당신 몫은 이거야. 땡전 한 푼이라도 더 달라고 대놓고 요구하면, 그 무례함에 분개해서 오히려 반 크라운 깎을 테니 그리 알고."

"자, 이제 내 보따리 차렙니다, 조 영감." 첫 번째 여자가 말했다.

조 영감은 무릎을 굽혀 조금 더 편안한 자세로 보따리를 풀었다. 뭔 매듭이 그리도 많은지 한참을 풀더니 이윽고 둘둘 말린 큼지막하고 묵직해 보이는 시커먼 보자기 뭉치 하나를 꺼냈다.

"이건 뭐지?" 조 영감이 의아해했다. "침대 커튼일세!"

"그래요!" 팔짱을 낀 채 웃으며 앞으로 허리를 굽히면서 여자가 맞받았다. "침대 커튼요!"

"설마 그 영감이 거기 누워 있는데 고리까지 몽땅 떼어 들고 온 건 아니겠지?" 조 영감이 물었다.

"당연히 그랬지요." 여자가 대답했다. "뭐 문제 있어요?"

"자넨 부자가 될 팔자를 타고난 사람일세. 암, 틀림없어." 조 영감이 말했다.

"손만 뻗으면 다 내 손에 넣을 수 있는데 마다 할 이유가 뭐 있겠어요. 그 영감 같은 인간을 위한답시고 안 그럴 수는 없지요, 조 영감." 여자는 싸늘하게 말했다. "담요에 기름 안 떨어지게 조심해요."

"그 작자 담요?" 조 영감이 물었다.

"그럼 누구 것이겠어요?" 여자가 대답했다. "이 담요 없다고 그 작자가 감기에 걸릴 것도 아니고."

"전염병에 걸려 죽은 건 아니기를, 그렇지?" 조 영감이 하던 일을 멈추고 여자를 쳐다보며 말했다.

"별 걱정을 다 하시네." 여자가 대답했다. "만약 그랬다면 이딴 것 얻겠다고 내가 그 옆에 어슬렁거렸겠어요? 자! 이 셔츠 한번 봐 줘요. 뚫어져라 살펴봐도 어디 구멍 하나 없고, 실밥 해진 부분도 없을 테니. 그 작자 옷 중에 최고로 좋은 것이라, 내가 안 가져왔더라도 벌써 없어졌을 물건이지요."

"없어지다니 그게 무슨 말이야?" 조 영감이 물었다.

"그 작자에게 입혀 함께 묻었을 거란 말이지요." 여자가 웃으면서 대답했다. "어떤 멍청이가 그래 놨더라니까, 글쎄. 그래서 내가 다시 벗겨 왔지요. 그런데 옥양목을 안 쓰면 뭐에 쓰려고? 시체 싸는 데야 옥양목이 안성맞춤이지, 암. 그리고 그 영감탱이가 옥양목 입는다고 자기가 한 짓보다 더 추하게 보일 리도 없고."

스크루지는 대화를 들으면서 공포에 휩싸였다. 조 영감의 램프가 비추는 희미한 불빛 아래 훔쳐 온 물건들을 사이에 두고 둘러앉은 그들을 바라보는 스크루지에게 참을 수 없는 증오와 혐오감이 솟구쳤다. 시체를 흥정하는 추악한 악마들이었다고 할지라도 이보다 더 가증스럽고 혐오스러울 수는 없을 것이다.

"하, 하!" 조 영감이 돈이 가득 든 플란넬 가방을 꺼내 놓고 바닥 위에서 각자에게 줄 돈을 세는 동안 그 여자가 웃었다. "보다시피 이게 그 작자의 최후군! 살았을 때는 겁이 나 개미 새끼 한 마리 얼씬도 못 하게 하더니만, 죽고 나니 우리에게 돈벌이가 되네요! 하, 하, 하!"

"유령님!" 스크루지는 온몸을 부들부들 떨며 몸서리를 쳤다. "알겠어요. 알겠어요. 이 불쌍한 사내의 운명이 아마 제 운명이겠지요. 지금 제 삶이 저렇게 되어 가고 있는 것이겠지요. 오, 자비로우신 하나님, 이게 대체 무슨 일인가요!"

스크루지는 겁에 질려 움찔했다. 장면이 바뀌어 하마터면 침대에 부딪힐 뻔했다. 침대는 커버가 벗겨지고 커튼도 없는 허름한 침대였다. 침대 위에는 낡은 홑이불 아래 뭔가가 덮여 누워 있었는데 비록 아무 말도 없었지만 무시무시한 언어로 스스로를 알려 주고 있었다.

방은 몹시 어두웠다. 스크루지는 그 방이 어떤 곳일지 알고 싶은 은밀한 충동을 이기지 못하고 주위를 둘러보았지만 방이 너무 어두워 어떤 것도 분명하게 보이지 않았다. 바깥에서 피어오르는 한 줄기 창백한 빛이 침대 위로 곧장 떨어져 비추고 있었다. 약탈당하고 빼앗긴 침대 위에는 지켜 주는 사람도, 울어 주는 사람도, 보살펴 주는 사람도 없는 한 사내의 시체가 덩그러니 놓여 있었다.

스크루지는 유령을 힐끗 쳐다보았다. 흔들림 없는 유령의 손은 시체의 머리를 가리키고 있었다. 이불이 아무렇게나 덮여 있어서 조금만 들어 올리거나 스크루지가 손가락 하나만 까딱해도 시체의 얼굴이 드러날 것 같았다. 너무도 손쉬워 보이는 일이라 스크루지는 그렇게 해 볼까 생각도 했고, 또 해 보고 싶기도 했다. 그러나 그의 곁에 있는 유령을 쫓아 보낼 힘이 없었던 것처럼 이불을 젖힐 힘도 없었다.

오, 냉혹하고, 냉정하고, 엄혹하고, 무시무시한 죽음이여, 이곳에 그대의 제단을 차리고 그대가 지닌 공포로 장식하라. 이곳이야말로 그대의 영토이니! 그러나 사랑과 존경을 받던 명예로운 이의 머리에서는 머리카락 한 올도 그대 마음대로 할 수 없으며 그 모습을 흉하게 해서는 안 된다. 그의 손은 가만 둔다고 묵직하게 아래로 처지지 않고, 심장과 맥박이 멈추지도 않으리라. 그의 손은 활짝 편 상태로 너그럽고 진실했다. 심장은 용감하고 따뜻하게 온정이 넘쳤고 친절했다. 맥박은 인간다웠다. 쳐라, 유령이여, 쳐라! 그리하여 그의 상처로부터 선행이 샘솟아 불멸의 생명이 이 세상에 뿌리지는 것을 지켜보라!

이런 말들을 속삭이는 음성은 없었지만 침대를 바라보던 스크루지는 분명히 들은 것 같았다. 만약 이 남자가 지금 깨어나 일어설 수 있다면 가장 먼저 무슨 생각을 할까 하고 스크루지는 생각했다. 탐욕, 에누리 없는 거래, 마음 가득한 근심? 그러나 부유한 그를 이런 죽음으로 몰고 온 게 바로 그런 것 아니던가!

시체는 어두컴컴한 텅 빈 방 안에 홀로 누워 있었다. 살아 있을 때 저분이 나한테 이리저리 친절을 베풀어 주었으니 나도 친절한 인사 한마디쯤 저분에게 해 드려야지라고 말하는 단 한 명의 남자도, 여자도, 아이도 없었다. 고양이가 방문을 긁어 대고 있었고, 난로 바닥 아래에서 쥐들이 갉아 대는 소리가 들렸다. 저것들이 이 죽음의 방에서 무엇을 원하고 있고, 왜 부산을 떨며 안절부절못하고 있는지, 스크루지는 생각조차 하기 싫었다.

"유령님!" 스크루지가 말했다. "이 방은 정말 무시무시한 곳입니다. 이곳을 떠나더라도 저는 이곳에서의 교훈을 결코 잊지 않겠습니다. 저를 믿어 주세요. 여길 떠나요!"

유령은 여전히 미동도 없는 손가락으로 시체의 머리를 가리키고 있었다.

"유령님의 뜻 이해합니다." 스크루지가 마지못해 대답했다. "제가 할 수 있다면 저도 그렇게 하고 싶습니다. 하지만 제게는 힘이 없습니다, 유령님. 제겐 아무런 힘도 없습니다."

유령이 다시 한 번 그를 바라보는 것 같았다.

"만약 이 도시에 이 사내의 죽음을 보고 감정의 변화를 느낀 이가 있다면 그 사람을 저에게 보여 주세요, 유령님, 간청합니다!" 스크루지는 괴로움으로 몸부림치고 있었다.

유령이 스크루지 앞에서 자신의 시커먼 옷을 날개처럼 잠깐 펄럭

이자 엄마와 아들 모습이 보이는 환한 방이 나타났다.

그녀는 지금 누군가를 애타게 기다리고 있었다. 방을 서성거리며, 돌멩이 구르는 소리 하나에도 흠칫 놀라고, 창문 밖을 내다보다가, 벽시계를 쳐다보기도 했다. 바느질감을 손에 들고 있었지만 소용없는 데다 아이들 노는 소리도 신경 쓰이는 듯했다.

마침내 그렇게 오랫동안 기다리던 노크 소리가 났다. 그녀는 얼른 현관문으로 달려 나가 남편을 맞았다. 남편은 젊지만 고생에 찌들어 풀이 죽은 얼굴을 하고 있었다. 그런 남편의 얼굴에 지금 남다른 표정이 있었다. 부끄러워하면서 억누르려고 애쓰고는 있지만 진짜 기쁜 표정이었다.

남편은 아내가 미리 차려 놓은 저녁 식사를 위해 난로 곁 식탁에 앉았다. 아내가 남편에게 어떻게 되었느냐고 조심스럽게 묻자(꽤 오랫동안의 침묵이 흐르고 나서였다), 남편은 어떻게 대답해야 하나 당황스러운 듯했다.

"좋은 소식이에요?" 아내가 물었다. "아니면 안 좋은 소식이에요?" 남편을 돕기 위해서였다.

"안 좋은 소식이오." 남편이 대답했다.

"그럼 우린 이제 끝난 건가요?"

"아니야. 아직 희망은 있어, 캐롤라인."

"그 양반이 좀 누그러진다면, 그렇겠지요." 아내는 어이없어하며 말했다. "그런 기적이 일어난다면야 무슨 희망인들 없겠어요."

"그 양반은 누그러지고 말고도 못 하게 되었어." 남편이 말했다. "죽었다오."

얼굴 표정이 진실을 말해 주는 것이라면 그녀는 온순하고 참을성 있는 여성이었다. 그런 그녀가 그가 죽었다는 말에 마음속 깊이 고마워하면서, 두 손을 움켜쥐면서 그 마음을 드러내 말하기까지 했다. 그녀가 곧바로 용서를 비는 기도를 올리면서 영감의 죽음을 애도했지만, 그녀의 본심은 처음 그 마음이었다.

"지난밤에 내가 당신에게 말했던, 반쯤 술에 취해 있던 그 여자, 있잖소, 내가 일주일만 늦춰 달라고 부탁할까 하고 영감을 만나러 갔을 때 그 여자가 내게 말해 줬소. 나는 그저 나를 피하려고 그러는가 보다 했는데 사실이었던 거요. 영감은 그때 몹시 아팠던 정도가 아니라 죽어가고 있었던 게요."

"그럼 이제 우리 빚은 누구한테 넘어가나요?"

"글쎄, 나도 모르겠소. 어쨌건 기한이 되기 전에 돈을 마련하긴 해야겠지. 우리가 돈도 마련하지 못했는데 영감의 권리를 넘겨받은 채권자가 영감 못지않게 무자비한 사람이라면 참으로 불행한 일 아니겠소. 어쨌거나 오늘 밤은 가벼운 마음으로 잘 수 있겠소, 여보!"

그랬다. 부담이 덜어지자 마음까지 한결 더 가벼워졌다. 이해도 못할 두 사람의 이야기를 숨죽인 채 둘러앉아 듣고 있던 아이들의 얼굴도 덩달아 훨씬 더 밝아졌다. 그 영감의 죽음으로 이 집안은 더 행복해진 것이다! 결국 유령이 노인의 죽음과 관련해서 스크루지에게 보여 줄 수 있었던 사람들의 유일한 감정은 즐거움뿐이었다.

"죽음과 관련된 동정심도 좀 보여 주세요." 스크루지가 말했다. "그렇지 않으면 방금 떠나온 어두컴컴한 그 침실이 영원히 저에게 남아 있을 것 같습니다, 유령님."

유령이 스크루지에게 익숙한 몇몇 거리로 그를 데려갔지만, 지나가면서 아무리 사방을 둘러보아도 그 자신의 모습은 어디서도 보이지 않았다. 그들은 가난한 밥 크래칫의 집에 들어갔다. 전에 이미 방문했던 곳이었다. 어머니와 아이들이 난롯가에 둘러앉아 있었다.

조용했다. 쥐 죽은 듯 조용했다. 시끄럽던 크래칫 아이들은 한쪽 구석에 서 있는 동상처럼 꼼짝도 하지 않고 앉아서 책을 펼쳐 놓고 있는 피터를 쳐다보고 있었다. 어머니와 딸들은 바느질에 한창이었다. 그러나 분명히 그들은 너무 조용했다!

"예수님께서 한 아이를 불러 그들 가운데 세우시고."[1]

스크루지는 저 말들을 어디서 들어 보았을까? 꿈을 꾸었던 것은 아니었다. 스크루지와 유령이 문지방을 넘어섰을 때 그 아이가 읽었던 말이 틀림없었다. 그런데 왜 아이는 계속 읽지 않는 것일까?

애들 엄마가 바느질감을 테이블 위에 내려놓으면서 손을 올려 얼굴을 감쌌다.

"천 색깔 때문에 눈이 아프구나."

색깔이라고? 아, 불쌍한 꼬맹이 팀!

"이제 다시 좋아졌어." 크래칫 부인이 말했다. "촛불 옆에서 이러고 있다 보니 눈이 나빠졌구나. 너희들 아빠한테는 시력이 나빠졌다는 걸 보여 주고 싶지 않은데 걱정이구나. 곧 오실 텐데."

"한참 지났어요." 피터가 책을 덮으며 말했다. "요 며칠 저녁 아빠가 평상시보다 더 걸음이 늦어진 것 같아요, 어머니."

---

1  마태복음, 18장 2절과 마가복음, 9장 36절 — 옮긴이 주

다시 침묵이 흘렀다. 마침내 어머니가 다시 말을 꺼냈다. 한 번 더 듣거리긴 했지만 차분하면서도 쾌활한 음성이었다.

"나는 걸음이 빠르던 아빠를 알고 있단다. 팀을 목말 태우고도 빨리 걸었지. 그땐 걸음이 얼마나 빠르던지."

"저도 알아요." 피터가 말했다. "자주 그러셨지요."

"저도 알아요." 또 다른 아이가 소리쳤다. 그랬다. 모두들 알고 있었다.

아이들 어머니는 바느질에 집중하면서 말을 계속했다. "팀이 워낙에 가벼운 데다 너희들 아빠가 팀을 끔찍이도 사랑하셨으니 힘들 일이 하나도 없었지. 아빠가 오셨나 보다!"

그녀가 서둘러 남편을 맞으러 나갔다. 긴 털목도리를 두른 자그마한 체구의 남편 밥이―밥은 털목도리가 필요했다. 가엾은 사람―들어왔다. 난로 위에는 밥을 위한 차가 준비되어 있었고, 식구들은 하나같이 먼저 아버지 시중을 들려고 애를 썼다. 그때 두 크래칫 남매가 밥의 무릎 위로 올라가 앉더니 아버지의 얼굴에 작은 뺨을 대고 비비 댔다. 마치 '걱정하지 마세요, 아빠, 슬퍼하지 마세요.'"라고 말하는 것 같았다.

밥은 두 아이 덕분에 매우 즐거워져서 식구들 모두에게 유쾌하게 말을 건넸다. 테이블 위에 놓인 바느질감을 본 밥은 부인과 딸들의 부지런하고 재바른 바느질 솜씨를 칭찬하면서, 일요일 전에 마치겠다고 말했다.

"일요일이라구요! 그럼 오늘 갔다 왔다는 말이군요, 당신?" 아내가 물었다.

"응, 그렇소. 당신도 다녀올 수 있었으면 좋았을 텐데. 그곳이 얼마나 푸른지 봤더라면 당신도 좋았을 텐데. 하지만 앞으로 자주 보게 될 거요. 내가 일요일마다 가겠다고 녀석에게 약속했다오. 내 아들, 내 귀여운 아들!" 밥이 외쳤다. "내 귀여운 아들!"

밥의 가슴이 단번에 와르르 무너져 내렸다. 주체할 수가 없었다. 그 주체할 수 없는 마음 때문에, 밥은 아들을 멀리 떠나보낼 수 없었다.

밥은 이층 방으로 올라갔다. 그 방에는 불이 환하게 켜져 있고, 크리스마스 장식들이 달려 있었다. 아이의 곁에 가까이 놓아 두었던 의자가 하나 있는데, 방금 전까지 누군가 앉았던 흔적이 남아 있었다. 불쌍한 밥은 의자에 몸을 맡기고 앉아 잠시 생각에 잠겼다가 마음을 가라앉힌 뒤 아이의 자그마한 얼굴에 입맞춤을 했다. 밥은 자신에게 일어난 일을 받아들이면서 평안한 마음이 되어 내려왔다.

가족들은 난로 가까이 모여 앉아 얘기를 나누었다. 딸들과 어머니는 여전히 바느질을 하고 있었다. 밥은 식구들에게 스크루지 조카가 아주 친절하다고 말했다. 한 번밖에 만난 적이 없는데도 그날 거리에서 자기를 알아본 그가 무슨 고민거리라도 있냐고 묻더라고 말했다. "당신도 알다시피 정말 아주 조금 내가 기운이 꺾였잖소. 그 사람이 참 너무도 친절한 신사라 나도 숨기지 않고 말했다오." 그랬더니 그가 그럽디다. "진심으로 유감을 표합니다, 크래칫 씨. 부인께도 위로의 말씀을 전해 주세요." 그건 그렇고, 그 양반이 그걸 어떻게 알게 됐는지 모를 일이야."

"뭘 알았다는 거예요, 여보?"

"아, 그야 물론, 당신이 훌륭한 아내라는 사실 말이오." 밥이 대답했다.

"온 세상 사람들이 다 안답니다." 피터가 끼어들었다.

"그래, 잘 했다. 네 말이 맞다, 아들아." 밥이 맞장구를 쳤다. "세상 사람들이 모두 알았으면 좋겠구나. 하여튼 그가 명함을 건네며 말하더군. '부인께도 심심한 위로를 전합니다. 혹시 제가 어떤 식이든지 도울 일이 있다면, 연락 주십시오. 제 주소랍니다. 저를 찾아오세요.'라고 말이야. 실제로 그 사람이 우리에게 어떤 도움이 될 수 있어서가 아니라, 그의 친절한 태도가 얼마나 고마운지. 꼬맹이 팀을 정말로 잘 알고 있는 것처럼 안타까워하더라니까."

"정말 좋은 분이네요!" 크래칫 부인이 말했다.

"직접 만나 이야기를 나누면 더 그런 생각이 들 거요." 밥이 대답했다. "그 사람이 우리 피터에게 더 좋은 일자리를 알아봐 준다고 하더라도 나는 전혀 놀라지 않을 거요."

"피터야, 명심해." 크래칫 부인이 말했다.

"그러면, 피터 오빠도 누군가와 사귀고 살림도 차리겠네요."

"허튼소리 작작 하셔!" 피터가 히죽거리며 대꾸했다.

"그렇게 되겠지." 밥이 말했다. "그때까지 아직 시간이 좀 남긴 했다만, 애야. 우리가 어쨌든 언젠가는 서로 헤어지게 되더라도, 불쌍한 우리 꼬맹이 팀을, 우리 가족의 첫 번째 이별을 잊지는 않을 거라고 믿는다. 그렇지?"

"그럼요, 절대로 잊지 않을 거예요, 아빠!" 가족 모두가 한 목소리로 외쳤다.

"그럼, 알지." 밥이 말했다. "안단다. 팀이 어리고 약한 아이였지만 얼마나 참을성이 많고 온순했는지 우리가 잊지 않고 기억한다면, 우리는 쉽사리 다투거나 해서는 안 될 거야. 그러면 우리가 가엾은 꼬맹이 팀을 잊어버리는 걸 테니."

"결코 그러지 않을 거예요, 아빠!" 식구들은 다시 큰 소리로 말했다.

"정말 행복하구나." 자그만 체구의 밥이 말했다. "정말 행복해."

크래칫 부인에 남편에게 입을 맞추었고, 딸들과 두 꼬마들도 아빠에게 입을 맞추었으며, 피터는 아빠와 악수를 했다. 꼬맹이 팀의 영혼이여! 신이 내린 순수한 어린애다운 영혼이여!

"유령님," 스크루지가 말했다. "우리가 이별해야 할 순간이 다가온 것 같습니다. 어째서인지는 몰라도 알 것 같습니다. 그러니 우리가 보았던 죽은 이가 누구인지 저에게 말씀해 주실 수 있으신지요?"

미래의 크리스마스 유령은 전처럼 스크루지를 장사꾼들이 모여 있는 곳으로 데리고 갔다. 때는 이전과 달라진 것 같았다. 미래라는 사실만 제외하면 지금 보이는 광경은 질서가 없이 혼란스러웠고, 스크루지 자신의 모습은 보이지 않았다. 유령은 잠시도 머무르지 않고 어딘가 가야 할 목적지가 있는 듯 곧장 나아가는 통에 스크루지가 잠시 멈추어 달라고 간청했다.

"우리가 서둘러 통과하고 있는 이곳은 오랫동안 제 사무실이 있던 곳입니다. 지금도 물론 그렇지요. 그 건물이 저기 보입니다. 미래에 제가 어떻게 될지 보여 주세요!" 스크루지가 유령에게 부탁했다.

유령이 멈춰 서더니 다른 어딘가를 손가락으로 가리켰다.

"건물은 저쪽인데요, 왜 다른 쪽을 가리키세요?" 스크루지가 목청을 높여 물었다.

그러나 손가락은 냉정하게 그곳을 계속 가리켰다.

스크루지는 급히 그의 사무실 유리창 쪽으로 가서 안을 들여다보았다. 그곳은 여전히 사무실이었지만 그의 것은 아니었다. 가구들도 달랐고, 의자에 앉아 있는 사람도 그가 아니었다. 유령은 여전히 같은 곳을 가리키고 있었다.

스크루지는 자신이 왜 어디로 사라졌는지 궁금해하며 유령을 따라갔다. 이윽고 도착한 곳은 한 철 대문 앞이었다. 스크루지는 들어가기 전에 잠시 주위를 둘러보았다.

교회 공동묘지였다. 그래, 그곳에는 이제 비로소 스크루지가 이름을 알게 될 비참한 그 사내가 무덤 속에 누워 있었다. 그곳은 아주 대단한 장소였다. 사방을 집들이 에워싸고 있었고, 생명이 아니라 죽음을 먹고 자라나는 풀과 잡초들이 우거져 있었다. 너무도 많은 매장으로 숨이 턱 막히고, 포만감으로 기름기가 좌르르 흘렀다. 참으로 대단한 장소였다!

유령이 무덤들 가운데 서서 한 무덤을 가리켰다. 스크루지는 덜덜 떨면서 그가 가리키는 무덤 쪽으로 갔다. 유령은 이전과 똑같은 모습이었으나 그 엄숙한 모습에서 무언가 새로운 의미가 느껴져 두려운 마음이 들었다.

"유령님이 가리키는 묘비에 다가가기 전에," 스크루지가 말했다. "한 가지만 대답해 주세요. 이러한 광경들이 미래에 '일어날' 일들입니까, 아니면 단지 '일어날 수도 있는' 것들입니까?"

유령은 여전히 옆에 있는 무덤을 가리킬 뿐이었다.

"우리 삶의 여정은 분명한 끝을 예견하고 있지요. 참고 버티며 살아가다 결국 그리 가게 되어 있고요." 스크루지가 말했다. "그렇지만 그 행로를 벗어나면 끝도 바뀔 겁니다. 유령님이 저에게 보여 주시는 것도 그렇다고 말씀해 주세요!"

유령은 여전히 꼼짝도 하지 않았다.

스크루지는 덜덜 떨면서 무덤 쪽으로 천천히 나아가 유령의 손가락이 가리키는 대로 버려진 무덤의 묘비를 보았다. 거기에 새겨진 이름은 '에버니저 스크루지'였다.

"그 침대에 누워 있던 남자가 저란 말인가요?" 스크루지가 털썩 무릎을 꿇으며 울부짖었다.

유령의 손가락이 무덤에서 그에게로 향했다가 다시 무덤 쪽으로 돌아갔다.

"안 됩니다, 유령님! 아, 안 됩니다. 안 돼요!"

유령의 손가락은 여전히 무덤을 가리키고 있었다.

"유령님!" 스크루지가 유령의 옷자락에 매달리며 소리쳤다. "제 말 좀 들어 주세요! 지금 저는 과거의 제가 아닙니다. 유령님을 만나지 않았더라면 틀림없이 그대로였겠지만, 이젠 그런 인간이 되지 않을 겁니다. 제게 이미 희망이 사라졌다면, 이걸 보여 주시는 이유가 뭔가요?"

처음으로 유령의 손이 떨리는 것 같았다.

"선하신 유령님." 스크루지는 유령 앞에 몸을 던져 엎드린 채 애원했다. "유령님은 하실 수 있을 테니 저를 불쌍히 여기시고 저를 위해 탄원해 주세요. 완전히 다른 삶을 산다면, 유령님이 저에게 보여 주신 광경들을 아직은 바꿀 수 있다고 분명히 약속해 주세요!"

동정 어린 유령의 손이 몹시 떨렸다.

"가슴속 깊이 크리스마스를 찬미하며, 일 년 내내 잊지 않도록 하겠습니다. 과거와 현재, 그리고 미래의 유령님의 가르침 속에서 살아가겠습니다. 세 유령님들을 제 마음속에 모시고, 세 유령님들의 가르침을 잊지 않겠습니다. 오, 이 묘비에 새겨진 제 이름을 깨끗하게 지울 수 있다고 말씀해 주십시오!"

스크루지는 참을 수 없는 괴로움으로 유령의 손을 잡았다. 유령은 손을 빼려고 했으나 스크루지는 더 힘을 모아 간청하면서 잡은 손을 놓지 않았다. 그러나 힘이 더 센 유령이 스크루지를 뿌리쳤다.

자신의 운명을 바꿔 달라는 마지막 기도를 드리려고 두 손을 모으는 순간, 스크루지는 유령의 두건과 옷이 바뀌는 것을 보았다. 유령은 움츠러지고, 스르르 무너져 내려, 점점 작아지더니 침대 기둥으로 변했다.

# 제5장 이야기의 끝

그랬다! 그 침대 기둥은 스크루지 자신의 것이었다. 침대도 그의 것이었고, 방도 그 자신의 방이었다. 그러나 무엇보다 다행스럽고 행복한 일은 그 앞에 놓인 시간이 스크루지 자신의 것이라는 사실이었다. 바로잡을 시간이 주어진 것이다!

"저는 과거와 현재 그리고 미래의 유령님과 함께 살아가겠습니다!" 스크루지는 침대에서 나오며 거듭거듭 중얼거렸다. "세 분의 유령님들이 내 마음속에 계실 거야. 오, 제이콥 말리! 하느님과 크리스마스를 찬미하네! 무릎 꿇고 기원하네, 제이콥, 이렇게 무릎을 꿇고!"

선한 마음으로 너무도 벅차게 달아올라 목소리마저 쉬어 갈라진 스크루지는 누가 찾아와 부른다 해도 대답도 못할 지경이었다. 게다가 유령에게 애원하느라 격렬하게 흐느껴 울었던 탓에 얼굴도 온통 눈물로 범벅이었다.

"안 뜯겼네." 한쪽 침대 커튼을 끌어안으며 그가 외쳤다. "고리며 모든 것들이 하나도 안 뜯겼어. 다 그대로 있어. 나도 여기 있고. 이

제껏 본 미래의 광경들도 모두 쫓아 버려도 되겠지. 그럴 거야. 그래, 그럴 거야!"

그러는 내내 스크루지는 옷을 들고 정신이 없었다. 뒤집어 입었다가, 거꾸로 입었다 하는 바람에 옷을 찢기도 하고, 놓치기도 하는 등 온갖 말도 안 되는 터무니없는 모습을 연출했다.

"뭘 해야 할지 도통 알 수가 없어!" 웃음과 울음이 동시에 터져 나왔다. 긴 양말을 둘러 꼭 라오콘[1] 모양을 해 가지고는, "나는 새 깃털처럼 가볍고, 천사처럼 행복하고, 개구쟁이 남학생들처럼 즐겁다. 술 취한 사내처럼 눈도 핑핑 돌아. 모두에게 즐거운 크리스마스를! 모두 행복한 새해를! 이보게! 어이! 이보게들!"

스크루지는 거실로 껑충껑충 뛰어 들어가 멈추더니 숨을 헐떡였다.

"저기 오트밀이 든 냄비가 있군! 저기가 제이콥 말리의 유령이 들어온 문이고! 저쪽 구석이 현재의 크리스마스 유령이 앉았던 곳이었고! 서성거리던 유령들을 본 창문이 바로 저거고! 맞아, 모두 사실이고, 모두 다 있었던 일이야! 하 하 하!" 그렇게 스크루지는 벽난로 주변을 돌아다니며 외쳤다.

그렇게 여러 해 동안 웃지 않던 사람의 웃음 치고는 참으로 멋진 웃음이었고 환한 웃음이었다. 앞으로 오래오래 지속될 빛나는 웃음

---

1 그리스 신화에 나오는 트로이의 아폴로 신전 사제. 그리스군의 목마의 계략을 알아냈으므로 두 아들과 함께 아테나 여신이 보낸 해사(海蛇)에 감겨 죽었음. ─옮긴이 주

들의 조상격인 웃음!

"오늘이 몇 월 며칠인지 도대체 알 수가 없군!" 스크루지가 말했다. "얼마나 오랫동안 유령들과 함께 다녔는지 모르겠어. 도통 모르겠어. 완전히 애가 된 것 같아. 하지만 신경 쓸 게 뭐지! 무슨 상관이야. 차라리 애가 되고 싶어. 이보게! 와아! 이보게! 여기!"

이제까지 들었던 어떤 종소리보다 기운찬 교회 종소리들이 울려와 황홀경에 빠져 있던 스크루지를 깨웠다. 땡그랑, 댕그랑, 댕, 공이들이 울리고, 땡, 댕그랑, 땡그랑, 댕, 땡그랑, 댕, 온갖 종소리들이 들려왔다. 오, 영광스러운 날이여! 영광스러운 날이여!

창가로 달려간 스크루지는 창문을 열고 머리를 밖으로 쑥 내밀었다. 짙고 옅은 안개는 깨끗하게 사라지고, 마음을 설레게 하는 맑고, 밝고, 유쾌한 추위가 느껴졌다. 온몸의 피가 춤추듯 빠르게 흐르게 할 기분 좋은 추위, 금빛 햇살, 천국 같은 하늘, 달콤하고 상큼한 공기, 그리고 즐거운 종소리. 오, 영광스러운 날이여! 영광스러운 날이여!

"오늘이 며칠이지?" 나들이옷 차림으로 느릿느릿 주변을 둘러보며 걸어오는 소년에게 스크루지가 소리쳐 물었다.

"네?" 소년은 영문을 모르겠다는 듯 되물었다.

"얘야, 오늘이 며칠이지?" 스크루지가 다시 물었다.

"오늘요? 참, 크리스마스 날이잖아요."

"크리스마스 날이라고!" 스크루지는 중얼거렸다. "지나간 게 아니었구나. 유령들이 그 모든 걸 하룻밤 사이에 다 보여 준 거였어. 유령들이니 뭐든 원하는 대로 할 수 있겠지. 그럼, 그렇고말고. 할 수 있고말고. 얘야!"

"예!"

"다다음 골목 모퉁이에 있는 새고기 가게를 아니?" 스크루지가 물었다.

"그럼요, 알고 있지요." 소년이 대답했다.

"영리한 아이구나!" 스크루지가 말했다 "그래, 정말 대단한 아이구나! 그 가게에 진열해 놓은 멋진 칠면조 고기가 팔렸는지 안 팔렸는지 혹시 아니? 작은 거 말고 커다란 것 말이다."

"아, 그거, 저만큼이나 큰 거요?"

"너 아주 재미있는 아이구나!" 소년에게 답을 한 스크루지가 "저 녀석과 얘길 하니 기분이 좋아지는걸." 혼잣말을 하고 다시 소년에게 말했다. "그래, 그거 말이야, 멋쟁이 친구!"

"아직 그대로 걸려 있어요."

"그래? 그럼 가서 좀 사 오거라." 스크루지가 소년에게 부탁했다.

"설마, 농담이시지요!" 소년이 놀라 소리쳤다.

"아니다, 아니야." 스크루지가 말했다. "진심이란다. 가서 그 고기를 사서 이곳으로 내게 가져와 달라고 좀 해 주렴. 그러면 내가 배달할 곳을 알려줄 테니. 네가 가게 주인과 함께 오면 일 실링을 주고, 오 분 안에 오면 반 크라운을 더 주마!"

소년은 총알처럼 달려갔다. 어찌나 빨리 달려가는지 그 속도의 반쯤 빠르기로 표적에 명중시킬 수 있다면 그는 총깨나 쏴 본 사람이라고 할 수 있을 정도였다.

"그 칠면조 고기를 밥 크래칫 집에 보내야지!" 스크루지는 양손을 비비며 중얼거렸다. "누가 보냈는지 밥 크래칫은 모르게 해야지. 그 칠면조라면 꼬맹이 팀보다 두 배는 클 거야. 제 아무리 조 밀러[2] 같은 친구도 그렇게 큰 칠면조 고기를 밥의 집에 보내는 그런 농담은 꿈도 못 꿨을 걸!" 그런 생각을 하자 참을 수 없는 웃음이 터져 나왔다.

밥의 집 주소를 쓰는 스크루지의 손이 떨려 왔지만 그럭저럭해서 쓴 다음 아래층으로 내려가 새고기집 주인이 들어올 수 있도록 밖으로 난 현관문을 열어 두었다. 현관에 서서 기다리는데 문고리가 눈에 들어왔다.

"내 목숨이 붙어 있는 동안은 이 녀석을 아껴줘야지!" 스크루지가 문고리를 잡고 토닥토닥 어루만지며 말했다. "그러고 보니 전에는 이 녀석을 눈여겨 본 적이 없었네. 참 정직하게도 생겼구나! 정말 멋진 문고리야! ─아, 칠면조가 왔군! 와아! 어서 오시게! 즐거운 크리스마스!"

가히 칠면조다운 칠면조였다! 저 칠면조 녀석은 제 다리로는 결코 설 수도 없었을 것이다. 그랬다간 마치 봉랍(封蠟) 막대기처럼 1분도 못 가 다리가 뚝 부러졌을 게야.

"아이고, 그걸 캠든 타운까지 옮겨가기란 불가능하겠는걸. 마차를 불러야겠소." 스크루지가 껄껄 웃으며 말했다.

스크루지는 칠면조 값을 지불할 때도, 마차 요금을 치를 때도, 그 소년에게 심부름 값을 줄 때도 쉼 없이 껄껄 웃었다. 웃다가 지쳐 의

---

2  Joe Miller. 18세기 영국의 유명한 코미디언. 『크리스마스 캐럴』이 출간되기 100년 전 사람이지만 조 밀러의 이름으로 출간된 『조 밀러의 시시한 농담 모음집』이 유명했다고 함. ─옮긴이 주

자에 앉아 숨을 헐떡이면서도 계속 껄껄거리던 스크루지는 결국 눈물까지 글썽이게 되었다.

스크루지의 손이 계속 떨렸기 때문에 면도하기란 쉬운 일이 아니었다. 알다시피 면도를 한다는 것은 여간 주의를 필요로 하는 일이 아니라서 면도하면서 춤을 춘다는 것은 상상도 할 수 없지 않은가. 그러나 스크루지가 혹 코끝을 벤다고 하더라도 그 위에 반창고 하나 떡 붙이고는 그러려니 했을 것이다.

스크루지는 자신의 옷 중에 '최고 좋은 옷'으로 갈아입고 마침내 거리로 나섰다. 그때쯤 현재의 크리스마스 유령과 함께 보았던 것처럼 거리로 쏟아져 나온 사람들로 북적이고 있었다. 스크루지는 뒷짐을 지고 느긋하게 걸어가면서 거리의 사람들 한 사람 한 사람을 기쁨이 넘치는 미소를 지으며 바라보았다. 그런 스크루지의 모습은 한마디로 말해 주체할 수 없을 만큼 즐거운 기색이 역력해 보여 서너 명쯤 되는 기분 좋은 사람들이 "안녕하세요, 어르신! 즐거운 크리스마스 되세요!" 하고 인사를 했다. 스크루지는 나중에 자주 이 장면을 떠올리며 말하곤 했다. 바로 이 인사가 이제까지 그가 들었던 모든 기분 좋은 말 가운데 최고의 인사였다고.

얼마 가지 않아서 스크루지는 자신을 향해 다가오는 풍채 좋은 신사를 만났다. 그는 전날 스크루지의 가게에 들어와 "스크루지와 말리 씨의 가게 맞는지요?" 하고 물었던 바로 그 사람이었다. 노신사가 자신을 알아보면 자신에 대해 어떤 마음을 가질까 하는 고민도 있었지만 스크루지는 자신이 어떻게 해야 하는지를 알고 있었기에 망설이지 않았다.

"저, 선생님!" 스크루지가 그 노신사를 부르며 빠른 걸음으로 다가가 노신사의 두 손을 덥석 잡았다. "안녕하세요. 어제는 성과가 있으셨기를 바랍니다. 어젠 친절하게 대해 주셔서 감사합니다. 즐거운 크리스마스 되세요, 선생님!"

"스크루지 씨?"

"예, 그렇습니다." 스크루지가 대답했다. "스크루지입니다. 혹시 제 이름을 들으시고 기분이 상하시진 않으셨는지요. 용서 바랍니다. 참, 그런데 선생님께 청이……." 하면서 스크루지는 그 노신사의 귀에 대고 뭔가를 속삭였다.

"이런! 정말요?" 노신사는 숨이라도 멈출 듯 놀라 소리쳤다. "스크루지 씨, 진심이신가요?"

"허락해 주신다면 말이지요." 스크루지가 말했다. "한 푼도 모자라지 않게 하겠습니다. 그동안 내지 못하고 많이 밀렸던 것까지 포함해서 내겠습니다. 약속드립니다. 저를 위해 받아 주시겠습니까?"

"아, 선생님! 이렇게 큰 성의를…… 뭐라고 감사의 말씀을 드려야 할지 모르겠습니다." 노신사가 스크루지의 손을 흔들며 말했다.

"그런 말씀 마십시오. 한번 들러 주세요. 그러실 수 있지요?"

"그럼요, 물론이죠!" 노신사가 우렁차게 대답했다. 그 목소리에 명백한 방문 의사가 담겨 있었다.

"감사합니다. 정말로 감사드립니다. 말할 수 없을 정도로 감사드립니다. 신의 축복이 함께하시기를!" 스크루지가 기쁜 마음으로 화답했다.

그는 교회에도 갔다가 거리를 돌아다니기도 하고, 분주하게 오가는 사람들을 바라보기도 하고, 아이들의 머리를 쓰다듬어 주기도 하고, 거지들에게 말을 걸기도 하고, 남의 집 부엌 안을 들여다보기도 하고, 창문을 쳐다보기도 하면서 그 모든 것들이 자신에게 즐거움을 줄 수 있다는 것을 알게 되었다. 이전에는 그저 산책이—혹은 다른 그 무엇이—그에게 이런 기쁨을 줄 수 있다고는 꿈에도 생각하지 못했다. 오후에 스크루지는 조카의 집으로 발길을 돌렸다.

스크루지는 문 앞에서 열두 번도 더 서성거리고나 뒤에야 겨우 용기를 내어 올라가 노크를 했다.

"이 집주인께서는 집에 계시니, 애야?" 스크루지가 어린 여자아이에게 물었다. 친절하고 상냥한 여자아이였다. 정말 그랬다.

"네, 어르신."

"그래, 어디 계시니, 애야?" 스크루지가 물었다.

"식당에 계세요. 마님과 함께요. 괜찮으시면 제가 이층으로 모시겠습니다."

"고맙구나. 네 주인과 나는 잘 아는 사이란다." 이미 식당의 손잡이를 잡고 있던 스크루지가 말했다. "나 혼자 들어가마. 이리 들어가면 되지, 애야."

스크루지가 손잡이를 조심스럽게 돌린 뒤 얼굴을 슬그머니 안으로 밀어 넣고 문을 돌아 가만히 들어갔다. 조카 부부는 식탁을 바라보고 있었다(식탁에는 많은 음식들이 차려져 있었다). 이 젊은 부부는 항상 이러한 점들을 신경 썼기 때문에 모든 것이 바르게 되어 있는 걸 좋아했다.

"프레드!" 스크루지가 조카 이름을 불렀다.

아이구 깜짝이야! 조카며느리가 얼마나 놀랐는지! 스크루지는 조카며느리가 구석에 있는 발판에 앉아 쉬고 있다는 사실을 잠깐 깜빡했다. 알았더라면 절대 저렇게 놀라게 하지는 않았을 것이었다.

"아이구 세상에! 이게 누구세요!" 프레드가 놀라 소리쳤다.

"나다. 네 삼촌, 스크루지. 저녁 좀 얻어먹으러 왔는데, 들어가도 될까, 프레드?"

들어와도 되다니요! 조카가 스크루지의 팔을 얼마나 흔들었는지 팔이 뽑히지 않은 것만도 다행이었다. 5분도 안 돼 자기 집처럼 편안해졌다. 세상 가장 포근한 환대였다. 조카며느리는 유령과 와서 봤을 때와 똑같아 보였다. 나중에 들어온 토퍼도 그때와 똑같았다. 통통한 여동생도 그랬다. 다들 돌아왔을 때 보니 모두들 그때와 똑같았다. 멋진 파티, 흥겨운 게임, 놀랍도록 한마음인 가족, 가—슴—벅—찬 행복!

다음 날 아침 일찍 스크루지는 사무실에 나갔다. 오, 스크루지는 정말 이른 시간에 나가 있었다. 스크루지가 사무실에 먼저 가 있을 수만 있다면, 그래서 늦게 오는 밥 크래칫을 화들짝 놀랠 수만 있다면! 그게 스크루지의 계획이었다.

그리고, 그는 그렇게 했다. 그렇다, 스크루지는 해냈다! 벽시계가 아홉 시를 쳤다. 밥이 오지 않았다. 15분이 지났다. 밥은 여전히 오지 않았다. 밥은 출근 시간보다 18분 30초나 지각을 했다. 스크루지는 밥이 감방 같은 컴컴한 자기 사무실로 들어가는 것으로 보려고 문을 활짝 열어 놓고 앉았다.

밥은 문을 열기 전부터 이미 모자를 벗고 긴 털목도리를 풀었다.

그러더니 곧장 자신의 걸상에 앉아 펜을 휘두르기 시작했다. 놓쳐
버린 아홉 시라는 시간을 따라잡아 앞지르기라도 하려는 것 같았다.

"이봐!" 스크루지는 익숙한 자신의 목소리를 흉내 낼 수 있는 대
로 최대한 흉내 내서 으르렁거렸다. "이 늦은 시간에 사무실엘 나와
서 어쩌겠다는 건가?"

"정말 죄송합니다, 사장님. 출근 시간에 늦고 말았습니다." 밥이
변명을 했다.

"그렇다는 거지?" 스크루지가 한 번 더 확인하듯 말했다. "그래.
내 생각에도 자넨 지각한 게 맞네. 잠시 이리 좀 오겠나."

"일 년에 꼭 한 번뿐입니다, 사장님." 컴컴한 자기 방에서 나오면
서 밥이 애원하듯 호소했다. "다시는 그러지 않겠습니다. 어제 좀
너무 즐겁게 놀았나 봅니다, 사장님."

"이보게, 내가 할 말은 말일세, 난 더 이상 이런 일을 참지 않을 거
라는 것이네. 그래서……." 여기까지 말한 스크루지가 갑자기 의자
에서 벌떡 일어나 밥의 양복 조끼를 한 번 쿡 찌르는 바람에 밥은 어
두컴컴한 사무실 안으로 비틀거리며 물러섰다. 밥은 벌벌 떨면서 막
대자 가까이 다가갔다. 밥은 순간적으로 그 막대자로 스크루지를 때
려눕힌 다음 붙잡아 놓고 골목에 있는 사람들에게 도움을 청해서 구
속복[3]을 입혀야겠다고 생각했다. 스크루지가 잠시 멈추었던 말을 계
속 이었다. "그래서 말일세, 나는 자네의 봉급을 올려 주려고 하네!

---

3 미친 사람이나 광포한 죄수에게 양손을 쓰지 못하도록 입히는 옷 — 옮긴이
 주

즐거운 크리스마스, 밥!"

밥의 등을 툭 건드리며 인사를 건네는 스크루지의 태도에는 누가 봐도 진심이 담겨 있었다.

"오랜 시간 동안 자네에게 했던 그 어느 크리스마스 인사보다 즐거운 크리스마스 인사를 보내네. 밥, 나의 좋은 친구. 나는 자네의 봉급을 올려 주겠고, 애쓰고 고생하는 자네의 가족을 힘껏 돕겠네. 그러니 오후에 크리스마스 기념 비숍이나 한 잔 마시면서 자네 가족 일에 대해 논의해 보세. 그리고 밥, 불도 좀 더 피우게. 그리고 글자 한 자 더 쓰는 것보다 가서 석탄 통 먼저 좀 사 오게, 밥 크래칫."

스크루지는 말보다 더 많은 일을 했다. 자기가 말했던 것은 물론 그보다 훨씬 많은 것을 베풀었다. 다행히 목숨을 건진 꼬맹이 팀에게 스크루지는 대부가 되어 주었다. 스크루지는 이 멋진 옛 도시는 물론 이 세상의 다른 모든 훌륭한 도시와 읍, 그리고 자치도시에서도 인정하는 좋은 친구이자 인자한 주인, 그리고 훌륭한 인간이 되었다.

스크루지의 변화를 보며 비웃는 사람들도 없지 않았으나 스크루지는 그런 사람들을 개의치 않고 비웃도록 내버려 두었다. 이 세상에서 처음 일어나는 일이면 그게 뭐건 간에 비웃고 보는 사람들이 있다는 것쯤은 알 만큼 스크루지 자신이 현명해졌기 때문이었다. 또한 그런 이들은 어차피 아무것도 보지 못하는 장님이 된다는 것을 알고 있었기에, 그런 사람들이 더 흉한 병에 걸리는 것보다는 이죽거리면서 비웃느라 눈가에 주름살 생기는 게 낫겠다고 생각하고 넘겼다. 스크루지 자신의 마음이 웃고 있었으니 그것으로 충분했다.

스크루지는 더 이상 유령들의 방문을 받지 않았지만, 그 이후로도 '절대 금주의 원칙'을 지키며 살았다. 그래서 누가 되었든 살아 있는 사람 가운데 크리스마스에 대해 제대로 알고 있는 사람이 있는가 하는 문제가 나오면 언제나 크리스마스를 제대로 지키는 법을 알고 있는 스크루지, 그의 이름이 언급되었다. 우리도, 우리 모두도 진정 스크루지처럼 이야기되기를! 그리고 꼬맹이 팀의 말처럼, 한 사람 한 사람 우리 모두에게도 신의 축복을!

# A Christmas Carol

# PREFACE

I have endeavoured in this Ghostly little book, to raise the Ghost of
an Idea, which shall not put my readers out of humour with
themselves, with each other, with the season, or with me. May it haunt
their houses pleasantly, and no one wish to lay it.

Their faithful Friend and Servant,

C. D.

December, 1843.

# STAVE ONE MARLEY'S GHOST

Marley was dead, to begin with. There is no doubt whatever about that. The register of his burial was signed by the clergyman, the clerk, the undertaker, and the chief mourner. Scrooge signed it. And Scrooge's name was good upon 'Change for anything he chose to put his hand to. Old Marley was as dead as a door-nail.

Mind! I don't mean to say that I know, of my own knowledge, what there is particularly dead about a door-nail. I might have been inclined, myself, to regard a coffin-nail as the deadest piece of ironmongery in the trade. But the wisdom of our ancestors is in the simile; and my unhallowed hands shall not disturb it, or the Country's done for. You will, therefore, permit me to repeat, emphatically, that Marley was as dead as a door-nail.

Scrooge knew he was dead? Of course he did. How could it be otherwise? Scrooge and he were partners for I don't know how many years. Scrooge was his sole executor, his sole administrator, his sole assign, his sole residuary legatee, his sole friend, and sole mourner.

And even Scrooge was not so dreadfully cut up by the sad event, but that he was an excellent man of business on the very day of the funeral, and solemnised it with an undoubted bargain.

The mention of Marley's funeral brings me back to the point I started from. There is no doubt that Marley was dead. This must be distinctly understood, or nothing wonderful can come of the story I am going to relate. If we were not perfectly convinced that Hamlet's Father died before the play began, there would be nothing more remarkable in his taking a stroll at night, in an easterly wind, upon his own ramparts, than there would be in any other middle-aged gentleman rashly turning out after dark in a breezy spot — say St. Paul's Church-yard, for instance — literally to astonish his son's weak mind.

Scrooge never painted out Old Marley's name. There it stood, years afterwards, above the warehouse door: Scrooge and Marley. The firm was known as Scrooge and Marley. Sometimes people new to the business called Scrooge Scrooge, and sometimes Marley, but he answered to both names. It was all the same to him.

Oh! but he was a tight-fisted hand at the grindstone, Scrooge! a squeezing, wrenching, grasping, scraping, clutching, covetous, old sinner! Hard and sharp as flint, from which no steel had ever struck out generous fire; secret, and self-contained, and solitary as an oyster. The cold within him froze his old features, nipped his pointed nose, shrivelled his cheek, stiffened his gait; made his eyes red, his thin lips blue; and spoke out shrewdly in his grating voice. A frosty rime was on his head, and on his eyebrows, and his wiry chin. He carried his own low temperature always about with him; he iced his office in the dog-days; and didn't thaw it one degree at Christmas.

External heat and cold had little influence on Scrooge. No warmth could warm, no wintry weather chill him. No wind that blew was bitterer than he, no falling snow was more intent upon its purpose, no pelting rain less open to entreaty. Foul weather didn't know where to have him. The heaviest rain, and snow, and hail, and sleet could boast of the advantage over him in only one respect. They often "came down" handsomely and Scrooge never did.

Nobody ever stopped him in the street to say, with gladsome looks, "My dear Scrooge, how are you? When will you come to see me?" No beggars implored him to bestow a trifle, no children asked him what it was o'clock, no man or woman ever once in all his life inquired the way to such and such a place, of Scrooge. Even the blind men's dogs appeared to know him; and, when they saw him coming on, would tug their owners into doorways and up courts; and then would wag their tails as though they said, "No eye at all is better than an evil eye, dark master!"

But what did Scrooge care? It was the very thing he liked. To edge his way along the crowded paths of life, warning all human sympathy to keep its distance, was what the knowing ones call "nuts" to Scrooge.

Once upon a time — of all the good days in the year, on Christmas Eve — old Scrooge sat busy in his counting-house. It was cold, bleak, biting weather: foggy withal: and he could hear the people in the court outside go wheezing up and down, beating their hands upon their breasts, and stamping their feet upon the pavement stones to warm them. The City clocks had only just gone three, but it was quite dark already — it had not been light all day — and candles were flaring in the windows of the neighbouring offices, like ruddy smears upon the palpable brown air. The fog came pouring in at every chink and keyhole, and was so dense without, that, although the court was of the narrowest, the houses opposite were mere phantoms. To see the dingy cloud come drooping down, obscuring everything, one might have thought that nature lived hard by and was brewing on a large scale.

The door of Scrooge's counting-house was open, that he might keep his eye upon his clerk, who in a dismal little cell beyond, a sort of tank, was copying letters. Scrooge had a very small fire, but the clerk's fire was so very much smaller that it looked like one coal. But he couldn't replenish it, for Scrooge kept the coal-box in his own room; and so surely as the clerk came in with the shovel, the master predicted that it would be necessary for them to part. Wherefore the clerk put on his white comforter, and tried to warm himself at the candle; in which effort, not being a man of strong imagination, he failed.

"A merry Christmas, uncle! God save you!" cried a cheerful voice. It was the voice of Scrooge's nephew, who came upon him so quickly that this was the first intimation he had of his approach.

"Bah!" said Scrooge. "Humbug!"

He had so heated himself with rapid walking in the fog and frost, this nephew of Scrooge's, that he was all in a glow; his face was ruddy and handsome; his eyes sparkled, and his breath smoked again.

"Christmas a humbug, uncle!" said Scrooge's nephew. "You don't mean that, I am sure?"

"I do," said Scrooge. "Merry Christmas! What right have you to be merry? What reason have you to be merry? You're poor enough."

"Come, then," returned the nephew gaily. "What right have you to be dismal? What reason have you to be morose? You're rich enough."

Scrooge, having no better answer ready on the spur of the moment, said, "Bah!" again; and followed it up with "Humbug!"

"Don't be cross, uncle!" said the nephew.

"What else can I be," returned the uncle, "when I live in such a world of fools as this? Merry Christmas! Out upon merry Christmas! What's Christmas-time to you but a time for paying bills without money; a time for finding yourself a year older, and not an hour richer; a time for balancing your books, and having every item in 'em through a round dozen of months presented dead against you? If I could work my will," said Scrooge indignantly, "every idiot who goes about with 'Merry Christmas' on his lips should be boiled with his own pudding, and buried with a stake of holly through his heart. He should!"

"Uncle!" pleaded the nephew.

"Nephew!" returned the uncle sternly, "keep Christmas in your own way, and let me keep it in mine."

"Keep it!" repeated Scrooge's nephew. "But you don't keep it."

"Let me leave it alone, then," said Scrooge. "Much good may it do you! Much good it has ever done you!"

"There are many things from which I might have derived good, by which I have not profited, I dare say," returned the nephew; "Christmas among the rest. But I am sure I have always thought of Christmas-time, when it has come round — apart from the veneration due to its sacred name and origin, if anything belonging to it can be apart from that — as a good time; a kind, forgiving, charitable, pleasant time; the only time I know of, in the long calendar of the year, when men and women seem by one consent to open their shut-up hearts freely, and to think of people below them as if they really were fellow-passengers to the grave, and not another race of creatures bound on other journeys. And therefore, uncle, though it has never put a scrap of gold or silver in my pocket, I believe that it has done me good, and will do me good; and I say, God bless it!"

The clerk in the tank involuntarily applauded. Becoming immediately sensible of the impropriety, he poked the fire, and extinguished the last frail spark for ever.

"Let me hear another sound from you," said Scrooge, "and you'll keep your Christmas by losing your situation! You're quite a powerful speaker, sir," he added, turning to his nephew. "I wonder you don't go into Parliament."

"Don't be angry, uncle. Come! Dine with us to-morrow."

Scrooge said that he would see him — Yes, indeed he did. He went the whole length of the expression, and said that he would see him in that extremity first.

"But why?" cried Scrooge's nephew. "Why?"

"Why did you get married?" said Scrooge.

"Because I fell in love."

"Because you fell in love!" growled Scrooge, as if that were the only one thing in the world more ridiculous than a merry Christmas. "Good afternoon!"

"Nay, uncle, but you never came to see me before that happened. Why give it as a reason for not coming now?"

"Good afternoon," said Scrooge.

"I want nothing from you; I ask nothing of you; why cannot we be friends?"

"Good afternoon!" said Scrooge.

"I am sorry, with all my heart, to find you so resolute. We have never had any quarrel to which I have been a party. But I have made the trial in homage to Christmas, and I'll keep my Christmas humour to the last. So A Merry Christmas, uncle!"

"Good afternoon," said Scrooge.

"And A Happy New Year!"

"Good afternoon!" said Scrooge.

His nephew left the room without an angry word, notwithstanding. He stopped at the outer door to bestow the greetings of the season on the clerk, who, cold as he was, was warmer than Scrooge; for he returned them cordially.

"There's another fellow," muttered Scrooge, who overheard him: "my clerk, with fifteen shillings a week, and a wife and family, talking about a merry Christmas. I'll retire to Bedlam."

This lunatic, in letting Scrooge's nephew out, had let two other people in. They were portly gentlemen, pleasant to behold, and now stood, with their hats off, in Scrooge's office. They had books and papers in their hands, and bowed to him.

"Scrooge and Marley's, I believe," said one of the gentlemen, referring to his list. "Have I the pleasure of addressing Mr. Scrooge, or

Mr. Marley?"

"Mr. Marley has been dead these seven years," Scrooge replied. "He died seven years ago, this very night."

"We have no doubt his liberality is well represented by his surviving partner," said the gentleman, presenting his credentials.

It certainly was; for they had been two kindred spirits. At the ominous word "liberality" Scrooge frowned, and shook his head, and handed the credentials back.

"At this festive season of the year, Mr. Scrooge," said the gentleman, taking up a pen, "it is more than usually desirable that we should make some slight provision for the poor and destitute, who suffer greatly at the present time. Many thousands are in want of common necessaries; hundreds of thousands are in want of common comforts, sir."

"Are there no prisons?" asked Scrooge.

"Plenty of prisons," said the gentleman, laying down the pen again.

"And the Union workhouses?" demanded Scrooge. "Are they still in operation?"

"They are. Still," returned the gentleman, "I wish I could say they were not."

"The Treadmill and the Poor Law are in full vigour, then?" said Scrooge.

"Both very busy, sir."

"Oh! I was afraid, from what you said at first, that something had occurred to stop them in their useful course," said Scrooge. "I am very glad to hear it."

"Under the impression that they scarcely furnish Christian cheer of mind or body to the multitude," returned the gentleman, "a few of us are endeavouring to raise a fund to buy the Poor some meat and drink, and means of warmth. We choose this time, because it is a time, of all others, when Want is keenly felt, and Abundance rejoices. What shall I put you down for?"

"Nothing!" Scrooge replied.

"You wish to be anonymous?"

"I wish to be left alone," said Scrooge. "Since you ask me what I wish, gentlemen, that is my answer. I don't make merry myself at Christmas, and I can't afford to make idle people merry. I help to support the establishments I have mentioned — they cost enough; and those who are badly off must go there."

"Many can't go there; and many would rather die."

"If they would rather die," said Scrooge, "they had better do it, and decrease the surplus population. Besides — excuse me — I don't know that."

"But you might know it," observed the gentleman.

"It's not my business," Scrooge returned. "It's enough for a man to understand his own business, and not to interfere with other people's. Mine occupies me constantly. Good afternoon, gentlemen!"

Seeing clearly that it would be useless to pursue their point, the gentlemen withdrew. Scrooge resumed his labours with an improved opinion of himself, and in a more facetious temper than was usual with him.

Meanwhile the fog and darkness thickened so, that people ran about with flaring links, proffering their services to go before horses in carriages, and conduct them on their way. The ancient tower of a church, whose gruff old bell was always peeping slily down at Scrooge out of a Gothic window in the wall, became invisible, and struck the hours and quarters in the clouds, with tremulous vibrations afterwards, as if its teeth were chattering in its frozen head up there. The cold became intense. In the main street, at the corner of the court, some labourers were repairing the gas-pipes, and had lighted a great fire in a brazier, round which a party of ragged men and boys were gathered: warming their hands and winking their eyes before the blaze in rapture. The water-plug being left in solitude, its overflowings suddenly congealed, and turned to misanthropic ice. The brightness of the shops, where holly sprigs and berries crackled in the lamp heat of the windows, made pale faces ruddy as they passed. Poulterers' and grocers' trades became a splendid joke: a glorious pageant, with which it was next to impossible to believe that such dull principles as bargain and sale had anything to do. The Lord Mayor, in the stronghold of the mighty Mansion House, gave orders to his fifty cooks and butlers to keep Christmas as a Lord Mayor's household should; and even the little tailor, whom he had fined five shillings on the previous Monday for being drunk and blood-thirsty in the streets, stirred up to-morrow's pudding in his garret, while his lean wife and the baby sallied out to buy the beef.

Foggier yet, and colder! Piercing, searching, biting cold. If the good St. Dunstan had but nipped the Evil Spirit's nose with a touch of such weather as that, instead of using his familiar weapons, then indeed he would have roared to lusty purpose. The owner of one scant young nose, gnawed and mumbled by the hungry cold as bones are gnawed by dogs, stooped down at Scrooge's keyhole to regale him with a Christmas carol; but, at the first sound of

"God bless you, merry gentleman,

May nothing you dismay!"

Scrooge seized the ruler with such energy of action, that the singer fled in terror, leaving the keyhole to the fog, and even more congenial frost.

"At length the hour of shutting up the counting-house arrived. With an ill-will Scrooge dismounted from his stool, and tacitly admitted the fact to the expectant clerk in the tank, who instantly snuffed his candle out, and put on his hat.

"You'll want all day to-morrow, I suppose?" said Scrooge.

"If quite convenient, sir."

"It's not convenient," said Scrooge, "and it's not fair. If I was to stop half-a-crown for it, you'd think yourself ill used, I'll be bound?"

The clerk smiled faintly.

"And yet," said Scrooge, "you don't think me ill used when I pay a day's wages for no work."

The clerk observed that it was only once a year.

"A poor excuse for picking a man's pocket every twenty-fifth of December!" said Scrooge, buttoning his great-coat to the chin. "But I suppose you must have the whole day. Be here all the earlier next morning."

The clerk promised that he would; and Scrooge walked out with a growl. The office was closed in a twinkling, and the clerk, with the long ends of his white comforter dangling below his waist(for he boasted no great-coat), went down a slide on Cornhill, at the end of a lane of boys, twenty times, in honour of its being Christmas-eve, and then ran home to Camden Town as hard as he could pelt, to play at blindman's buff.

Scrooge took his melancholy dinner in his usual melancholy tavern; and having read all the newspapers, and beguiled the rest of the evening with his banker's book, went home to bed. He lived in chambers which had once belonged to his deceased partner. They were a gloomy suite of rooms, in a lowering pile of building up a yard, where it had so little business to be, that one could scarcely help fancying it must have run there when it was a young house, playing at hide-and-seek with other houses, and have forgotten the way out again. It was old enough now, and dreary enough; for nobody lived in it but Scrooge, the other rooms being all let out as offices. The yard was so dark that even Scrooge, who knew its every stone, was fain to grope with his hands. The fog and frost so hung about the black old gateway of the house, that it seemed as if the Genius of the Weather sat in mournful meditation on the threshold.

Now, it is a fact that there was nothing at all particular about the knocker on the door, except that it was very large. It is also a fact that Scrooge had seen it, night and morning, during his whole residence in that place; also that Scrooge had as little of what is called fancy about him as any man in the City of London, even including — which is a bold word — the corporation, aldermen, and livery. Let it also be borne in mind that Scrooge had not bestowed one thought on Marley since his last mention of his seven-years'-dead partner that afternoon. And then let any man explain to me, if he can, how it happened that Scrooge, having his key in the lock of the door, saw in the knocker, without its undergoing any intermediate process of change — not a knocker, but Marley's face.

Marley's face. It was not in impenetrable shadow, as the other objects in the yard were, but had a dismal light about it, like a bad lobster in a dark cellar. It was not angry or ferocious, but looked at Scrooge as Marley used to look: with ghostly spectacles turned up on its ghostly forehead. The hair was curiously stirred, as if by breath of hot air; and, though the eyes were wide open, they were perfectly motionless. That, and its livid colour, made it horrible; but its horror seemed to be in spite of the face, and beyond its control, rather than a part of its own expression.

As Scrooge looked fixedly at this phenomenon, it was a knocker again.

To say that he was not startled, or that his blood was not conscious of a terrible sensation to which it had been a stranger from infancy, would be untrue. But he put his hand upon the key he had relinquished, turned it sturdily, walked in, and lighted his candle.

He did pause, with a moment's irresolution, before he shut the door; and he did look cautiously behind it first, as if he half expected to be terrified with the sight of Marley's pigtail sticking out into the hall. But there was nothing on the back of the door, except the screws and nuts that held the knocker on, so he said, "Pooh, pooh!" and closed it with a bang.

The sound resounded through the house like thunder. Every room above, and every cask in the wine merchant's cellars below, appeared to have a separate peal of echoes of its own. Scrooge was not a man to be frightened by echoes. He fastened the door, and walked across the hall, and up the stairs: slowly, too: trimming his candle as he went.

You may talk vaguely about driving a coach and six up a good old flight of stairs, or through a bad young Act of Parliament; but I mean to say you might have got a hearse up that staircase, and taken it broadwise, with the splinter-bar towards the wall, and the door towards the balustrades: and done it easy. There was plenty of width for that, and room to spare; which is perhaps the reason why Scrooge thought he saw a locomotive hearse going on before him in the gloom. Half-a-dozen gas-lamps out of the street wouldn't have lighted the entry too well, so you may suppose that it was pretty dark with Scrooge's dip.

Up Scrooge went, not caring a button for that. Darkness is cheap, and Scrooge liked it. But, before he shut his heavy door, he walked through his rooms to see that all was right. He had just enough recollection of the face to desire to do that.

Sitting-room, bedroom, lumber-room. All as they should be. Nobody under the table, nobody under the sofa; a small fire in the grate; spoon and basin ready; and the little saucepan of gruel(Scrooge had a cold in his head) upon the hob. Nobody under the bed; nobody in the closet; nobody in his dressing-gown, which was hanging up in a suspicious attitude against the wall. Lumber-room as usual. Old fireguard, old shoes, two fish baskets, washing-stand on three legs, and a poker.

Quite satisfied, he closed his door, and locked himself in; double locked himself in, which was not his custom. Thus secured against surprise, he took off his cravat; put on his dressing-gown and slippers, and his nightcap; and sat down before the fire to take his gruel.

It was a very low fire indeed; nothing on such a bitter night. He was obliged to sit close to it, and brood over it, before he could extract the least sensation of warmth from such a handful of fuel. The fire-place was an old one, built by some Dutch merchant long ago, and paved all round with quaint Dutch tiles, designed to illustrate the Scriptures. There were Cains and Abels, Pharaoh's daughters, Queens of Sheba, Angelic messengers descending through the air on clouds like feather beds, Abrahams, Belshazzars, Apostles putting off to sea in butter-boats, hundreds of figures to attract his thoughts; and yet that face of Marley, seven years dead, came like the ancient Prophet's rod, and swallowed up the whole. If each smooth tile had been a blank at first, with power to shape some picture on its surface from the disjointed fragments of his thoughts, there would have been a copy of old Marley's head on every one.

"Humbug!" said Scrooge; and walked across the room.

After several turns he sat down again. As he threw his head back in the chair, his glance happened to rest upon a bell, a disused bell, that hung in the room, and communicated, for some purpose now forgotten, with a chamber in the highest story of the building. It was with great astonishment, and with a strange, inexplicable dread, that, as he looked, he saw this bell begin to swing. It swung so softly in the outset that it scarcely made a sound; but soon it rang out loudly, and so did every bell in the house.

This might have lasted half a minute, or a minute, but it seemed an hour. The bells ceased, as they had begun, together. They were succeeded by a clanking noise, deep down below, as if some person were dragging a heavy chain over the casks in the wine merchant's cellar. Scrooge then remembered to have heard that ghosts in haunted houses were described as dragging chains.

The cellar door flew open with a booming sound, and then he heard the noise much louder on the floors below; then coming up the stairs; then coming straight towards his door.

"It's humbug still!" said Scrooge. "I won't believe it."

His colour changed, though, when, without a pause, it came on through the heavy door, and passed into the room before his eyes. Upon its coming in, the dying flame leaped up, as though it cried, "I know him! Marley's Ghost!" and fell again.

The same face: the very same. Marley in his pigtail, usual waistcoat, tights, and boots; the tassels on the latter bristling, like his pigtail, and his coat-skirts, and the hair upon his head. The chain he drew was clasped about his middle. It was long, and wound about him like a tail; and it was made(for Scrooge observed it closely) of cash-boxes, keys, padlocks, ledgers, deeds, and heavy purses wrought in steel. His body was transparent; so that Scrooge, observing him, and looking through his waistcoat, could see the two buttons on his coat behind.

Scrooge had often heard it said that Marley had no bowels, but he had never believed it until now.

No, nor did he believe it even now. Though he looked the phantom through and through, and saw it standing before him; though he felt the chilling influence of its death-cold eyes; and marked the very texture of the folded kerchief bound about its head and chin, which wrapper he had not observed before; he was still incredulous, and fought against his senses.

"How now!" said Scrooge, caustic and cold as ever. "What do you want with me?"

"Much!" — Marley's voice, no doubt about it.

"Who are you?"

"Ask me who I was."

"Who were you, then?" said Scrooge, raising his voice. "You're particular, for a shade." He was going to say "to a shade," but substituted this, as more appropriate.

"In life I was your partner, Jacob Marley."

"Can you — can you sit down?" asked Scrooge, looking doubtfully at him.

"I can."

"Do it, then."

Scrooge asked the question, because he didn't know whether a ghost so transparent might find himself in a condition to take a chair; and felt that, in the event of its being impossible, it might involve the necessity of an embarrassing explanation. But the Ghost sat down on the opposite side of the fire-place, as if he were quite used to it.

"You don't believe in me," observed the Ghost.

"I don't," said Scrooge.

"What evidence would you have of my reality beyond that of your own senses?"

"I don't know," said Scrooge.

"Why do you doubt your senses?"

"Because," said Scrooge, "a little thing affects them. A slight disorder of the stomach makes them cheats. You may be an undigested bit of beef, a blot of mustard, a crumb of cheese, a fragment of an underdone potato. There's more of gravy than of grave about you, whatever you are!"

Scrooge was not much in the habit of cracking jokes, nor did he feel in his heart by any means waggish then. The truth is, that he tried to be smart, as a means of distracting his own attention, and keeping down his terror; for the spectre's voice disturbed the very marrow in his bones.

To sit staring at those fixed glazed eyes in silence, for a moment, would play, Scrooge felt, the very deuce with him. There was something very awful, too, in the spectre's being provided with an infernal atmosphere of his own. Scrooge could not feel it himself, but this was clearly the case; for though the Ghost sat perfectly motionless, its hair, and skirts, and tassels were still agitated as by the hot vapour from an oven.

"You see this toothpick?" said Scrooge, returning quickly to the charge, for the reason just assigned; and wishing, though it were only for a second, to divert the vision's stony gaze from himself.

"I do," replied the Ghost.

"You are not looking at it," said Scrooge.

"But I see it," said the Ghost, "notwithstanding."

"Well!" returned Scrooge, "I have but to swallow this, and be for the rest of my days persecuted by a legion of goblins, all of my own creation. Humbug, I tell you; humbug!"

At this the spirit raised a frightful cry, and shook its chain with such a dismal and appalling noise, that Scrooge held on tight to his chair, to save himself from falling in a swoon. But how much greater was his horror when the phantom, taking off the bandage round his head, as if it were too warm to wear indoors, its lower jaw dropped down upon its breast!

Scrooge fell upon his knees, and clasped his hands before his face.

"Mercy!" he said. "Dreadful apparition, why do you trouble me?"

"Man of the worldly mind!" replied the Ghost, "do you believe in me or not?"

"I do," said Scrooge. "I must. But why do spirits walk the earth, and why do they come to me?"

"It is required of every man," the Ghost returned, "that the spirit within him should walk abroad among his fellow-men, and travel far and wide; and, if that spirit goes not forth in life, it is condemned to do so after death. It is doomed to wander through the world — oh, woe is me! — and witness what it cannot share, but might have shared on earth, and turned to happiness!"

Again the spectre raised a cry, and shook its chain and wrung its shadowy hands.

"You are fettered," said Scrooge, trembling. "Tell me why?"

"I wear the chain I forged in life," replied the Ghost. "I made it link by link, and yard by yard; I girded it on of my own free-will, and of my own free-will I wore it. Is its pattern strange to you?"

Scrooge trembled more and more.

"Or would you know," pursued the Ghost, "the weight and length of the strong coil you bear yourself? It was full as heavy and as long as this, seven Christmas-eves ago. You have laboured on it since. It is a ponderous chain!"

Scrooge glanced about him on the floor, in the expectation of finding himself surrounded by some fifty or sixty fathoms of iron cable, but he could see nothing.

"Jacob!" he said imploringly. "Old Jacob Marley, tell me more! Speak comfort to me, Jacob!"

"I have none to give," the Ghost replied. "It comes from other regions, Ebenezer Scrooge, and is conveyed by other ministers, to other kinds of men. Nor can I tell you what I would. A very little more is all permitted to me. I cannot rest, I cannot stay, I cannot linger anywhere. My spirit never walked beyond our counting-house — mark me; — in life my spirit never roved beyond the narrow limits of our money-changing hole; and weary journeys lie before me!"

It was a habit with Scrooge, whenever he became thoughtful, to put his hands in his breeches pockets. Pondering on what the Ghost had said, he did so now, but without lifting up his eyes, or getting off his knees.

"You must have been very slow about it, Jacob," Scrooge observed in a business-like manner, though with humility and deference.

"Slow!" the Ghost repeated.

"Seven years dead," mused Scrooge. "And travelling all the time?"

"The whole time," said the Ghost. "No rest, no peace. Incessant torture of remorse."

"You travel fast?" said Scrooge.

"On the wings of the wind," replied the Ghost.

"You might have got over a great quantity of ground in seven years," said Scrooge.

The Ghost, on hearing this, set up another cry, and clanked its chain so hideously in the dead silence of the night, that the Ward would have been justified in indicting it for a nuisance.

"Oh! captive, bound, and double-ironed," cried the phantom, "not to know that ages of incessant labour, by immortal creatures, for this earth must pass into eternity before the good of which it is susceptible is all developed! Not to know that any Christian spirit working kindly in its little sphere, whatever it may be, will find its mortal life too short for its vast means of usefulness! Not to know that no space of regret can make amends for one life's opportunities misused! Yet such was I! Oh, such was I!"

"But you were always a good man of business, Jacob," faltered Scrooge, who now began to apply this to himself.

"Business!" cried the Ghost, wringing its hands again. "Mankind was my business. The common welfare was my business; charity, mercy, forbearance, and benevolence were, all, my business. The dealings of my trade were but a drop of water in the comprehensive ocean of my business!"

It held up its chain at arm's length, as if that were the cause of all its unavailing grief, and flung it heavily upon the ground again.

"At this time of the rolling year," the spectre said, "I suffer most. Why did I walk through crowds of fellow-beings with my eyes turned down, and never raise them to that blessed Star which led the Wise Men to a poor abode? Were there no poor homes to which its light would have conducted me?"

Scrooge was very much dismayed to hear the spectre going on at this rate, and began to quake exceedingly.

"Hear me!" cried the Ghost. "My time is nearly gone."

"I will," said Scrooge. "But don't be hard upon me! Don't be flowery, Jacob! Pray!"

"How it is that I appear before you in a shape that you can see, I may not tell. I have sat invisible beside you many and many a day."

It was not an agreeable idea. Scrooge shivered, and wiped the perspiration from his brow.

"That is no light part of my penance," pursued the Ghost. "I am here to-night to warn you that you have yet a chance and hope of escaping my fate. A chance and hope of my procuring, Ebenezer."

"You were always a good friend to me," said Scrooge. "Thankee!"

"You will be haunted," resumed the Ghost, "by Three Spirits."

Scrooge's countenance fell almost as low as the Ghost's had done.

"Is that the chance and hope you mentioned, Jacob?" he demanded in a faltering voice.

"It is."

"I — I think I'd rather not," said Scrooge.

"Without their visits," said the Ghost, "you cannot hope to shun the path I tread. Expect the first to-morrow when the bell tolls One."

"Couldn't I take 'em all at once, and have it over, Jacob?" hinted Scrooge.

"Expect the second on the next night at the same hour. The third, upon the next night when the last stroke of Twelve has ceased to vibrate. Look to see me no more; and look that, for your own sake, you remember what has passed between us!"

When it had said these words, the spectre took its wrapper from the table, and bound it round its head as before. Scrooge knew this by the smart sound its teeth made when the jaws were brought together by the bandage. He ventured to raise his eyes again, and found his supernatural visitor confronting him in an erect attitude, with its chain wound over and about its arm.

The apparition walked backward from him; and, at every step it took, the window raised itself a little, so that, when the spectre reached it, it was wide open. It beckoned Scrooge to approach, which he did. When they were within two paces of each other, Marley's Ghost held up its hand, warning him to come no nearer. Scrooge stopped.

Not so much in obedience as in surprise and fear; for, on the raising of the hand, he became sensible of confused noises in the air; incoherent sounds of lamentation and regret; wailings inexpressibly sorrowful and self-accusatory. The spectre, after listening for a moment, joined in the mournful dirge; and floated out upon the bleak, dark night.

Scrooge followed to the window: desperate in his curiosity. He looked out.

The air was filled with phantoms, wandering hither and thither in restless haste, and moaning as they went. Every one of them wore chains like Marley's Ghost; some few(they might be guilty governments) were linked together; none were free. Many had been personally known to Scrooge in their lives. He had been quite familiar with one old ghost in a white waistcoat, with a monstrous iron safe attached to its ankle, who cried piteously at being unable to assist a wretched woman with an infant, whom it saw below upon a doorstep. The misery with them all was, clearly, that they sought to interfere, for good, in human matters, and had lost the power for ever.

Whether these creatures faded into mist, or mist enshrouded them, he could not tell. But they and their spirit voices faded together; and the night became as it had been when he walked home.

Scrooge closed the window, and examined the door by which the Ghost had entered. It was double locked, as he had locked it with his own hands, and the bolts were undisturbed. He tried to say "Humbug!" but stopped at the first syllable. And being, from the emotion he had undergone, or the fatigues of the day, or his glimpse of the Invisible World, or the dull conversation of the Ghost, or the lateness of the hour, much in need of repose, went straight to bed without undressing, and fell asleep upon the instant.

## STAVE TWO
# THE FIRST OF THE THREE SPIRITS

When Scrooge awoke it was so dark, that, looking out of bed, he could scarcely distinguish the transparent window from the opaque walls of his chamber. He was endeavouring to pierce the darkness with his ferret eyes, when the chimes of a neighbouring church struck the four quarters. So he listened for the hour.

To his great astonishment, the heavy bell went on from six to seven, and from seven to eight, and regularly up to twelve; then stopped. Twelve! It was past two when he went to bed. The clock was wrong. An icicle must have got into the works. Twelve!

He touched the spring of his repeater, to correct this most preposterous clock. Its rapid little pulse beat twelve, and stopped.

"Why, it isn't possible," said Scrooge, "that I can have slept through a whole day and far into another night. It isn't possible that anything has happened to the sun, and this is twelve at noon!"

The idea being an alarming one, he scrambled out of bed, and groped his way to the window. He was obliged to rub the frost off with the sleeve of his dressing-gown before he could see anything; and could see very little then. All he could make out was, that it was still very foggy and extremely cold, and that there was no noise of people running to and fro, and making a great stir, as there unquestionably would have been if night had beaten off bright day, and taken possession of the world. This was a great relief, because "Three days after sight of this First of Exchange pay to Mr. Ebenezer Scrooge or his order," and so forth, would have become a mere United States security if there were no days to count by.

Scrooge went to bed again, and thought, and thought, and thought it over and over, and could make nothing of it. The more he thought, the more perplexed he was; and, the more he endeavoured not to think, the more he thought.

Marley's Ghost bothered him exceedingly. Every time he resolved within himself, after mature inquiry, that it was all a dream, his mind flew back again, like a strong spring released, to its first position, and presented the same problem to be worked all through, "Was it a dream or not?"

Scrooge lay in this state until the chime had gone three quarters more, when he remembered, on a sudden, that the Ghost had warned him of a visitation when the bell tolled one. He resolved to lie awake until the hour was passed; and, considering that he could no more go to sleep than go to Heaven, this was, perhaps, the wisest resolution in his power.

The quarter was so long, that he was more than once convinced he must have sunk into a doze unconsciously, and missed the clock. At length it broke upon his listening ear.

"Ding, dong!"

"A quarter past," said Scrooge, counting.

"Ding, dong!"

"Half past," said Scrooge.

"Ding, dong!"

"A quarter to it," said Scrooge.

"Ding, dong!"

"The hour itself," said Scrooge triumphantly, "and nothing else!"

He spoke before the hour bell sounded, which it now did with a deep, dull, hollow, melancholy One. Light flashed up in the room upon the instant, and the curtains of his bed were drawn.

The curtains of his bed were drawn aside, I tell you, by a hand. Not the curtains at his feet, nor the curtains at his back, but those to which his face was addressed. The curtains of his bed were drawn aside; and Scrooge, starting up into a half-recumbent attitude, found himself face to face with the unearthly visitor who drew them: as close to it as I am now to you, and I am standing in the spirit at your elbow.

It was a strange figure — like a child: yet not so like a child as like an old man, viewed through some supernatural medium, which gave him the appearance of having receded from the view, and being diminished to a child's proportions. Its hair, which hung about its neck and down its back, was white, as if with age; and yet the face had not a wrinkle in it, and the tenderest bloom was on the skin. The arms were very long and muscular; the hands the same, as if its hold were of uncommon strength. Its legs and feet, most delicately formed, were, like those upper members, bare. It wore a tunic of the purest white; and round its waist was bound a lustrous belt, the sheen of which was beautiful. It held a branch of fresh green holly in its hand: and, in singular contradiction of that wintry emblem, had its dress trimmed with summer flowers. But the strangest thing about it was, that from the crown of its head there sprung a bright clear jet of light, by which all this was visible; and which was doubtless the occasion of its using, in its duller moments, a great extinguisher for a cap, which it now held under its arm.

Even this, though, when Scrooge looked at it with increasing steadiness, was not its strangest quality. For, as its belt sparkled and glittered, now in one part and now in another, and what was light one instant at another time was dark, so the figure itself fluctuated in its distinctness: being now a thing with one arm, now with one leg, now with twenty legs, now a pair of legs without a head, now a head without a body: of which dissolving parts no outline would be visible in the dense gloom wherein they melted away. And, in the very wonder of this, it would be itself again; distinct and clear as ever.

"Are you the Spirit, sir, whose coming was foretold to me?" asked Scrooge.

"I am!"

The voice was soft and gentle. Singularly low, as if, instead of being so close beside him, it were at a distance.

"Who and what are you?" Scrooge demanded.

"I am the Ghost of Christmas Past."

"Long Past?" inquired Scrooge; observant of its dwarfish stature.

"No. Your past."

Perhaps Scrooge could not have told anybody why, if anybody could have asked him; but he had a special desire to see the Spirit in his cap; and begged him to be covered.

"What!" exclaimed the Ghost, "would you so soon put out, with worldly hands, the light I give? Is it not enough that you are one of those whose passions made this cap, and force me through whole trains of years to wear it low upon my brow?"

Scrooge reverently disclaimed all intention to offend or any knowledge of having wilfully "bonneted" the Spirit at any period of his life. He then made bold to inquire what business brought him there.

"Your welfare!" said the Ghost.

Scrooge expressed himself much obliged, but could not help thinking that a night of unbroken rest would have been more conducive to that end. The Spirit must have heard him thinking, for it said immediately:

"Your reclamation, then. Take heed!"

It put out its strong hand as it spoke, and clasped him gently by the arm.

"Rise! and walk with me!"

It would have been in vain for Scrooge to plead that the weather and the hour were not adapted to pedestrian purposes; that bed was warm, and the thermometer a long way below freezing; that he was clad but lightly in his slippers, dressing-gown, and nightcap; and that he had a cold upon him at that time. The grasp, though gentle as a woman's hand, was not to be resisted. He rose: but, finding that the Spirit made towards the window, clasped its robe in supplication.

"I am a mortal," Scrooge remonstrated, "and liable to fall."

"Bear but a touch of my hand there," said the Spirit, laying it upon his heart, "and you shall be upheld in more than this!"

As the words were spoken, they passed through the wall, and stood upon an open country road, with fields on either hand. The city had entirely vanished. Not a vestige of it was to be seen. The darkness and the mist had vanished with it, for it was a clear, cold, winter day, with the snow upon the ground.

"Good Heaven!" said Scrooge, clasping his hands together as he looked about him. "I was bred in this place. I was a boy here!"

The Spirit gazed upon him mildly. Its gentle touch, though it had been light and instantaneous, appeared still present to the old man's sense of feeling. He was conscious of a thousand odours floating in the air, each one connected with a thousand thoughts, and hopes, and joys, and cares long, long forgotten!

"Your lip is trembling," said the Ghost. "And what is that upon your cheek?"

Scrooge muttered, with an unusual catching in his voice, that it was a pimple; and begged the Ghost to lead him where he would.

"You recollect the way?" inquired the Spirit.

"Remember it!" cried Scrooge with fervour; "I could walk it blindfold."

"Strange to have forgotten it for so many years!" observed the Ghost. "Let us go on."

They walked along the road, Scrooge recognising every gate, and post, and tree, until a little market-town appeared in the distance, with its bridge, its church, and winding river. Some shaggy ponies now were seen trotting towards them with boys upon their backs, who called to other boys in country gigs and carts, driven by farmers. All these boys were in great spirits, and shouted to each other, until the broad fields were so full of merry music, that the crisp air laughed to hear it.

"These are but shadows of the things that have been," said the Ghost. "They have no consciousness of us."

The jocund travellers came on; and as they came, Scrooge knew and named them every one. Why was he rejoiced beyond all bounds to see them? Why did his cold eye glisten, and his heart leap up as they went past? Why was he filled with gladness when he heard them give each other Merry Christmas, as they parted at cross-roads and by-ways for their several homes? What was merry Christmas to Scrooge? Out upon merry Christmas! What good had it ever done to him?

"The school is not quite deserted," said the Ghost. "A solitary child, neglected by his friends, is left there still."

Scrooge said he knew it. And he sobbed.

They left the high-road by a well-remembered lane, and soon approached a mansion of dull red brick, with a little weather-cock surmounted cupola on the roof and a bell hanging in it. It was a large house, but one of broken fortunes: for the spacious offices were little used, their walls were damp and mossy, their windows broken, and their gates decayed. Fowls clucked and strutted in the stables; and the coach-houses and sheds were overrun with grass. Nor was it more retentive of its ancient state within; for, entering the dreary hall, and glancing through the open doors of many rooms, they found them poorly furnished, cold, and vast. There was an earthly savour in the air, a chilly bareness in the place, which associated itself somehow with too much getting up by candle-light, and not too much to eat.

They went, the Ghost and Scrooge, across the hall, to a door at the back of the house. It opened before them, and disclosed a long, bare, melancholy room, made barer still by lines of plain deal forms and desks. At one of these a lonely boy was reading near a feeble fire; and Scrooge sat down upon a form, and wept to see his poor forgotten self as he had used to be.

Not a latent echo in the house, not a squeak and scuffle from the mice behind the panelling, not a drip from the half-thawed water-spout in the dull yard behind, not a sigh among the leafless boughs of one despondent poplar, not the idle swinging of an empty storehouse door, no, not a clicking in the fire, but fell upon the heart of Scrooge with softening influence, and gave a freer passage to his tears.

The Spirit touched him on the arm, and pointed to his younger self, intent upon his reading. Suddenly a man in foreign garments: wonderfully real and distinct to look at: stood outside the window, with an axe stuck in his belt, and leading by the bridle an ass laden with wood.

"Why, it's Ali Baba!" Scrooge exclaimed in ecstasy. "It's dear old honest Ali Baba! Yes, yes, I know. One Christmas-time when yonder solitary child was left here all alone, he did come, for the first time, just like that. Poor boy! And Valentine," said Scrooge, "and his wild brother, Orson; there they go! And what's his name, who was put down in his drawers, asleep, at the gate of Damascus; don't you see him? And the Sultan's Groom turned upside down by the Genii: there he is upon his head! Serve him right! I'm glad of it. What business had he to be married to the Princess?"

To hear Scrooge expending all the earnestness of his nature on such subjects, in a most extraordinary voice between laughing and crying; and to see his heightened and excited face; would have been a surprise to his business friends in the City, indeed.

"There's the Parrot!" cried Scrooge. "Green body and yellow tail, with a thing like a lettuce growing out of the top of his head; there he is! Poor Robin Crusoe he called him, when he came home again after sailing round the island. 'Poor Robin Crusoe, where have you been, Robin Crusoe?' The man thought he was dreaming, but he wasn't. It was the Parrot, you know. There goes Friday, running for his life to the little creek! Halloa! Hoop! Halloo!"

Then, with a rapidity of transition very foreign to his usual character, he said, in pity for his former self, "Poor boy!" and cried again.

"I wish," Scrooge muttered, putting his hand in his pocket, and looking about him, after drying his eyes with his cuff: "but it's too late now."

"What is the matter?" asked the Spirit.

"Nothing," said Scrooge. "Nothing. There was a boy singing a Christmas Carol at my door last night. I should like to have given him something: that's all."

The Ghost smiled thoughtfully, and waved its hand: saying, as it did so, "Let us see another Christmas!"

Scrooge's former self grew larger at the words, and the room became a little darker and more dirty. The panels shrunk, the windows cracked; fragments of plaster fell out of the ceiling, and the naked laths were shown instead; but how all this was brought about Scrooge knew no more than you do. He only knew that it was quite correct: that everything had happened so; that there he was, alone again, when all the other boys had gone home for the jolly holidays.

He was not reading now, but walking up and down despairingly. Scrooge looked at the Ghost, and, with a mournful shaking of his head, glanced anxiously towards the door.

It opened; and a little girl, much younger than the boy, came darting in, and, putting her arms about his neck, and often kissing him, addressed him as her "dear, dear brother."

"I have come to bring you home, dear brother!" said the child, clapping her tiny hands, and bending down to laugh. "To bring you home, home, home!"

"Home, little Fan?" returned the boy.

"Yes!" said the child, brimful of glee. "Home for good and all. Home for ever and ever. Father is so much kinder than he used to be, that home's like Heaven! He spoke so gently to me one dear night when I was going to bed, that I was not afraid to ask him once more if you might come home; and he said Yes, you should; and sent me in a coach to bring you. And you're to be a man!" said the child, opening her eyes; "and are never to come back here; but first we're to be together all the Christmas long, and have the merriest time in all the world."

"You are quite a woman, little Fan!" exclaimed the boy.

She clapped her hands and laughed, and tried to touch his head; but, being too little, laughed again, and stood on tiptoe to embrace him. Then she began to drag him, in her childish eagerness, towards the door; and he, nothing loath to go, accompanied her.

A terrible voice in the hall cried, "Bring down Master Scrooge's box, there!" and in the hall appeared the schoolmaster himself, who glared on Master Scrooge with a ferocious condescension, and threw him into a dreadful state of mind by shaking hands with him. He then conveyed him and his sister into the veriest old well of a shivering best parlour that ever was seen, where the maps upon the wall, and the celestial and terrestrial globes in the windows, were waxy with cold. Here he produced a decanter of curiously light wine, and a block of curiously heavy cake, and administered instalments of those dainties to the young people: at the same time sending out a meagre servant to offer a glass of "something" to the postboy who answered that he thanked the gentleman, but, if it was the same tap as he had tasted before, he had rather not. Master Scrooge's trunk being by this time tied on to the top of the chaise, the children bade the schoolmaster good-bye right willingly; and, getting into it, drove gaily down the garden sweep; the quick wheels dashing the hoar frost and snow from off the dark leaves of the evergreens like spray.

"Always a delicate creature, whom a breath might have withered," said the Ghost. "But she had a large heart!"

"So she had," cried Scrooge. "You're right. I will not gainsay it, Spirit. God forbid!"

"She died a woman," said the Ghost, "and had, as I think, children."

"One child," Scrooge returned.

"True," said the Ghost. "Your nephew!"

Scrooge seemed uneasy in his mind; and answered briefly, "Yes."

Although they had but that moment left the school behind them, they were now in the busy thoroughfares of a city, where shadowy passengers passed and repassed; where shadowy carts and coaches battled for the way, and all the strife and tumult of a real city were. It was made plain enough, by the dressing of the shops, that here, too, it was Christmas-time again; but it was evening, and the streets were lighted up.

The Ghost stopped at a certain warehouse door, and asked Scrooge if he knew it.

"Know it!" said Scrooge. "Was I apprenticed here?"

They went in. At sight of an old gentleman in a Welsh wig, sitting behind such a high desk, that if he had been two inches taller, he must have knocked his head against the ceiling, Scrooge cried in great excitement:

"Why, it's old Fezziwig! Bless his heart, it's Fezziwig alive again!"

Old Fezziwig laid down his pen, and looked up at the clock, which pointed to the hour of seven. He rubbed his hands; adjusted his capacious waistcoat; laughed all over himself, from his shoes to his organ of benevolence; and called out, in a comfortable, oily, rich, fat, jovial voice:

"Yo ho, there! Ebenezer! Dick!"

Scrooge's former self, now grown a young man, came briskly in, accompanied by his fellow-'prentice.

"Dick Wilkins, to be sure!" said Scrooge to the Ghost. "Bless me, yes. There he is. He was very much attached to me, was Dick. Poor Dick! Dear, dear!"

"Yo ho, my boys!" said Fezziwig. "No more work to-night. Christmas-eve, Dick. Christmas, Ebenezer! Let's have the shutters up," cried old Fezziwig with a sharp clap of his hands, "before a man can say Jack Robinson!"

You wouldn't believe how those two fellows went at it! They charged into the street with the shutters — one, two, three — had 'em up in their places — four, five, six — barred 'em and pinned 'em — seven, eight, nine — and came back before you could have got to twelve, panting like race-horses.

"Hilli-ho!" cried old Fezziwig, skipping down from the high desk with wonderful agility. "Clear away, my lads, and let's have lots of room here! Hilli-ho, Dick! Chirrup, Ebenezer!"

Clear away! There was nothing they wouldn't have cleared away, or couldn't have cleared away, with old Fezziwig looking on. It was done in a minute. Every movable was packed off, as if it were dismissed from public life for evermore; the floor was swept and watered, the lamps were trimmed, fuel was heaped upon the fire; and the warehouse was as snug, and warm, and dry, and bright a ball-room as you would desire to see upon a winter's night.

In came a fiddler with a music-book, and went up to the lofty desk, and made an orchestra of it, and tuned like fifty stomachaches. In came Mrs. Fezziwig, one vast substantial smile. In came the three Miss Fezziwigs, beaming and lovable. In came the six young followers whose hearts they broke. In came all the young men and women employed in the business. In came the housemaid, with her cousin the baker. In came the cook, with her brother's particular friend the milkman. In came the boy from over the way, who was suspected of not having board enough from his master; trying to hide himself behind the girl from next door but one, who was proved to have had her ears pulled by her mistress. In they all came, one after another; some shyly, some boldly, some gracefully, some awkwardly, some pushing, some pulling; in they all came, any how and every how. Away they all went, twenty couple at once; hands half round and back again the other way; down the middle and up again; round and round in various stages of affectionate grouping; old top couple always turning up in the wrong place; new top couple starting off again as soon as they got there; all top couples at last, and not a bottom one to help them! When this result was brought about, old Fezziwig, clapping his hands to stop the dance, cried out, "Well done!" and the fiddler plunged his hot face into a pot of porter, especially provided for that purpose. But, scorning rest upon his reappearance, he instantly began again, though there were no dancers yet, as if the other fiddler had been carried home, exhausted, on a shutter, and he were a brannew man resolved to beat him out of sight, or perish.

There were more dances, and there were forfeits, and more dances, and there was cake, and there was negus, and there was a great piece of Cold Roast, and there was a great piece of Cold Boiled, and there were mince-pies, and plenty of beer. But the great effect of the evening came after the Roast and Boiled, when the fiddler(an artful dog, mind! The sort of man who knew his business better than you or I could have told it him!) struck up "Sir Roger de Coverley." Then old Fezziwig stood out to dance with Mrs. Fezziwig. Top couple, too; with a good stiff piece of work cut out for them; three or four and twenty pair of partners; people who were not to be trifled with; people who would dance, and had no notion of walking.

But if they had been twice as many — ah! four times — old Fezziwig would have been a match for them, and so would Mrs. Fezziwig. As to her, she was worthy to be his partner in every sense of the term. If that's not high praise, tell me higher, and I'll use it. A positive light appeared to issue from Fezziwig's calves. They shone in every part of the dance like moons. You couldn't have predicted, at any given time, what would become of them next. And when old Fezziwig and Mrs. Fezziwig had gone all through the dance; advance and retire, both hands to your partner, bow and curtsy, cork-screw, thread-the-needle, and back again to your place; Fezziwig "cut" — cut so deftly, that he appeared to wink with his legs, and came upon his feet again without a stagger.

When the clock struck eleven, this domestic ball broke up. Mr. and Mrs. Fezziwig took their stations, one on either side the door, and, shaking hands with every person individually as he or she went out, wished him or her a Merry Christmas. When everybody had retired but the two 'prentices, they did the same to them; and thus the cheerful voices died away, and the lads were left to their beds; which were under a counter in the back-shop.

During the whole of this time Scrooge had acted like a man out of his wits. His heart and soul were in the scene, and with his former self. He corroborated everything, remembered everything, enjoyed everything, and underwent the strangest agitation. It was not until now, when the bright faces of his former self and Dick were turned from them, that he remembered the Ghost, and became conscious that it was looking full upon him, while the light upon its head burnt very clear.

"A small matter," said the Ghost, "to make these silly folks so full of gratitude."

"Small!" echoed Scrooge.

The Spirit signed to him to listen to the two apprentices, who were pouring out their hearts in praise of Fezziwig; and, when he had done so, said:

"Why! Is it not? He has spent but a few pounds of your mortal money: three or four, perhaps. Is that so much that he deserves this praise?"

"It isn't that," said Scrooge, heated by the remark, and speaking unconsciously like his former, not his latter self. "It isn't that, Spirit. He has the power to render us happy or unhappy; to make our service light or burdensome; a pleasure or a toil. Say that his power lies in words and looks; in things so slight and insignificant that it is impossible to add and count 'em up: what then? The happiness he gives is quite as great as if it cost a fortune."

He felt the Spirit's glance, and stopped.

"What is the matter?" asked the Ghost.

"Nothing particular," said Scrooge.

"Something, I think?" the Ghost insisted.

"No," said Scrooge, "no. I should like to be able to say a word or two to my clerk just now. That's all."

His former self turned down the lamps as he gave utterance to the wish; and Scrooge and the Ghost again stood side by side in the open air.

"My time grows short," observed the Spirit. "Quick!"

This was not addressed to Scrooge, or to any one whom he could see, but it produced an immediate effect. For again Scrooge saw himself. He was older now; a man in the prime of life. His face had not the harsh and rigid lines of later years; but it had begun to wear the signs of care and avarice. There was an eager, greedy, restless motion in the eye, which showed the passion that had taken root, and where the shadow of the growing tree would fall.

He was not alone, but sat by the side of a fair young girl in a mourning dress: in whose eyes there were tears, which sparkled in the light that shone out of the Ghost of Christmas Past.

"It matters little," she said softly. "To you, very little. Another idol has displaced me; and, if it can cheer and comfort you in time to come as I would have tried to do, I have no just cause to grieve."

"What Idol has displaced you?" he rejoined.

"A golden one."

"This is the even-handed dealing of the world!" he said. "There is nothing on which it is so hard as poverty; and there is nothing it professes to condemn with such severity as the pursuit of wealth!"

"You fear the world too much," she answered gently. "All your other hopes have merged into the hope of being beyond the chance of its sordid reproach. I have seen your nobler aspirations fall off one by one, until the master passion, Gain, engrosses you. Have I not?"

"What then?" he retorted. "Even if I have grown so much wiser, what then? I am not changed towards you."

She shook her head.

"Am I?"

"Our contract is an old one. It was made when we were both poor, and content to be so, until, in good season, we could improve our worldly fortune by our patient industry. You are changed. When it was made you were another man."

"I was a boy," he said impatiently.

"Your own feeling tells you that you were not what you are," she returned. "I am. That which promised happiness when we were one in heart is fraught with misery now that we are two. How often and how keenly I have thought of this I will not say. It is enough that I have thought of it, and can release you."

"Have I ever sought release?"

"In words. No. Never."

"In what, then?"

"In a changed nature; in an altered spirit; in another atmosphere of life; another Hope as its great end. In everything that made my love of any worth or value in your sight. If this had never been between us," said the girl, looking mildly, but with steadiness, upon him, "tell me, would you seek me out and try to win me now? Ah, no!"

He seemed to yield to the justice of this supposition in spite of himself. But he said, with a struggle, "You think not."

"I would gladly think otherwise if I could," she answered. "Heaven knows! When I have learned a Truth like this, I know how strong and irresistible it must be. But if you were free to-day, to-morrow, yesterday, can even I believe that you would choose a dowerless girl — you who, in your very confidence with her, weigh everything by Gain: or, choosing her, if for a moment you were false enough to your one guiding principle to do so, do I not know that your repentance and regret would surely follow? I do; and I release you. With a full heart, for the love of him you once were."

He was about to speak; but, with her head turned from him, she resumed.

"You may — the memory of what is past half makes me hope you will — have pain in this. A very, very brief time, and you will dismiss the recollection of it gladly, as an unprofitable dream, from which it happened well that you awoke. May you be happy in the life you have chosen!"

She left him, and they parted.

"Spirit!" said Scrooge, "show me no more! Conduct me home. Why do you delight to torture me?"

"One shadow more!" exclaimed the Ghost.

"No more!" cried Scrooge. "No more! I don't wish to see it. Show me no more!"

But the relentless Ghost pinioned him in both his arms, and forced him to observe what happened next.

They were in another scene and place; a room, not very large or handsome, but full of comfort. Near to the winter fire sat a beautiful young girl, so like that last that Scrooge believed it was the same, until he saw her, now a comely matron, sitting opposite her daughter. The noise in this room was perfectly tumultuous, for there were more children there than Scrooge in his agitated state of mind could count; and, unlike the celebrated herd in the poem, they were not forty children conducting themselves like one, but every child was conducting itself like forty. The consequences were uproarious beyond belief; but no one seemed to care; on the contrary, the mother and daughter laughed heartily, and enjoyed it very much; and the latter, soon beginning to mingle in the sports, got pillaged by the young brigands most ruthlessly. What would I not have given to be one of them! Though I never could have been so rude, no, no! I wouldn't for the wealth of all the world have crushed that braided hair, and torn it down; and, for the precious little shoe, I wouldn't have plucked it off, God bless my soul! to save my life. As to measuring her waist in sport, as they did, bold young brood, I couldn't have done it; I should have expected my arm to have grown round it for a punishment, and never come straight again. And yet I should have dearly liked, I own, to have touched her lips; to have questioned her, that she might have opened them; to have looked upon the lashes of her downcast eyes, and never raised a blush; to have let loose waves of hair, an inch of which would be a keepsake beyond price: in short, I should have liked, I do confess, to have had the lightest licence of a child, and yet to have been man enough to know its value.

But now a knocking at the door was heard, and such a rush immediately ensued that she, with laughing face and plundered dress, was borne towards it in the centre of a flushed and boisterous group, just in time to greet the father, who came home attended by a man laden with Christmas toys and presents. Then the shouting and the struggling, and the onslaught that was made on the defenceless porter! The scaling him, with chairs for ladders, to dive into his pockets, despoil him of brown-paper parcels, hold on tight by his cravat, hug him round the neck, pummel his back, and kick his legs in irrepressible affection! The shouts of wonder and delight with which the development of every package was received! The terrible announcement that the baby had been taken in the act of putting a doll's frying-pan into his mouth, and was more than suspected of having swallowed a fictitious turkey, glued on a wooden platter! The immense relief of finding this a false alarm! The joy, and gratitude, and ecstasy! They are all indescribable alike. It is enough that by degrees, the children and their emotions got out of the parlour, and, by one stair at a time, up to the top of the house, where they went to bed, and so subsided.

And now Scrooge looked on more attentively than ever, when the master of the house, having his daughter leaning fondly on him, sat down with her and her mother at his own fireside; and when he thought that such another creature, quite as graceful and as full of promise, might have called him father, and been a spring-time in the haggard winter of his life, his sight grew very dim indeed.

"Belle," said the husband, turning to his wife with a smile, "I saw an old friend of yours this afternoon."

"Who was it?"

"Guess!"

"How can I? Tut, don't I know?" she added in the same breath, laughing as he laughed. "Mr. Scrooge."

"Mr. Scrooge it was. I passed his office window; and as it was not shut up, and he had a candle inside, I could scarcely help seeing him. His partner lies upon the point of death, I hear; and there he sat alone. Quite alone in the world, I do believe."

"Spirit!" said Scrooge in a broken voice, "remove me from this place."

"I told you these were shadows of the things that have been," said the Ghost. "That they are what they are, do not blame me!"

"Remove me!" Scrooge exclaimed. "I cannot bear it!"

He turned upon the Ghost, and seeing that it looked upon him with a face in which in some strange way there were fragments of all the faces it had shown him, wrestled with it.

"Leave me! Take me back! Haunt me no longer!"

In the struggle — if that can be called a struggle in which the Ghost, with no visible resistance on its own part, was undisturbed by any effort of its adversary — Scrooge observed that its light was burning high and bright; and dimly connecting that with its influence over him, he seized the extinguisher cap, and by a sudden action pressed it down upon its head.

The Spirit dropped beneath it, so that the extinguisher covered its whole form; but, though Scrooge pressed it down with all his force, he could not hide the light, which streamed from under it in an unbroken flood upon the ground.

He was conscious of being exhausted, and overcome by an irresistible drowsiness; and, further, of being in his own bedroom. He gave the cap a parting squeeze, in which his hand relaxed; and had barely time to reel to bed before he sank into a heavy sleep.

# STAVE THREE THE SECOND OF THE THREE SPIRITS

Awaking in the middle of a prodigiously tough snore, and sitting up in bed to get his thoughts together, Scrooge had no occasion to be told that the bell was again upon the stroke of One. He felt that he was restored to consciousness in the right nick of time, for the especial purpose of holding a conference with the second messenger dispatched to him through Jacob Marley's intervention. But, finding that he turned uncomfortably cold when he began to wonder which of his curtains this new spectre would draw back, he put them every one aside with his own hands, and, lying down again, established a sharp look-out all round the bed. For he wished to challenge the Spirit on the moment of its appearance, and did not wish to be taken by surprise and made nervous.

Gentlemen of the free-and-easy sort, who plume themselves on being acquainted with a move or two, and being usually equal to the time of day, express the wide range of their capacity for adventure by observing that they are good for anything from pitch-and-toss to manslaughter; between which opposite extremes, no doubt, there lies a tolerably wide and comprehensive range of subjects. Without venturing for Scrooge quite as hardily as this, I don't mind calling on you to believe that he was ready for a good broad field of strange appearances, and that nothing between a baby and a rhinoceros would have astonished him very much.

Now, being prepared for almost anything, he was not by any means prepared for nothing; and consequently, when the bell struck One, and no shape appeared, he was taken with a violent fit of trembling. Five minutes, ten minutes, a quarter of an hour went by, yet nothing came. All this time he lay upon his bed, the very core and centre of a blaze of ruddy light, which streamed upon it when the clock proclaimed the hour; and which, being only light, was more alarming than a dozen ghosts, as he was powerless to make out what it meant, or would be at; and was sometimes apprehensive that he might be at that very moment an interesting case of spontaneous combustion, without having the consolation of knowing it. At last, however, he began to think—as you or I would have thought at first; for it is always the person not in the predicament who knows what ought to have been done in it, and would unquestionably have done it too—at last, I say, he began to think that the source and secret of this ghostly light might be in the adjoining room, from whence, on further tracing it, it seemed to shine. This idea taking full possession of his mind, he got up softly, and shuffled in his slippers to the door.

The moment Scrooge's hand was on the lock, a strange voice called him by his name, and bade him enter. He obeyed.

It was his own room. There was no doubt about that. But it had undergone a surprising transformation. The walls and ceiling were so hung with living green, that it looked a perfect grove; from every part of which bright gleaming berries glistened. The crisp leaves of holly, mistletoe, and ivy reflected back the light, as if so many little mirrors had been scattered there; and such a mighty blaze went roaring up the chimney as that dull petrifaction of a hearth had never known in Scrooge's time, or Marley's, or for many and many a winter season gone. Heaped up on the floor, to form a kind of throne, were turkeys, geese, game, poultry, brawn, great joints of meat, sucking-pigs, long wreaths of sausages, mince-pies, plum-puddings, barrels of oysters, red-hot chestnuts, cherry-cheeked apples, juicy oranges, luscious pears, immense twelfth-cakes, and seething bowls of punch, that made the chamber dim with their delicious steam. In easy state upon this couch there sat a jolly Giant, glorious to see; who bore a glowing torch, in shape not unlike Plenty's horn, and held it up, high up, to shed its light on Scrooge as he came peeping round the door.

"Come in!" exclaimed the Ghost. "Come in! and know me better, man!"

Scrooge entered timidly, and hung his head before this Spirit. He was not the dogged Scrooge he had been; and, though the Spirit's eyes were clear and kind, he did not like to meet them.

"I am the Ghost of Christmas Present," said the Spirit. "Look upon me!"

Scrooge reverently did so. It was clothed in one simple deep green robe, or mantle, bordered with white fur. This garment hung so loosely on the figure, that its capacious breast was bare, as if disdaining to be warded or concealed by any artifice. Its feet, observable beneath the ample folds of the garment, were also bare; and on its head it wore no other covering than a holly wreath, set here and there with shining icicles. Its dark brown curls were long and free; free as its genial face, its sparkling eye, its open hand, its cheery voice, its unconstrained demeanour, and its joyful air. Girded round its middle was an antique scabbard; but no sword was in it, and the ancient sheath was eaten up with rust.

"You have never seen the like of me before!" exclaimed the Spirit.

"Never," Scrooge made answer to it.

"Have never walked forth with the younger members of my family; meaning(for I am very young) my elder brothers born in these later years?" pursued the Phantom.

"I don't think I have," said Scrooge. "I am afraid I have not. Have you had many brothers, Spirit?"

"More than eighteen hundred," said the Ghost.

"A tremendous family to provide for," muttered Scrooge.

The Ghost of Christmas Present rose.

"Spirit," said Scrooge submissively, "conduct me where you will. I went forth last night on compulsion, and I learnt a lesson which is working now. To-night, if you have aught to teach me, let me profit by it."

"Touch my robe!"

Scrooge did as he was told, and held it fast.

Holly, mistletoe, red berries, ivy, turkeys, geese, game, poultry, brawn, meat, pigs, sausages, oysters, pies, puddings, fruit, and punch, all vanished instantly. So did the room, the fire, the ruddy glow, the hour of night, and they stood in the city streets on Christmas morning, where(for the weather was severe) the people made a rough, but brisk and not unpleasant kind of music, in scraping the snow from the pavement in front of their dwellings, and from the tops of their houses, whence it was mad delight to the boys to see it come plumping down into the road below, and splitting into artificial little snow-storms.

The house-fronts looked black enough, and the windows blacker, contrasting with the smooth white sheet of snow upon the roofs, and with the dirtier snow upon the ground; which last deposit had been ploughed up in deep furrows by the heavy wheels of carts and waggons; furrows that crossed and recrossed each other hundreds of times where the great streets branched off; and made intricate channels, hard to trace, in the thick yellow mud and icy water. The sky was gloomy, and the shortest streets were choked up with a dingy mist, half thawed, half frozen, whose heavier particles descended in a shower of sooty atoms, as if all the chimneys in Great Britain had, by one consent, caught fire, and were blazing away to their dear hearts' content. There was nothing very cheerful in the climate or the town, and yet was there an air of cheerfulness abroad that the clearest summer air and brightest summer sun might have endeavoured to diffuse in vain.

For, the people who were shovelling away on the housetops were jovial and full of glee; calling out to one another from the parapets, and now and then exchanging a facetious snowball — better-natured missile far than many a wordy jest — laughing heartily if it went right, and not less heartily if it went wrong. The poulterers' shops were still half open, and the fruiterers' were radiant in their glory. There were great, round, pot-bellied baskets of chestnuts, shaped like the waistcoats of jolly old gentlemen, lolling at the doors, and tumbling out into the street in their apoplectic opulence. There were ruddy, brown-faced, broad-girthed Spanish onions, shining in the fatness of their growth like Spanish Friars, and winking from their shelves in wanton slyness at the girls as they went by, and glanced demurely at the hung-up mistletoe. There were pears and apples clustered high in blooming pyramids; there were bunches of grapes, made, in the shopkeepers' benevolence, to dangle from conspicuous hooks that people's mouths might water gratis as they passed; there were piles of filberts, mossy and brown, recalling, in their fragrance, ancient walks among the woods, and pleasant shufflings ankle deep through withered leaves; there were Norfolk Biffins, squab and swarthy, setting off the yellow of the oranges and lemons, and, in the great compactness of their juicy persons, urgently entreating and beseeching to be carried home in paper bags, and eaten after dinner. The very gold and silver fish, set forth among these choice fruits in a bowl, though members of a dull and stagnant-blooded race, appeared to know that there was something going on; and, to a fish, went gasping round and round their little world in slow and passionless excitement.

The Grocers'! oh, the Grocers'! nearly closed, with perhaps two shutters down, or one; but through those gaps such glimpses! It was not alone that the scales descending on the counter made a merry sound, or that the twine and roller parted company so briskly, or that the canisters were rattled up and down like juggling tricks, or even that the blended scents of tea and coffee were so grateful to the nose, or even that the raisins were so plentiful and rare, the almonds so extremely white, the sticks of cinnamon so long and straight, the other spices so delicious, the candied fruits so caked and spotted with molten sugar as to make the coldest lookers-on feel faint, and subsequently bilious. Nor was it that the figs were moist and pulpy, or that the French plums blushed in modest tartness from their highly-decorated boxes, or that everything was good to eat and in its Christmas dress; but the customers were all so hurried and so eager in the hopeful promise of the day, that they tumbled up against each other at the door, crashing their wicker baskets wildly, and left their purchases upon the counter, and came running back to fetch them, and committed hundreds of the like mistakes, in the best humour possible; while the Grocer and his people were so frank and fresh, that the polished hearts with which they fastened their aprons behind might have been their own, worn outside for general inspection, and for Christmas daws to peck at if they chose.

But soon the steeples called good people all to church and chapel, and away they came, flocking through the streets in their best clothes, and with their gayest faces. And at the same time there emerged, from scores of by-streets, lanes, and nameless turnings, innumerable people, carrying their dinners to the bakers' shops. The sight of these poor revellers appeared to interest the Spirit very much, for he stood with Scrooge beside him in a baker's doorway, and, taking off the covers as their bearers passed, sprinkled incense on their dinners from his torch.

And it was a very uncommon kind of torch, for once or twice, when there were angry words between some dinner-carriers who had jostled each other, he shed a few drops of water on them from it, and their good-humour was restored directly. For they said, it was a shame to quarrel upon Christmas-day. And so it was! God love it, so it was!

In time the bells ceased, and the bakers were shut up; and yet there was a genial shadowing forth of all these dinners, and the progress of their cooking, in the thawed blotch of wet above each baker's oven; where the pavement smoked as if its stones were cooking too.

"Is there a peculiar flavour in what you sprinkle from your torch?" asked Scrooge.

"There is. My own."

"Would it apply to any kind of dinner on this day?" asked Scrooge.

"To any kindly given. To a poor one most."

"Why to a poor one most?" asked Scrooge.

"Because it needs it most."

"Spirit!" said Scrooge after a moment's thought. "I wonder you, of all the beings in the many worlds about us, should desire to cramp these people's opportunities of innocent enjoyment."

"I!" cried the Spirit.

"You would deprive them of their means of dining every seventh day, often the only day on which they can be said to dine at all," said Scrooge; "wouldn't you?"

"I!" cried the Spirit.

"You seek to close these places on the Seventh Day," said Scrooge. "And it comes to the same thing."

"I seek!" exclaimed the Spirit.

"Forgive me if I am wrong. It has been done in your name, or at least in that of your family," said Scrooge.

"There are some upon this earth of yours," returned the Spirit, "who lay claim to know us, and who do their deeds of passion, pride, ill-will, hatred, envy, bigotry, and selfishness in our name, who are as strange to us, and all our kith and kin, as if they had never lived. Remember that, and charge their doings on themselves, not us."

Scrooge promised that he would; and they went on, invisible, as they had been before, into the suburbs of the town. It was a remarkable quality of the Ghost(which Scrooge had observed at the baker's), that, notwithstanding his gigantic size, he could accommodate himself to any place with ease; and that he stood beneath a low roof quite as gracefully and like a supernatural creature as it was possible he could have done in any lofty hall.

And perhaps it was the pleasure the good Spirit had in showing off this power of his, or else it was his own kind, generous, hearty nature, and his sympathy with all poor men, that led him straight to Scrooge's clerk's; for there he went, and took Scrooge with him, holding to his robe; and, on the threshold of the door, the Spirit smiled, and stopped to bless Bob Cratchit's dwelling with the sprinklings of his torch. Think of that! Bob had but fifteen "Bob" a week himself; he pocketed on Saturdays but fifteen copies of his Christian name; and yet the Ghost of Christmas Present blessed his four-roomed house!

Then up rose Mrs. Cratchit, Cratchit's wife, dressed out but poorly in a twice-turned gown, but brave in ribbons, which are cheap, and make a goodly show for sixpence; and she laid the cloth, assisted by Belinda Cratchit, second of her daughters, also brave in ribbons; while Master Peter Cratchit plunged a fork into the saucepan of potatoes, and, getting the corners of his monstrous shirt collar(Bob's private property, conferred upon his son and heir in honour of the day) into his mouth, rejoiced to find himself so gallantly attired, and yearned to show his linen in the fashionable Parks. And now two smaller Cratchits, boy and girl, came tearing in, screaming that outside the baker's they had smelt the goose, and known it for their own; and, basking in luxurious thoughts of sage and onion, these young Cratchits danced about the table, and exalted Master Peter Cratchit to the skies, while he(not proud, although his collars nearly choked him) blew the fire, until the slow potatoes, bubbling up, knocked loudly at the saucepan lid to be let out and peeled.

"What has ever got your precious father, then?" said Mrs. Cratchit. "And your brother, Tiny Tim? And Martha warn't as late last Christmas-day by half an hour!"

"Here's Martha, mother!" said a girl, appearing as she spoke.

"Here's Martha, mother!" cried the two young Cratchits. "Hurrah! There's such a goose, Martha!"

"Why, bless your heart alive, my dear, how late you are!" said Mrs. Cratchit, kissing her a dozen times, and taking off her shawl and bonnet for her with officious zeal.

"We'd a deal of work to finish up last night," replied the girl, "and had to clear away this morning, mother!"

"Well! never mind so long as you are come," said Mrs. Cratchit. "Sit ye down before the fire, my dear, and have a warm, Lord bless ye!"

"No, no! There's father coming," cried the two young Cratchits, who were everywhere at once. "Hide, Martha, hide!"

So Martha hid herself, and in came little Bob, the father, with at least three feet of comforter, exclusive of the fringe, hanging down before him; and his threadbare clothes darned up and brushed to look seasonable; and Tiny Tim upon his shoulder. Alas for Tiny Tim, he bore a little crutch, and had his limbs supported by an iron frame!

"Why, where's our Martha?" cried Bob Cratchit, looking round.

"Not coming," said Mrs. Cratchit.

"Not coming!" said Bob with a sudden declension in his high spirits; for he had been Tim's blood horse all the way from church, and had come home rampant. "Not coming upon Christmas-day!"

Martha didn't like to see him disappointed, if it were only in joke; so she came out prematurely from behind the closet door, and ran into his arms, while the two young Cratchits hustled Tiny Tim, and bore him off into the wash-house, that he might hear the pudding singing in the copper.

"And how did little Tim behave?" asked Mrs. Cratchit when she had rallied Bob on his credulity, and Bob had hugged his daughter to his heart's content.

"As good as gold," said Bob, "and better. Somehow, he gets thoughtful, sitting by himself so much, and thinks the strangest things you ever heard. He told me, coming home, that he hoped the people saw him in the church, because he was a cripple, and it might be pleasant to them to remember upon Christmas-day who made lame beggars walk and blind men see."

Bob's voice was tremulous when he told them this, and trembled more when he said that Tiny Tim was growing strong and hearty.

His active little crutch was heard upon the floor, and back came Tiny Tim before another word was spoken, escorted by his brother and sister to his stool beside the fire; and while Bob, turning up his cuffs — as if, poor fellow, they were capable of being made more shabby — compounded some hot mixture in a jug with gin and lemons, and stirred it round and round, and put it on the hob to simmer, Master Peter and the two ubiquitous young Cratchits went to fetch the goose, with which they soon returned in high procession.

Such a bustle ensued that you might have thought a goose the rarest of all birds; a feathered phenomenon, to which a black swan was a matter of course — and, in truth, it was something very like it in that house. Mrs. Cratchit made the gravy(ready beforehand in a little saucepan) hissing hot; Master Peter mashed the potatoes with incredible vigour; Miss Belinda sweetened up the apple sauce; Martha dusted the hot plates; Bob took Tiny Tim beside him in a tiny corner at the table; the two young Cratchits set chairs for everybody, not forgetting themselves, and, mounting guard upon their posts, crammed spoons into their mouths, lest they should shriek for goose before their turn came to be helped. At last the dishes were set on, and grace was said. It was succeeded by a breathless pause, as Mrs. Cratchit, looking slowly all along the carving-knife, prepared to plunge it in the breast; but when she did, and when the long-expected gush of stuffing issued forth, one murmur of delight arose all round the board, and even Tiny Tim, excited by the two young Cratchits, beat on the table with the handle of his knife, and feebly cried Hurrah!

There never was such a goose. Bob said he didn't believe there ever was such a goose cooked. Its tenderness and flavour, size and cheapness, were the themes of universal admiration. Eked out by apple sauce and mashed potatoes, it was a sufficient dinner for the whole family; indeed, as Mrs. Cratchit said with great delight(surveying one small atom of a bone upon the dish), they hadn't ate it all at last! Yet every one had had enough, and the youngest Cratchits, in particular, were steeped in sage and onion to the eyebrows! But now, the plates being changed by Miss Belinda, Mrs. Cratchit left the room alone — too nervous to bear witnesses — to take the pudding up, and bring it in.

Suppose it should not be done enough! Suppose it should break in turning out! Suppose somebody should have got over the wall of the back-yard and stolen it, while they were merry with the goose — a supposition at which the two young Cratchits became livid! All sorts of horrors were supposed.

Hallo! A great deal of steam! The pudding was out of the copper. A smell like a washing-day! That was the cloth. A smell like an eating-house and a pastrycook's next door to each other, with a laundress's next door to that! That was the pudding! In half a minute Mrs. Cratchit entered — flushed, but smiling proudly — with the pudding, like a speckled cannon-ball, so hard and firm, blazing in half of half-a-quartern of ignited brandy, and bedight with Christmas holly stuck into the top.

Oh, a wonderful pudding! Bob Cratchit said, and calmly too, that he regarded it as the greatest success achieved by Mrs. Cratchit since their marriage. Mrs. Cratchit said that, now the weight was off her mind, she would confess she had her doubts about the quantity of flour. Everybody had something to say about it, but nobody said or thought it was at all a small pudding for a large family. It would have been flat heresy to do so. Any Cratchit would have blushed to hint at such a thing.

At last the dinner was all done, the cloth was cleared, the hearth swept, and the fire made up. The compound in the jug being tasted, and considered perfect, apples and oranges were put upon the table, and a shovel full of chestnuts on the fire. Then all the Cratchit family drew round the hearth in what Bob Cratchit called a circle, meaning half a one; and at Bob Cratchit's elbow stood the family display of glass. Two tumblers and a custard cup without a handle.

These held the hot stuff from the jug, however, as well as golden goblets would have done; and Bob served it out with beaming looks, while the chestnuts on the fire sputtered and cracked noisily. Then Bob proposed:

"A merry Christmas to us all, my dears. God bless us!"

Which all the family re-echoed.

"God bless us every one!" said Tiny Tim, the last of all.

He sat very close to his father's side, upon his little stool. Bob held his withered little hand in his, as if he loved the child, and wished to keep him by his side, and dreaded that he might be taken from him.

"Spirit," said Scrooge with an interest he had never felt before, "tell me if Tiny Tim will live."

"I see a vacant seat," replied the Ghost, "in the poor chimney-corner, and a crutch without an owner, carefully preserved. If these shadows remain unaltered by the Future, the child will die."

"No, no," said Scrooge. "Oh, no, kind Spirit! say he will be spared."

"If these shadows remain unaltered by the Future, none other of my race," returned the Ghost, "will find him here. What then? If he be like to die, he had better do it, and decrease the surplus population."

Scrooge hung his head to hear his own words quoted by the Spirit, and was overcome with penitence and grief.

"Man," said the Ghost, "if man you be in heart, not adamant, forbear that wicked cant until you have discovered What the surplus is, and Where it is. Will you decide what men shall live, what men shall die? It may be that, in the sight of Heaven, you are more worthless and less fit to live than millions like this poor man's child. Oh God! to hear the Insect on the leaf pronouncing on the too much life among his hungry brothers in the dust!"

Scrooge bent before the Ghost's rebuke, and, trembling, cast his eyes upon the ground. But he raised them speedily on hearing his own name.

"Mr. Scrooge!" said Bob. "I'll give you Mr. Scrooge, the Founder of the Feast!"

"The Founder of the Feast, indeed!" cried Mrs. Cratchit, reddening. "I wish I had him here. I'd give him a piece of my mind to feast upon, and I hope he'd have a good appetite for it."

"My dear," said Bob, "the children! Christmas-day."

"It should be Christmas-day, I am sure," said she, "on which one drinks the health of such an odious, stingy, hard, unfeeling man as Mr. Scrooge. You know he is, Robert! Nobody knows it better than you do, poor fellow!"

"My dear!" was Bob's mild answer. "Christmas-day."

"I'll drink his health for your sake and the Day's," said Mrs. Cratchit, "not for his. Long life to him! A merry Christmas and a happy New Year! He'll be very merry and very happy, I have no doubt!"

The children drank the toast after her. It was the first of their proceedings which had no heartiness in it. Tiny Tim drank it last of all, but he didn't care twopence for it. Scrooge was the Ogre of the family. The mention of his name cast a dark shadow on the party, which was not dispelled for full five minutes.

After it had passed away they were ten times merrier than before, from the mere relief of Scrooge the Baleful being done with. Bob Cratchit told them how he had a situation in his eye for Master Peter, which would bring in, if obtained, full five-and-sixpence weekly. The two young Cratchits laughed tremendously at the idea of Peter's being a man of business; and Peter himself looked thoughtfully at the fire from between his collars, as if he were deliberating what particular investments he should favour when he came into the receipt of that bewildering income. Martha, who was a poor apprentice at a milliner's, then told them what kind of work she had to do, and how many hours she worked at a stretch, and how she meant to lie abed to-morrow morning for a good long rest; to-morrow being a holiday she passed at home. Also how she had seen a countess and a lord some days before, and how the lord "was much about as tall as Peter"; at which Peter pulled up his collars so high, that you couldn't have seen his head if you had been there. All this time the chestnuts and the jug went round and round; and by-and-by they had a song, about a lost child travelling in the snow, from Tiny Tim, who had a plaintive little voice, and sang it very well indeed.

There was nothing of high mark in this. They were not a handsome family; they were not well dressed; their shoes were far from being waterproof; their clothes were scanty; and Peter might have known, and very likely did, the inside of a pawn-broker's. But they were happy, grateful, pleased with one another, and contented with the time; and when they faded, and looked happier yet in the bright sprinklings of the Spirit's torch at parting, Scrooge had his eye upon them, and especially on Tiny Tim, until the last.

By this time it was getting dark, and snowing pretty heavily; and as Scrooge and the Spirit went along the streets, the brightness of the roaring fires in kitchens, parlours, and all sorts of rooms was wonderful. Here, the flickering of the blaze showed preparations for a cosy dinner, with hot plates baking through and through before the fire, and deep red curtains, ready to be drawn to shut out cold and darkness. There, all the children of the house were running out into the snow to meet their married sisters, brothers, cousins, uncles, aunts, and be the first to greet them. Here, again, were shadows on the window blinds of guests assembling; and there a group of handsome girls, all hooded and fur-booted, and all chattering at once, tripped lightly off to some near neighbour's house; where, woe upon the single man who saw them enter—artful witches, well they knew it—in a glow!

But, if you had judged from the numbers of people on their way to friendly gatherings, you might have thought that no one was at home to give them welcome when they got there, instead of every house expecting company, and piling up its fires half-chimney high. Blessings on it, how the Ghost exulted! How it bared its breadth of breast, and opened its capacious palm, and floated on, outpouring, with a generous hand, its bright and harmless mirth on everything within its reach! The very lamp-lighter, who ran on before, dotting the dusky street with specks of light, and who was dressed to spend the evening somewhere, laughed out loudly as the Spirit passed, though little kenned the lamp-lighter that he had any company but Christmas.

And now, without a word of warning from the Ghost, they stood upon a bleak and desert moor, where monstrous masses of rude stone were cast about, as though it were the burial-place or giants; and water spread itself wheresoever it listed; or would have done so, but for the frost that held it prisoner; and nothing grew but moss and furze, and coarse, rank grass. Down in the west the setting sun had left a streak of fiery red, which glared upon the desolation for an instant, like a sullen eye, and, frowning lower, lower, lower yet, was lost in the thick gloom of darkest night.

"What place is this?" asked Scrooge.

"A place where Miners live, who labour in the bowels of the earth," returned the Spirit. "But they know me. See!"

A light shone from the window of a hut, and swiftly they advanced towards it. Passing through the wall of mud and stone, they found a cheerful company assembled round a glowing fire. An old, old man and woman, with their children and their children's children, and another generation beyond that, all decked out gaily in their holiday attire. The old man, in a voice that seldom rose above the howling of the wind upon the barren waste, was singing them a Christmas song; it had been a very old song when he was a boy; and from time to time they all joined in the chorus. So surely as they raised their voices, the old man got quite blithe and loud; and, so surely as they stopped, his vigour sank again.

The Spirit did not tarry here, but bade Scrooge hold his robe, and, passing on above the moor, sped whither? Not to sea? To sea. To Scrooge's horror, looking back, he saw the last of the land, a frightful range of rocks, behind them; and his ears were deafened by the thundering of water, as it rolled and roared, and raged among the dreadful caverns it had worn, and fiercely tried to undermine the earth.

Built upon a dismal reef of sunken rocks, some league or so from shore, on which the waters chafed and dashed, the wild year through, there stood a solitary lighthouse. Great heaps of seaweed clung to its base, and storm-birds — born of the wind, one might suppose, as seaweed of the water — rose and fell about it, like the waves they skimmed.

But, even here, two men who watched the light had made a fire that through the loophole in the thick stone wall shed out a ray of brightness on the awful sea. Joining their horny hands over the rough table at which they sat, they wished each other Merry Christmas in their can of grog; and one of them, the elder too, with his face all damaged and scarred with hard weather, as the figure-head of an old ship might be, struck up a sturdy song that was like a gale in itself.

Again the Ghost sped on, above the black and heaving sea — on, on — until, being far away, as he told Scrooge, from any shore, they lighted on a ship. They stood beside the helmsman at the wheel, the look-out in the bow, the officers who had the watch; dark, ghostly figures in their several stations; but every man among them hummed a Christmas tune, or had a Christmas thought, or spoke below his breath to his companion of some bygone Christmas-day, with homeward hopes belonging to it. And every man on board, waking or sleeping, good or bad, had had a kinder word for one another on that day than on any day in the year; and had shared to some extent in its festivities; and had remembered those he cared for at a distance, and had known that they delighted to remember him.

It was a great surprise to Scrooge, while listening to the moaning of the wind, and thinking what a solemn thing it was to move on through the lonely darkness over an unknown abyss, whose depths were secrets as profound as death: it was a great surprise to Scrooge, while thus engaged, to hear a hearty laugh. It was a much greater surprise to Scrooge to recognise it as his own nephew's, and to find himself in a bright, dry, gleaming room, with the Spirit standing smiling by his side, and looking at that same nephew with approving affability!

"Ha, ha!" laughed Scrooge's nephew. "Ha, ha, ha!"

If you should happen, by any unlikely chance, to know a man more blessed in a laugh than Scrooge's nephew, all I can say is, I should like to know him too. Introduce him to me, and I'll cultivate his acquaintance.

It is a fair, even-handed, noble adjustment of things, that, while there is infection in disease and sorrow, there is nothing in the world so irresistibly contagious as laughter and good-humour. When Scrooge's nephew laughed in this way, holding his sides, rolling his head, and twisting his face into the most extravagant contortions, Scrooge's niece, by marriage, laughed as heartily as he. And their assembled friends, being not a bit behindhand, roared out lustily.

"Ha, ha! Ha, ha, ha, ha!"

"He said that Christmas was a humbug, as I live!" cried Scrooge's nephew. "He believed it, too!"

"More shame for him, Fred!" said Scrooge's niece indignantly. Bless those women! they never do anything by halves. They are always in earnest.

She was very pretty; exceedingly pretty. With a dimpled, surprised-looking, capital face; a ripe little mouth, that seemed made to be kissed — as no doubt it was; all kinds of good little dots about her chin, that melted into one another when she laughed; and the sunniest pair of eyes you ever saw in any little creature's head. Altogether she was what you would have called provoking, you know; but satisfactory, too. Oh, perfectly satisfactory!

"He's a comical old fellow," said Scrooge's nephew, "that's the truth;

and not so pleasant as he might be. However, his offences carry their own punishment, and I have nothing to say against him."

"I'm sure he is very rich, Fred," hinted Scrooge's niece. "At least, you always tell me so."

"What of that, my dear?" said Scrooge's nephew. "His wealth is of no use to him. He don't do any good with it. He don't make himself comfortable with it. He hasn't the satisfaction of thinking — ha, ha, ha! — that he is ever going to benefit Us with it."

"I have no patience with him," observed Scrooge's niece. Scrooge's niece's sisters, and all the other ladies, expressed the same opinion.

"Oh, I have!" said Scrooge's nephew. "I am sorry for him; I couldn't be angry with him if I tried. Who suffers by his ill whims? Himself always. Here he takes it into his head to dislike us, and he won't come and dine with us. What's the consequence? He don't lose much of a dinner."

"Indeed, I think he loses a very good dinner," interrupted Scrooge's niece. Everybody else said the same, and they must be allowed to have been competent judges, because they had just had dinner; and, with the dessert upon the table, were clustered round the fire, by lamp-light.

"Well! I am very glad to hear it," said Scrooge's nephew, "because I haven't any great faith in these young housekeepers. What do you say, Topper?"

Topper had clearly got his eye upon one of Scrooge's niece's sisters, for he answered that a bachelor was a wretched outcast, who had no right to express an opinion on the subject. Whereat Scrooge's niece's sister — the plump one with the lace tucker, not the one with the roses — blushed.

"Do go on, Fred," said Scrooge's niece, clapping her hands. "He never finishes what he begins to say! He is such a ridiculous fellow!"

Scrooge's nephew revelled in another laugh, and, as it was impossible to keep the infection off, though the plump sister tried hard to do it with aromatic vinegar, his example was unanimously followed.

"I was only going to say," said Scrooge's nephew, "that the consequence of his taking a dislike to us, and not making merry with us, is, as I think, that he loses some pleasant moments, which could do him no harm. I am sure he loses pleasanter companions than he can find in his own thoughts, either in his mouldy old office or his dusty chambers. I mean to give him the same chance every year, whether he likes it or not, for I pity him. He may rail at Christmas till he dies, but he can't help thinking better of it — I defy him — if he finds me going there in good temper, year after year, and saying, 'Uncle Scrooge, how are you?' If it only puts him in the vein to leave his poor clerk fifty pounds, that's something; and I think I shook him yesterday."

It was their turn to laugh, now, at the notion of his shaking Scrooge. But, being thoroughly good-natured, and not much caring what they laughed at, so that they laughed at any rate, he encouraged them in their merriment, and passed the bottle, joyously.

After tea they had some music. For they were a musical family, and knew what they were about when they sung a Glee or Catch, I can assure you: especially Topper, who could growl away in the bass like a good one, and never swell the large veins in his forehead, or get red in the face over it. Scrooge's niece played well upon the harp; and played, among other tunes, a simple little air(a mere nothing: you might learn to whistle it in two minutes), which had been familiar to the child who fetched Scrooge from the boarding-school, as he had been reminded by the Ghost of Christmas Past. When this strain of music sounded, all the things that Ghost had shown him came upon his mind; he softened more and more; and thought that if he could have listened to it often, years ago, he might have cultivated the kindnesses of life for his own happiness with his own hands, without resorting to the sexton's spade that buried Jacob Marley.

But they didn't devote the whole evening to music. After awhile they played at forfeits; for it is good to be children sometimes, and never better than at Christmas, when its mighty Founder was a child himself. Stop! There was first a game at blindman's buff. Of course there was. And I no more believe Topper was really blind than I believe he had eyes in his boots. My opinion is, that it was a done thing between him and Scrooge's nephew; and that the Ghost of Christmas Present knew it. The way he went after that plump sister in the lace tucker was an outrage on the credulity of human nature. Knocking down the fire-irons, tumbling over the chairs, bumping up against the piano, smothering himself amongst the curtains, wherever she went, there went he! He always knew where the plump sister was. He wouldn't catch anybody else. If you had fallen up against him(as some of them did) on purpose, he would have made a feint of endeavouring to seize you, which would have been an affront to your understanding, and would instantly have sidled off in the direction of the plump sister. She often cried out that it wasn't fair; and it really was not. But when, at last, he caught her; when, in spite of all her silken rustlings, and her rapid flutterings past him, he got her into a corner whence there was no escape, then his conduct was the most execrable. For his pretending not to know her; his pretending that it was necessary to touch her head-dress, and further to assure himself of her identity by pressing a certain ring upon her finger, and a certain chain about her neck, was vile, monstrous! No doubt she told him her opinion of it when, another blind man being in office, they were so very confidential together behind the curtains.

Scrooge's niece was not one of the blindman's buff party, but was made comfortable with a large chair and a footstool, in a snug corner where the Ghost and Scrooge were close behind her. But she joined in the forfeits, and loved her love to admiration with all the letters of the alphabet. Likewise at the game of How, When, and Where, she was very great, and, to the secret joy of Scrooge's nephew, beat her sisters hollow: though they were sharp girls too, as Topper could have told you. There might have been twenty people there, young and old, but they all played, and so did Scrooge; for, wholly forgetting, in the interest he had in what was going on, that his voice made no sound in their ears, he sometimes came out with his guess quite loud, and very often guessed right, too, for the sharpest needle, best Whitechapel, warranted not to cut in the eye, was not sharper than Scrooge; blunt as he took it in his head to be.

The Ghost was greatly pleased to find him in this mood, and looked upon him with such favour, that he begged like a boy to be allowed to stay until the guests departed. But this the Spirit said could not be done.

"Here is a new game," said Scrooge. "One half-hour, Spirit, only one!"

It was a game called Yes and No, where Scrooge's nephew had to think of something, and the rest must find out what; he only answering to their questions yes or no, as the case was. The brisk fire of questioning to which he was exposed elicited from him that he was thinking of an animal, a live animal, rather a disagreeable animal, a savage animal, an animal that growled and grunted sometimes, and talked sometimes, and lived in London, and walked about the streets, and wasn't made a show of, and wasn't led by anybody, and didn't live in a menagerie, and was never killed in a market, and was not a horse, or an ass, or a cow, or a bull, or a tiger, or a dog, or a pig, or a cat, or a bear. At every fresh question that was put to him, this nephew burst into a fresh roar of laughter; and was so inexpressibly tickled, that he was obliged to get up off the sofa, and stamp. At last the plump sister, falling into a similar state, cried out:

"I have found it out! I know what it is, Fred! I know what it is!"

"What is it?" cried Fred.

"It's your uncle Scro-o-o-oge!"

Which it certainly was. Admiration was the universal sentiment, though some objected that the reply to "Is it a bear?" ought to have been "Yes": inasmuch as an answer in the negative was sufficient to have diverted their thoughts from Mr. Scrooge, supposing they had ever had any tendency that way.

"He has given us plenty of merriment, I am sure," said Fred, "and it would be ungrateful not to drink his health. Here is a glass of mulled wine ready to our hand at the moment; and I say, 'Uncle Scrooge!'"

"Well! Uncle Scrooge!" they cried.

"A merry Christmas and a happy New Year to the old man, whatever he is!" said Scrooge's nephew. "He wouldn't take it from me, but may he have it nevertheless. Uncle Scrooge!"

Uncle Scrooge had imperceptibly become so gay and light of heart, that he would have pledged the unconscious company in return, and thanked them in an inaudible speech, if the Ghost had given him time. But the whole scene passed off in the breath of the last word spoken by his nephew; and he and the Spirit were again upon their travels.

Much they saw, and far they went, and many homes they visited, but always with a happy end. The Spirit stood beside sick-beds, and they were cheerful; on foreign lands, and they were close at home; by struggling men, and they were patient in their greater hope; by poverty, and it was rich. In almshouse, hospital, and gaol, in misery's every refuge, where vain man in his little brief authority had not made fast the door, and barred the Spirit out, he left his blessing, and taught Scrooge his precepts.

It was a long night, if it were only a night; but Scrooge had his doubts of this, because the Christmas holidays appeared to be condensed into the space of time they passed together. It was strange, too, that, while Scrooge remained unaltered in his outward form, the

Ghost grew older, clearly older. Scrooge had observed this change, but never spoke of it, until they left a children's Twelfth-Night party, when, looking at the Spirit as they stood together in an open place, he noticed that its hair was grey.

"Are spirits' lives so short?" asked Scrooge.

"My life upon this globe is very brief," replied the Ghost. "It ends to-night."

"To-night!" cried Scrooge.

"To-night at midnight. Hark! The time is drawing near."

The chimes were ringing the three-quarters past eleven at that moment.

"Forgive me if I am not justified in what I ask," said Scrooge, looking intently at the Spirit's robe, "but I see something strange, and not belonging to yourself, protruding from your skirts. Is it a foot or a claw?"

"It might be a claw, for the flesh there is upon it," was the Spirit's sorrowful reply. "Look here."

From the foldings of its robe it brought two children; wretched, abject, frightful, hideous, miserable. They knelt down at its feet, and clung upon the outside of its garment.

"Oh, Man! look here! Look, look, down here!" exclaimed the Ghost.

They were a boy and girl. Yellow, meagre, ragged, scowling, wolfish; but prostrate, too, in their humility. Where graceful youth should have filled their features out, and touched them with its freshest tints, a stale and shrivelled hand, like that of age, had pinched, and twisted them, and pulled them into shreds. Where angels might have sat enthroned, devils lurked, and glared out menacing. No change, no degradation, no perversion of humanity, in any grade, through all the mysteries of wonderful creation, has monsters half so horrible and dread.

Scrooge started back, appalled. Having them shown to him in this way, he tried to say they were fine children, but the words choked themselves, rather than be parties to a lie of such enormous magnitude.

"Spirit! are they yours?" Scrooge could say no more.

"They are Man's," said the Spirit, looking down upon them. "And they cling to me, appealing from their fathers. This boy is Ignorance. This girl is Want. Beware of them both, and all of their degree, but most of all beware this boy, for on his brow I see that written which is Doom, unless the writing be erased. Deny it!" cried the Spirit, stretching out its hand towards the city. "Slander those who tell it ye! Admit it for your factious purposes, and make it worse! And bide the end!"

"Have they no refuge or resource?" cried Scrooge.

"Are there no prisons?" said the Spirit, turning on him for the last time with his own words. "Are there no workhouses?"

The bell struck Twelve.

Scrooge looked about him for the Ghost, and saw it not. As the last stroke ceased to vibrate, he remembered the prediction of old Jacob Marley, and, lifting up his eyes, beheld a solemn Phantom, draped and hooded, coming like a mist along the ground towards him.

# STAVE FOUR THE LAST OF THE SPIRITS

The Phantom slowly, gravely, silently approached. When it came near him, Scrooge bent down upon his knee; for in the very air through which this Spirit moved it seemed to scatter gloom and mystery.

It was shrouded in a deep black garment, which concealed its head, its face, its form, and left nothing of it visible, save one outstretched hand. But for this, it would have been difficult to detach its figure from the night, and separate it from the darkness by which it was surrounded.

He felt that it was tall and stately when it came beside him, and that its mysterious presence filled him with a solemn dread. He knew no more, for the Spirit neither spoke nor moved.

"I am in the presence of the Ghost of Christmas Yet to Come?" said Scrooge.

The Spirit answered not, but pointed onward with its hand.

"You are about to show me shadows of the things that have not happened, but will happen in the time before us," Scrooge pursued.

"Is that so, Spirit?"

The upper portion of the garment was contracted for an instant in its folds, as if the Spirit had inclined its head. That was the only answer he received.

Although well used to ghostly company by this time, Scrooge feared the silent shape so much that his legs trembled beneath him, and he found that he could hardly stand when he prepared to follow it. The Spirit paused a moment, as observing his condition, and giving him time to recover.

But Scrooge was all the worse for this. It thrilled him with a vague uncertain horror to know that, behind the dusky shroud, there were ghostly eyes intently fixed upon him, while he, though he stretched his own to the utmost, could see nothing but a spectral hand and one great heap of black.

"Ghost of the Future!" he exclaimed, "I fear you more than any spectre I have seen. But, as I know your purpose is to do me good, and as I hope to live to be another man from what I was, I am prepared to bear you company, and do it with a thankful heart. Will you not speak to me?"

It gave him no reply. The hand was pointed straight before them.

"Lead on!" said Scrooge. "Lead on! The night is waning fast, and it is precious time to me, I know. Lead on, Spirit!"

The phantom moved away as it had come towards him. Scrooge followed in the shadow of its dress, which bore him up, he thought, and carried him along.

They scarcely seemed to enter the City; for the City rather seemed to spring up about them, and encompass them of its own act. But there they were in the heart of it; on 'Change, amongst the merchants; who hurried up and down, and chinked the money in their pockets, and conversed in groups, and looked at their watches, and trifled thoughtfully with their great gold seals; and so forth, as Scrooge had seen them often.

The Spirit stopped beside one little knot of business men. Observing that the hand was pointed to them, Scrooge advanced to listen to their talk.

"No," said a great fat man with a monstrous chin, "I don't know much about it either way. I only know he's dead."

"When did he die?" inquired another.

"Last night, I believe."

"Why, what was the matter with him?" asked a third, taking a vast quantity of snuff out of a very large snuff-box. "I thought he'd never die."

"God knows," said the first with a yawn.

"What has he done with his money?" asked a red-faced gentleman with a pendulous excrescence on the end of his nose, that shook like the gills of a turkey-cock.

"I haven't heard," said the man with the large chin, yawning again. "Left it to his company, perhaps. He hasn't left it to me. That's all I know."

This pleasantry was received with a general laugh.

"It's likely to be a very cheap funeral," said the same speaker; "for, upon my life, I don't know of anybody to go to it. Suppose we make up a party, and volunteer?"

"I don't mind going if a lunch is provided," observed the gentleman with the excrescence on his nose. "But I must be fed if I make one."

Another laugh.

"Well, I am the most disinterested among you, after all," said the first speaker, "for I never wear black gloves, and I never eat lunch. But I'll offer to go if anybody else will. When I come to think of it, I'm not at all sure that I wasn't his most particular friend; for we used to stop and speak whenever we met. Bye, bye!"

Speakers and listeners strolled away, and mixed with other groups. Scrooge knew the men, and looked towards the Spirit for an explanation.

The Phantom glided on into a street. Its finger pointed to two persons meeting. Scrooge listened again, thinking that the explanation might lie here.

He knew these men, also, perfectly. They were men of business: very wealthy, and of great importance. He had made a point always of standing well in their esteem: in a business point of view, that is; strictly in a business point of view.

"How are you?" said one.

"How are you?" returned the other.

"Well!" said the first. "Old Scratch has got his own at last, hey?"

"So I am told," returned the second. "Cold, isn't it?"

"Seasonable for Christmas-time. You are not a skater, I suppose?"

"No. No. Something else to think of. Good morning!"

Not another word. That was their meeting, their conversation, and their parting.

Scrooge was at first inclined to be surprised that the Spirit should attach importance to conversations apparently so trivial; but, feeling assured that they must have some hidden purpose, he set himself to consider what it was likely to be. They could scarcely be supposed to have any bearing on the death of Jacob, his old partner, for that was Past, and this Ghost's province was the Future. Nor could he think of any one immediately connected with himself, to whom he could apply them. But nothing doubting that, to whomsoever they applied, they had some latent moral for his own improvement, he resolved to treasure up every word he heard, and everything he saw; and especially to observe the shadow of himself when it appeared. For he had an expectation that the conduct of his future self would give him the clue he missed, and would render the solution of these riddles easy.

He looked about in that very place for his own image, but another man stood in his accustomed corner, and, though the clock pointed to his usual time of day for being there, he saw no likeness of himself among the multitudes that poured in through the Porch. It gave him little surprise, however; for he had been revolving in his mind a change of life, and thought and hoped he saw his new-born resolutions carried out in this.

Quiet and dark, beside him stood the Phantom, with its outstretched hand. When he roused himself from his thoughtful quest, he fancied, from the turn of the hand, and its situation in reference to himself, that the Unseen Eyes were looking at him keenly. It made him shudder, and feel very cold.

They left the busy scene, and went into an obscure part of the town, where Scrooge had never penetrated before, although he recognised its situation and its bad repute. The ways were foul and narrow; the shops and houses wretched; the people half naked, drunken, slipshod, ugly. Alleys and archways, like so many cesspools, disgorged their offences of smell, and dirt, and life upon the straggling streets; and the whole quarter reeked with crime, with filth and misery.

Far in this den of infamous resort, there was a low-browed, beetling shop, below a pent-house roof, where iron, old rags, bottles, bones, and greasy offal were bought. Upon the floor within were piled up heaps of rusty keys, nails, chains, hinges, files, scales, weights, and refuse iron of all kinds. Secrets that few would like to scrutinise were bred and hidden in mountains of unseemly rags, masses of corrupted fat, and sepulchres of bones. Sitting in among the wares he dealt in, by a charcoal stove made of old bricks, was a grey-haired rascal, nearly seventy years of age, who had screened himself from the cold air without by a frouzy curtaining of miscellaneous tatters hung upon a line, and smoked his pipe in all the luxury of calm retirement.

Scrooge and the Phantom came into the presence of this man, just as a woman with a heavy bundle slunk into the shop. But she had scarcely entered, when another woman, similarly laden, came in too, and she was closely followed by a man in faded black, who was no less startled by the sight of them than they had been upon the recognition of each other. After a short period of blank astonishment, in which the old man with the pipe had joined them, they all three burst into a laugh.

"Let the charwoman alone to be the first!" cried she who had entered first. "Let the laundress alone to be the second; and let the undertaker's man alone to be the third. Look here, old Joe, here's a chance! If we haven't all three met here without meaning it!"

"You couldn't have met in a better place," said old Joe, removing his pipe from his mouth. "Come into the parlour. You were made free of it long ago, you know; and the other two an't strangers. Stop till I shut the door of the shop. Ah! How it skreeks! There an't such a rusty bit of metal in the place as its own hinges, I believe; and I'm sure there's no such old bones here as mine. Ha! ha! We're all suitable to our calling, we're well matched. Come into the parlour. Come into the parlour."

The parlour was the space behind the screen of rags. The old man raked the fire together with an old stair-rod, and, having trimmed his smoky lamp (for it was night) with the stem of his pipe, put it into his mouth again.

While he did this, the woman who had already spoken threw her bundle on the floor, and sat down in a flaunting manner on a stool; crossing her elbows on her knees, and looking with a bold defiance at the other two.

"What odds, then? What odds, Mrs. Dilber?" said the woman. "Every person has a right to take care of themselves. He always did!"

"That's true, indeed!" said the laundress. "No man more so."

"Why, then, don't stand staring as if you was afraid, woman! Who's the wiser? We're not going to pick holes in each other's coats, I suppose?"

"No, indeed!" said Mrs. Dilber and the man together. "We should hope not."

"Very well, then!" cried the woman. "That's enough. Who's the worse for the loss of a few things like these? Not a dead man, I suppose?"

"No, indeed," said Mrs. Dilber, laughing.

"If he wanted to keep 'em after he was dead, a wicked old screw," pursued the woman, "why wasn't he natural in his lifetime? If he had been, he'd have had somebody to look after him when he was struck with Death, instead of lying gasping out his last there, alone by himself."

"It's the truest word that ever was spoke," said Mrs. Dilber, "It's a judgment on him."

"I wish it was a little heavier judgment," replied the woman; "and it should have been, you may depend upon it, if I could have laid my hands on anything else. Open that bundle, old Joe, and let me know the value of it. Speak out plain. I'm not afraid to be the first, nor afraid for them to see it. We knew pretty well that we were helping ourselves before we met here, I believe. It's no sin. Open the bundle, Joe."

But the gallantry of her friends would not allow of this; and the man in faded black, mounting the breach first, produced his plunder. It was not extensive. A seal or two, a pencil-case, a pair of sleeve-buttons, and a brooch of no great value, were all. They were severally examined and appraised by old Joe, who chalked the sums he was disposed to give for each upon the wall, and added them up into a total when he found that there was nothing more to come.

"That's your account," said Joe, "and I wouldn't give another sixpence, if I was to be boiled for not doing it. Who's next?"

Mrs. Dilber was next. Sheets and towels, a little wearing apparel, two old-fashioned silver tea-spoons, a pair of sugar-tongs, and a few boots. Her account was stated on the wall in the same manner.

"I always give too much to ladies. It's a weakness of mine, and that's the way I ruin myself," said old Joe. "That's your account. If you asked me for another penny, and made it an open question, I'd repent of being so liberal, and knock off half-a-crown."

"And now undo my bundle, Joe," said the first woman.

Joe went down on his knees for the greater convenience of opening it, and, having unfastened a great many knots, dragged out a large heavy roll of some dark stuff.

"What do you call this?" said Joe. "Bed-curtains?"

"Ah!" returned the woman, laughing and leaning forward on her crossed arms. "Bed-curtains!"

"You don't mean to say you took 'em down, rings and all, with him lying there?" said Joe.

"Yes, I do," replied the woman. "Why not?"

"You were born to make your fortune," said Joe, "and you'll certainly do it."

"I certainly shan't hold my hand, when I can get anything in it by reaching it out, for the sake of such a man as He was, I promise you, Joe," returned the woman coolly. "Don't drop that oil upon the blankets, now."

"His blankets?" asked Joe.

"Whose else's do you think?" replied the woman. "He isn't likely to take cold without 'em, I dare say."

"I hope he didn't die of anything catching? Eh?" said old Joe, stopping in his work, and looking up.

"Don't you be afraid of that," returned the woman. "I an't so fond of his company that I'd loiter about him for such things, if he did. Ah! You may look through that shirt till your eyes ache; but you won't find a hole in it, nor a threadbare place. It's the best he had, and a fine one too. They'd have wasted it, if it hadn't been for me."

"What do you call wasting of it?" asked old Joe.

"Putting it on him to be buried in, to be sure," replied the woman with a laugh. "Somebody was fool enough to do it, but I took it off again. If calico an't good enough for such a purpose, it isn't good enough for anything. It's quite as becoming to the body. He can't look uglier than he did in that one."

Scrooge listened to this dialogue in horror. As they sat grouped about their spoil, in the scanty light afforded by the old man's lamp, he viewed them with a detestation and disgust which could hardly have been greater, though they had been obscene demons, marketing the corpse itself.

"Ha, ha!" laughed the same woman when old Joe, producing a flannel bag with money in it, told out their several gains upon the ground. "This is the end of it, you see! He frightened every one away from him when he was alive, to profit us when he was dead! Ha, ha, ha!"

"Spirit!" said Scrooge, shuddering from head to foot. "I see, I see. The case of this unhappy man might be my own. My life tends that way now. Merciful Heaven, what is this?"

He recoiled in terror, for the scene had changed, and now he almost touched a bed: a bare, uncurtained bed: on which, beneath a ragged sheet, there lay a something covered up, which, though it was dumb, announced itself in awful language.

The room was very dark, too dark to be observed with any accuracy, though Scrooge glanced round it in obedience to a secret impulse, anxious to know what kind of room it was. A pale light, rising in the outer air, fell straight upon the bed: and on it, plundered and bereft, unwatched, unwept, uncared for, was the body of this man.

Scrooge glanced towards the Phantom. Its steady hand was pointed to the head. The cover was so carelessly adjusted that the slightest raising of it, the motion of a finger upon Scrooge's part, would have disclosed the face. He thought of it, felt how easy it would be to do, and longed to do it; but had no more power to withdraw the veil than to dismiss the spectre at his side.

Oh, cold, cold, rigid, dreadful Death, set up thine altar here, and dress it with such terrors as thou hast at thy command: for this is thy dominion! But of the loved, revered, and honoured head thou canst not turn one hair to thy dread purposes, or make one feature odious. It is not that the hand is heavy, and will fall down when released; it is not that the heart and pulse are still; but that the hand WAS open, generous, and true; the heart brave, warm, and tender; and the pulse a man's. Strike, Shadow, strike! And see his good deeds springing from the wound, to sow the world with life immortal!

No voice pronounced these words in Scrooge's ears, and yet he heard them when he looked upon the bed. He thought, if this man could be raised up now, what would be his foremost thoughts? Avarice, hard dealing, griping cares? They have brought him to a rich end, truly!

He lay, in the dark, empty house, with not a man, a woman, or a child to say he was kind to me in this or that, and for the memory of one kind word I will be kind to him. A cat was tearing at the door, and there was a sound of gnawing rats beneath the hearth-stone. What they wanted in the room of death, and why they were so restless and disturbed, Scrooge did not dare to think.

"Spirit!" he said, "this is a fearful place. In leaving it, I shall not leave its lesson, trust me. Let us go!"

Still the Ghost pointed with an unmoved finger to the head.

"I understand you," Scrooge returned, "and I would do it if I could. But I have not the power, Spirit. I have not the power."

Again it seemed to look upon him.

"If there is any person in the town who feels emotion caused by this man's death," said Scrooge, quite agonised, "show that person to me, Spirit! I beseech you."

The Phantom spread its dark robe before him for a moment, like a wing; and, withdrawing it, revealed a room by daylight, where a mother and her children were.

She was expecting some one, and with anxious eagerness; for she walked up and down the room; started at every sound; looked out from the window; glanced at the clock; tried, but in vain, to work with her needle; and could hardly bear the voices of her children in their play.

At length the long-expected knock was heard. She hurried to the door, and met her husband; a man whose face was careworn and depressed, though he was young. There was a remarkable expression in it now; a kind of serious delight of which he felt ashamed, and which he struggled to repress.

He sat down to the dinner that had been hoarding for him by the fire, and, when she asked him faintly what news(which was not until after a long silence), he appeared embarrassed how to answer.

"Is it good," she said, "or bad?" to help him.

"Bad," he answered.

"We are quite ruined?"

"No. There is hope yet, Caroline."

"If he relents," she said, amazed, "there is! Nothing is past hope, if such a miracle has happened."

"He is past relenting," said her husband. "He is dead."

She was a mild and patient creature, if her face spoke truth; but she was thankful in her soul to hear it, and she said so with clasped hands. She prayed forgiveness the next moment, and was sorry; but the first was the emotion of her heart.

"What the half-drunken woman, whom I told you of last night, said to me when I tried to see him and obtain a week's delay, and what I thought was a mere excuse to avoid me, turns out to have been quite true. He was not only very ill, but dying, then."

"To whom will our debt be transferred?"

"I don't know. But, before that time, we shall be ready with the money; and, even though we were not, it would be bad fortune indeed to find so merciless a creditor in his successor. We may sleep to-night with light hearts, Caroline!"

Yes. Soften it as they would, their hearts were lighter. The children's faces, hushed and clustered round to hear what they so little understood, were brighter; and it was a happier house for this man's death! The only emotion that the Ghost could show him, caused by the event, was one of pleasure.

"Let me see some tenderness connected with a death," said Scrooge; "or that dark chamber, Spirit, which we left just now, will be for ever present to me."

The Ghost conducted him through several streets familiar to his feet; and, as they went along, Scrooge looked here and there to find himself, but nowhere was he to be seen. They entered poor Bob Cratchit's house, — the dwelling he had visited before, — and found the mother and the children seated round the fire.

Quiet. Very quiet. The noisy little Cratchits were as still as statues in one corner, and sat looking up at Peter, who had a book before him. The mother and her daughters were engaged in sewing. But surely they were very quiet!

"'And he took a child, and set him in the midst of them.'"

Where had Scrooge heard those words? He had not dreamed them. The boy must have read them out, as he and the Spirit crossed the threshold. Why did he not go on?

The mother laid her work upon the table, and put her hand up to her face.

"The colour hurts my eyes," she said.

The colour? Ah, poor Tiny Tim!

"They're better now again," said Cratchit's wife. "It makes them weak by candle-light; and I wouldn't show weak eyes to your father, when he comes home, for the world. It must be near his time."

"Past it rather," Peter answered, shutting up his book. "But I think he has walked a little slower than he used, these few last evenings, mother."

They were very quiet again. At last she said, and in a steady, cheerful voice, that only faltered once:

"I have known him walk with — I have known him walk with Tiny Tim upon his shoulder very fast indeed."

"And so have I," cried Peter. "Often."

"And so have I," exclaimed another. So had all.

"But he was very light to carry," she resumed, intent upon her work, "and his father loved him so, that it was no trouble: no trouble. And there is your father at the door!"

She hurried out to meet him; and little Bob in his comforter — he had need of it, poor fellow — came in. His tea was ready for him on the hob, and they all tried who should help him to it most. Then the two young Cratchits got upon his knees, and laid, each child, a little cheek against his face, as if they said, "Don't mind it, father. Don't be grieved!"

Bob was very cheerful with them, and spoke pleasantly to all the family. He looked at the work upon the table, and praised the industry and speed of Mrs. Cratchit and the girls. They would be done long before Sunday, he said.

"Sunday! You went to-day, then, Robert?" said his wife.

"Yes, my dear," returned Bob. "I wish you could have gone. It would have done you good to see how green a place it is. But you'll see it often. I promised him that I would walk there on a Sunday. My little, little child!" cried Bob. "My little child!"

He broke down all at once. He couldn't help it. If he could have helped it, he and his child would have been farther apart, perhaps, than they were.

He left the room, and went up-stairs into the room above, which was lighted cheerfully, and hung with Christmas. There was a chair set close beside the child, and there were signs of some one having been there lately. Poor Bob sat down in it, and, when he had thought a little and composed himself, he kissed the little face. He was reconciled to what had happened, and went down again quite happy.

They drew about the fire, and talked; the girls and mother working still. Bob told them of the extraordinary kindness of Mr. Scrooge's nephew, whom he had scarcely seen but once, and who, meeting him in the street that day, and seeing that he looked a little — "just a little down, you know," said Bob, inquired what had happened to distress him. "On which," said Bob, "for he is the pleasantest-spoken gentleman you ever heard, I told him. 'I am heartily sorry for it, Mr. Cratchit,' he said, 'and heartily sorry for your good wife.' By-the-bye, how he ever knew that I don't know."

"Knew what, my dear?"

"Why, that you were a good wife," replied Bob.

"Everybody knows that," said Peter.

"Very well observed, my boy!" cried Bob. "I hope they do. 'Heartily sorry,' he said, 'for your good wife. If I can be of service to you in any way,' he said, giving me his card, 'that's where I live. Pray come to me.' Now, it wasn't," cried Bob, "for the sake of anything he might be able to do for us, so much as for his kind way, that this was quite delightful. It really seemed as if he had known our Tiny Tim, and felt with us."

"I'm sure he's a good soul!" said Mrs. Cratchit.

"You would be sure of it, my dear," returned Bob, "if you saw and spoke to him. I shouldn't be at all surprised — mark what I say! — if he got Peter a better situation."

"Only hear that, Peter," said Mrs. Cratchit.

"And then," cried one of the girls, "Peter will be keeping company with some one, and setting up for himself."

"Get along with you!" retorted Peter, grinning.

"It's just as likely as not," said Bob, "one of these days; though there's plenty of time for that, my dear. But, however and whenever we part from one another, I am sure we shall none of us forget poor Tiny Tim — shall we — or this first parting that there was among us?"

"Never, father!" cried they all.

"And I know," said Bob, "I know, my dears, that when we recollect how patient and how mild he was, although he was a little, little child, we shall not quarrel easily among ourselves, and forget poor Tiny Tim in doing it."

"No, never, father!" they all cried again.

"I am very happy," said little Bob, "I am very happy!"

Mrs. Cratchit kissed him, his daughters kissed him, the two young Cratchits kissed him, and Peter and himself shook hands. Spirit of Tiny Tim, thy childish essence was from God!

"Spectre," said Scrooge, "something informs me that our parting moment is at hand. I know it, but I know not how. Tell me what man that was whom we saw lying dead?"

The Ghost of Christmas Yet To Come conveyed him, as before — though at a different time, he thought: indeed, there seemed no order in these latter visions, save that they were in the Future — into the resorts of business men, but showed him not himself. Indeed, the Spirit did not stay for anything, but went straight on, as to the end just now desired, until besought by Scrooge to tarry for a moment.

"This court," said Scrooge, "through which we hurry now, is where my place of occupation is, and has been for a length of time. I see the house. Let me behold what I shall be in days to come."

The Spirit stopped; the hand was pointed elsewhere.

"The house is yonder," Scrooge exclaimed. "Why do you point away?"

The inexorable finger underwent no change.

Scrooge hastened to the window of his office, and looked in. It was an office still, but not his. The furniture was not the same, and the figure in the chair was not himself. The Phantom pointed as before.

He joined it once again, and, wondering why and whither he had gone, accompanied it until they reached an iron gate. He paused to look round before entering.

A churchyard. Here, then, the wretched man, whose name he had now to learn, lay underneath the ground. It was a worthy place. Walled in by houses; overrun by grass and weeds, the growth of vegetation's death, not life; choked up with too much burying; fat with repleted appetite. A worthy place!

The Spirit stood among the graves, and pointed down to One. He advanced towards it trembling. The Phantom was exactly as it had been, but he dreaded that he saw new meaning in its solemn shape.

"Before I draw nearer to that stone to which you point," said Scrooge, "answer me one question. Are these the shadows of the things that Will be, or are they shadows of the things that May be only?"

Still the Ghost pointed downward to the grave by which it stood.

"Men's courses will foreshadow certain ends, to which, if persevered in, they must lead," said Scrooge. "But if the courses be departed from, the ends will change. Say it is thus with what you show me!"

The Spirit was immovable as ever.

Scrooge crept towards it, trembling as he went; and, following the finger, read upon the stone of the neglected grave his own name, Ebenezer Scrooge.

"Am I that man who lay upon the bed?" he cried upon his knees.

The finger pointed from the grave to him, and back again.

"No, Spirit! Oh no, no!"

The finger still was there.

"Spirit!" he cried, tight clutching at its robe, "hear me! I am not the man I was. I will not be the man I must have been but for this intercourse. Why show me this, if I am past all hope?"

For the first time the hand appeared to shake.

"Good Spirit," he pursued, as down upon the ground he fell before it: "your nature intercedes for me, and pities me. Assure me that I yet may change these shadows you have shown me by an altered life?"

The kind hand trembled.

"I will honour Christmas in my heart, and try to keep it all the year. I will live in the Past, the Present, and the Future. The Spirits of all Three shall strive within me. I will not shut out the lessons that they teach. Oh, tell me I may sponge away the writing on this stone!"

In his agony, he caught the spectral hand. It sought to free itself, but he was strong in his entreaty, and detained it. The Spirit, stronger yet, repulsed him.

Holding up his hands in a last prayer to have his fate reversed, he saw an alteration in the Phantom's hood and dress. It shrunk, collapsed, and dwindled down into a bedpost.

# STAVE FIVE THE END OF IT

Yes! and the bedpost was his own. The bed was his own, the room was his own. Best and happiest of all, the Time before him was his own, to make amends in!

"I will live in the Past, the Present, and the Future!" Scrooge repeated as he scrambled out of bed. "The Spirits of all Three shall strive within me. Oh, Jacob Marley! Heaven and the Christmas Time be praised for this! I say it on my knees, old Jacob; on my knees!"

He was so fluttered and so glowing with his good intentions, that his broken voice would scarcely answer to his call. He had been sobbing violently in his conflict with the Spirit, and his face was wet with tears.

"They are not torn down," cried Scrooge, folding one of his bed-curtains in his arms, "they are not torn down, rings and all. They are here — I am here — the shadows of the things that would have been may be dispelled. They will be. I know they will!"

His hands were busy with his garments all this time; turning them inside out, putting them on upside down, tearing them, mislaying them, making them parties to every kind of extravagance.

"I don't know what to do!" cried Scrooge, laughing and crying in the same breath; and making a perfect Laocoön of himself with his stockings. "I am as light as a feather, I am as happy as an angel, I am as merry as a school-boy. I am as giddy as a drunken man. A merry Christmas to everybody! A happy New Year to all the world! Hallo here! Whoop! Hallo!"

He had frisked into the sitting-room, and was now standing there: perfectly winded.

"There's the saucepan that the gruel was in!" cried Scrooge, starting off again, and going round the fire-place. "There's the door by which the Ghost of Jacob Marley entered! There's the corner where the Ghost of Christmas Present sat! There's the window where I saw the wandering Spirits! It's all right, it's all true, it all happened. Ha, ha, ha!"

Really, for a man who had been out of practice for so many years, it was a splendid laugh, a most illustrious laugh. The father of a long, long line of brilliant laughs!

"I don't know what day of the month it is," said Scrooge. "I don't know how long I have been among the Spirits. I don't know anything. I'm quite a baby. Never mind. I don't care. I'd rather be a baby. Hallo! Whoop! Hallo here!"

He was checked in his transports by the churches ringing out the lustiest peals he had ever heard. Clash, clash, hammer; ding, dong, bell! Bell, dong, ding; hammer, clang, clash! Oh, glorious, glorious!

Running to the window, he opened it, and put out his head. No fog, no mist; clear, bright, jovial, stirring, cold; cold, piping for the blood to dance to; Golden sun-light; Heavenly sky; sweet fresh air; merry bells. Oh, glorious! Glorious!

"What's to-day?" cried Scrooge, calling downward to a boy in Sunday clothes, who perhaps had loitered in to look about him.

"Eh?" returned the boy with all his might of wonder.

"What's to-day, my fine fellow?" said Scrooge.

"To-day!" replied the boy. "Why, Christmas Day."

"It's Christmas Day!" said Scrooge to himself. "I haven't missed it. The Spirits have done it all in one night. They can do anything they like. Of course they can. Of course they can. Hallo, my fine fellow!"

"Hallo!" returned the boy.

"Do you know the Poulterer's in the next street but one, at the corner?" Scrooge inquired.

"I should hope I did," replied the lad.

"An intelligent boy!" said Scrooge. "A remarkable boy! Do you know whether they've sold the prize Turkey that was hanging up there? — Not the little prize Turkey: the big one?"

"What! the one as big as me?" returned the boy.

"What a delightful boy!" said Scrooge. "It's a pleasure to talk to him. Yes, my buck!"

"It's hanging there now," replied the boy.

"Is it?" said Scrooge. "Go and buy it."

"Walk-ER!" exclaimed the boy.

"No, no," said Scrooge, "I am in earnest. Go and buy it, and tell 'em to bring it here, that I may give them the directions where to take it. Come back with the man, and I'll give you a shilling. Come back with him in less than five minutes, and I'll give you half-a-crown!"

The boy was off like a shot. He must have had a steady hand at a trigger who could have got a shot off half so fast.

"I'll send it to Bob Cratchit's," whispered Scrooge, rubbing his hands, and splitting with a laugh. "He shan't know who sends it. It's twice the size of Tiny Tim. Joe Miller never made such a joke as sending it to Bob's will be!"

The hand in which he wrote the address was not a steady one; but write it he did, somehow, and went down-stairs to open the street-door, ready for the coming of the poulterer's man. As he stood there, waiting his arrival, the knocker caught his eye.

"I shall love it as long as I live!" cried Scrooge, patting it with his hand. "I scarcely ever looked at it before. What an honest expression it has in its face! It's a wonderful knocker! — Here's the Turkey. Hallo! Whoop! How are you? Merry Christmas!"

It was a Turkey! He never could have stood upon his legs, that bird. He would have snapped 'em short off in a minute, like sticks of sealing-wax.

"Why, it's impossible to carry that to Camden Town," said Scrooge. "You must have a cab."

The chuckle with which he said this, and the chuckle with which he paid for the Turkey, and the chuckle with which he paid for the cab, and the chuckle with which he recompensed the boy, were only to be exceeded by the chuckle with which he sat down breathless in his chair again, and chuckled till he cried.

Shaving was not an easy task, for his hand continued to shake very much; and shaving requires attention, even when you don't dance while you are at it. But, if he had cut the end of his nose off, he would have put a piece of sticking-plaster over it, and been quite satisfied.

He dressed himself "all in his best," and at last got out into the streets. The people were by this time pouring forth, as he had seen them with the Ghost of Christmas Present; and, walking with his hands behind him, Scrooge regarded every one with a delighted smile. He looked so irresistibly pleasant, in a word, that three or four good-humoured fellows said, "Good morning, sir! A merry Christmas to you!" And Scrooge said often afterwards that, of all the blithe sounds he had ever heard, those were the blithest in his ears.

He had not gone far when, coming on towards him, he beheld the portly gentleman who had walked into his counting-house the day before, and said, "Scrooge and Marley's, I believe?" It sent a pang across his heart to think how this old gentleman would look upon him when they met; but he knew what path lay straight before him, and he took it.

"My dear sir," said Scrooge, quickening his pace, and taking the old gentleman by both his hands, "how do you do? I hope you succeeded yesterday. It was very kind of you. A merry Christmas to you, sir!"

"Mr. Scrooge?"

"Yes," said Scrooge. "That is my name, and I fear it may not be pleasant to you. Allow me to ask your pardon. And will you have the goodness — " Here Scrooge whispered in his ear.

"Lord bless me!" cried the gentleman, as if his breath were taken away. "My dear Mr. Scrooge, are you serious?"

"If you please," said Scrooge. "Not a farthing less. A great many back-payments are included in it, I assure you. Will you do me that favour?"

"My dear sir," said the other, shaking hands with him, "I don't know what to say to such munifi — "

"Don't say anything, please," retorted Scrooge. "Come and see me. Will you come and see me?"

"I will!" cried the old gentleman. And it was clear he meant to do it.

"Thankee," said Scrooge. "I am much obliged to you. I thank you fifty times. Bless you!"

He went to church, and walked about the streets, and watched the people hurrying to and fro, and patted the children on the head, and questioned beggars, and looked down into the kitchens of houses, and up to the windows; and found that everything could yield him pleasure. He had never dreamed that any walk — that anything — could give him so much happiness. In the afternoon he turned his steps towards his nephew's house.

He passed the door a dozen times before he had the courage to go up and knock. But he made a dash, and did it.

"Is your master at home, my dear?" said Scrooge to the girl. Nice girl! Very.

"Yes sir."

"Where is he, my love?" said Scrooge.

"He's in the dining-room, sir, along with mistress. I'll show you up-stairs, if you please."

"Thankee. He knows me," said Scrooge, with his hand already on the dining-room lock. "I'll go in here, my dear."

He turned it gently, and sidled his face in round the door. They were looking at the table(which was spread out in great array); for these young housekeepers are always nervous on such points, and like to see that everything is right.

"Fred!" said Scrooge.

Dear heart alive, how his niece by marriage started! Scrooge had forgotten, for the moment, about her sitting in the corner with the footstool, or he wouldn't have done it on any account.

"Why, bless my soul!" cried Fred, "who's that?"

"It's I. Your uncle Scrooge. I have come to dinner. Will you let me in, Fred?"

Let him in! It is a mercy he didn't shake his arm off. He was at home in five minutes. Nothing could be heartier. His niece looked just the same. So did Topper when he came. So did the plump sister when she came. So did every one when they came. Wonderful party, wonderful games, wonderful unanimity, won-der-ful happiness!

But he was early at the office next morning. Oh, he was early there! If he could only be there first, and catch Bob Cratchit coming late! That was the thing he had set his heart upon.

And he did it; yes, he did! The clock struck nine. No Bob. A quarter past. No Bob. He was full eighteen minutes and a half behind his time. Scrooge sat with his door wide open, that he might see him come into the tank.

His hat was off before he opened the door; his comforter too. He was on his stool in a jiffy; driving away with his pen, as if he were trying to overtake nine o'clock.

"Hallo!" growled Scrooge in his accustomed voice as near as he could feign it. "What do you mean by coming here at this time of day?"

"I am very sorry, sir," said Bob. "I am behind my time."

"You are!" repeated Scrooge. "Yes. I think you are. Step this way, sir, if you please."

"It's only once a year, sir," pleaded Bob, appearing from the tank. "It shall not be repeated. I was making rather merry yesterday, sir."

"Now, I'll tell you what, my friend," said Scrooge. "I am not going to stand this sort of thing any longer. And therefore," he continued, leaping from his stool, and giving Bob such a dig in the waistcoat that he staggered back into the tank again: "and therefore I am about to raise your salary!"

Bob trembled, and got a little nearer to the ruler. He had a momentary idea of knocking Scrooge down with it, holding him, and calling to the people in the court for help and a strait-waistcoat.

"A merry Christmas, Bob!" said Scrooge with an earnestness that could not be mistaken, as he clapped him on the back. "A merrier Christmas, Bob, my good fellow, than I have given you for many a year! I'll raise your salary, and endeavour to assist your struggling family, and we will discuss your affairs this very afternoon, over a Christmas bowl of smoking bishop, Bob! Make up the fires and buy another coal-scuttle before you dot another i, Bob Cratchit!"

Scrooge was better than his word. He did it all, and infinitely more; and to Tiny Tim, who did NOT die, he was a second father. He became as good a friend, as good a master, and as good a man as the good old City knew, or any other good old city, town, or borough in the good old world. Some people laughed to see the alteration in him, but he let them laugh, and little heeded them; for he was wise enough to know that nothing ever happened on this globe, for good, at which some people did not have their fill of laughter in the outset; and, knowing that such as these would be blind anyway, he thought it quite as well that they should wrinkle up their eyes in grins as have the malady in less attractive forms. His own heart laughed: and that was quite enough for him.

He had no further intercourse with Spirits, but lived upon the Total-Abstinence Principle ever afterwards; and it was always said of him that he knew how to keep Christmas well, if any man alive possessed the knowledge. May that be truly said of us, and all of us! And so, as Tiny Tim observed, God bless Us, Every One!

# 우리를 선하게 만드는 복음서

여국현

　　시대와 성별과 연령에 관계없이 많은 사람들로부터 사랑받는 찰스 디킨스의 소설『크리스마스 캐럴』의 원 제목은『산문으로 된 크리스마스 캐럴―크리스마스의 유령 이야기(*A Christmas Carol in Prose; Being a Ghost Story of Christmas*)』이다.

　　존 리치의 삽화와 함께 '채프맨 & 홀' 출판사를 통해 1843년 출판한 이 작품에서 찰스 디킨스는 셰익스피어의 햄릿 못지않게 널리 알려진 구두쇠 스크루지 영감을 창조해 냈다. 잘 알다시피 이야기는 간단하다. 스크루지는 크리스마스이브에 고인이 된 동업자 제이콥 말리의 유령과 크리스마스의 유령의 방문을 받는다. 그 유령들과 함께 과거, 현재, 그리고 미래를 목격하게 되면서 자신이 얼마나 잘못된 삶을 살고 있는가를 깨달은 스크루지가 인색하고 이기적인 면을 버리고 친절하고 동정심을 지닌 자비로운 인물로 바뀐다는 것이 소설의 줄거리이다.

　　1843년 12월 19일 출판된 초판은 크리스마스이브에 판매되기 시작해 1844년 말까지 13쇄를 찍었을 정도로 널리 읽혔다. 낭독 작품으로도 인기가 높아 1870년 디킨스가 세상을 떠날 때까지 127회의 낭독회를 가졌다고 한다.

『크리스마스 캐럴』은 빅토리아 중기에 영국에서 크리스마스를 기념하는 전통이 새롭게 부활하는 흐름과 때를 맞추어 등장했다. 그 이전에는 영국에서 기념일로서 크리스마스에 대한 관심이 그렇게 높지 않았다. 크리스마스트리의 경우 영국에 처음 소개된 것은 18세기경이었으나 본격적으로 사람들에게 인기를 얻게 된 것은 빅토리아 여왕과 앨버트 공이 장식하기 시작하면서부터였다.

『크리스마스 캐럴』 또한 마찬가지다. 사람들 사이에서 크게 유행하지 않던 크리스마스 캐럴이 다시 불리고 인기를 얻기 시작한 것은 19세기 초반 들어서였다. 특히 1823년 데이비스 길버트(Davies Gilbert)가 펴낸 『옛 크리스마스 캐럴들 : 영국 서부에서 불리던 가락과 함께(*Some Ancient Christmas Carols: With the Tunes to Which They Were Formerly Sung in the West of England*)』, 그리고 1833년 윌리엄 샌디스(William Sandys)의 『현대와 고전 크리스마스 캐럴(*Christmas Carols, Ancient and Modern*)』의 출판이 『크리스마스 캐럴』의 유행에 큰 영향을 미쳤다.

크리스마스에 관한 이야기 또한 마찬가지이다. 디킨스 이전에도 크리스마스에 관한 이야기를 그려낸 작가들은 있었다. 특히 미국을 대표하는 작가였던 워싱턴 어빙(Washington Irving)이 주목할 만하다. 그는 자신의 소설집 『귀공자 제프리 크레용의 스케치북(*The Sketch Book of Geoffrey Crayon, Gent*)』(1820)에 영국을 방문했을 때 경험했던 크리스마스와 관련된 이야기들을 담았다. 「크리스마스」, 「크리스마스 날」, 「크리스마스이브」, 「크리스마스 만찬」 등의 작품이 그것이다. 이들 작품에서 어빙은 풍성한 만찬과 함께 크리스마스를 축제처럼 즐기는 사람들의 모습을 그리면서 크리스마스의 의미를 되새겨 주었다.

크리스마스 자체에 대한 관심이 높아지자 크리스마스 캐럴과 크리스마스트리 등 크리스마스의 외형적 의식에 대한 관심도 함께 높아졌다. 거기에 빅토리아 시대의 번성하는 사회적 분위기가 더해져 풍성한 음식과 춤, 노래가 곁들여진 크리스마스의 축제 분위기가 더욱 강조되었다. 이런 축제의 분위기 속에 사람들은 종교적 축일로서 크리스마스의 의미도 함께 기억하면서 가난한 이들에 대해 관심을 갖고 가족 간의 사랑을 되새기는 계기로 삼기 시작했다.

저널리스트이자 극작가였던 더글러스 제럴드(Douglas Jerrold)의 에세이와 저널들은 크리스마스의 이러한 면모들을 잘 보여 주고 있다. 그는 크리스마스의 들뜬 풍요 속에 자칫 잊기 쉬운 가난한 이들에 대한 베풂을 강조하면서, 단순히 축제로서가 아니라 사람들의 개종과 변화와 관련이 있는 크리스마스의 의미를 상기시켰다.

디킨스는 『크리스마스 캐럴』 이전에도 이미 세 편의 크리스마스 관련 이야기를 썼는데, 이 이야기들 또한 위에서 언급한 경향을 반영하고 있다. 첫 번째 이야기는 1835년 『벨스 위클리 메신저(*Bell's Weekly Messenger*)』에 발표된 「크리스마스 축제들」이었다. 이 작품은 1836년에 「크리스마스 만찬」이라는 제목으로 『보즈의 스케치(*Sketches by Boz*)』에 발표되었다. 1836년 소설 『피크위크 문서』에 담긴 에피소드는 『크리스마스 캐럴』의 기본적인 틀이 이미 나타나 있다는 점에서 특히 주목된다. 이 에피소드에 등장하는 외롭고 인색한 교회지기인 가브리엘 그럽이라는 인물은 스크루지가 그랬던 것처럼 과거와 미래를 보여 주는 도깨비들의 방문을 받은 뒤 크리스마스에 새 사람이 된다.

이들 작품에서 나타나듯 디킨스의 크리스마스 이야기들은 이기적인 사람이 가난한 이들을 대하는 태도를 버리고 보다 동정적인 인간으로 변화함으로써 스스로를 속죄한다는 주제를 담고 있다.

『크리스마스 캐럴』 집필의 직접적 계기가 된 일화가 있다고 전해진다. 하나는 1843년 초 주석 광산 지역인 콘월 여행의 경험이었다. 그 여행에서 디킨스는 끔찍할 정도로 열악한 환경에서 노동하는 아동들의 실상에 엄청난 분노를 느꼈으며, 의회에서 발표한 어린이 고용 실태에 대한 2차 보고서를 통해 빈민층 아동 청소년들의 현실에 더 큰 충격을 받게 되었다. 이후 디킨스는 '빈곤 아동들을 대신해 영국 국민들에게 호소함'이라는 가제의 정치 팸플릿을 계획하고, 자신이 참여하는 모임에서 이 문제 해결을 위해 직접 연설을 하면서 빈민층 청소년 교육에 대한 관심을 호소한다. 하지만 그는 논쟁적인 정치 팸플릿과 에세이를 쓰는 것보다 더 많은 사람들에게 깊은 인상을 남길 수 있는 방법을 떠올렸는데, 크리스마스에 관한 이야기를 써서 사람들에게 읽도록 하는 것이었다. 그가 앞에서 언급한 2차 보고서 작성에 관여했던 네 명의 위원 가운데 한 명인 사우드우드 스미스 박사에게 보낸 다음과 같은 편지는 디킨스의 생각을 잘 보여준다.

> (내가 쓸 글은) 아마 내가 첫 번째로 계획했던 것(팸플릿 작성 – 옮긴이 주)보다 스무 배는 더 세게, 아니 이만 배는 더 세게 내려치는 쇠망치 같은 느낌을 틀림없이 느끼게 될 것입니다.

그의 말대로 『크리스마스 캐럴』은 그 어떤 정치적 언급이나 행동도 비교할 수 없는 강력하면서도 놀라운 결과를 가져왔다. 이 작품을 써내려갈 때 그가 경험한 영감의 강렬함이 어느 정도였는지는 이 작품이 불과 6주 만에 완성되었다는 사실로도 짐작이 된다. 그가 얼마나 이 작품에 몰두했는지는 다음과 같은 언급에서도 알 수 있다.

글을 쓰는 동안 디킨스는 울다가, 웃다가, 또 울면서 대단히 놀라울 정도로 흥분한 상태였다.

이렇게 흥분된 상태에서 하룻밤에 런던 거리를 20~30킬로미터 걸어 다니며 작품 구상에 몰두하며 쓴 『크리스마스 캐럴』은 단순히 크리스마스를 즐거운 축제의 날로 기념하는 이야기가 아니다. 독자들에게 경제적, 사회적 최하층에서 고군분투하는 빈곤 계층의 사람들에게 마음을 열고 실질적인 지원을 베풀어 주기를 권하는 글이며, 빈곤 계층의 가난을 모른 체할 경우 사회가 직면하게 될 위험성에 대한 경고문이기도 하다.

『크리스마스 캐럴』 이야기의 핵심은 인색하고 자기밖에 모르던 냉혹한 구두쇠 스크루지 영감의 변화이다. 스크루지는 유령들과 함께 과거에 자신이 겪었던 상처를 보고, 자신의 욕심과 이기심으로 인해 잃어버린 사랑을 대면하고, 타인의 아픔과 슬픔을 목격하고, 자신이 잊고 지내는 사람들의 행복한 감정과 선한 태도를 본다. 뿐만 아니라 죽은 자신을 두고 슬퍼하는 기색 없이 재산만을 탐내는 타인들의 모습을 보면서 스스로의 삶을 되돌아보는 기회도 갖는다.

그런 과정을 통해 스크루지가 자기밖에 모르던 인색한 인간에서 자선의 기회를 잃어버린 것을 후회하며, 타인을 동정하고 공감할 줄 아는 인간으로 바뀌는 모습이야말로 독자들에게 크리스마스에 담긴 본래의 의미를 되새기게 한다.

디킨스의 전기작가인 클레어 토말린(Claire Tomalin)은 『크리스마스 캐럴』은 "최악의 죄인이라도 죄를 뉘우치고 선한 사람이 될 수 있다."는 기독교적인 구원의 메시지를 담고 있는 우화라고 말했다.

그런 면에서 『크리스마스 캐럴』은 "캐럴에 관한 철학, 즐거운 관점, 거짓되고 유쾌한 심성에 대한 날카로운 해부, 그리고 행복한 가정과 벽난로를 떠오르게 하는 가슴 따뜻하고 너그럽고 즐겁고 유쾌한 모습"을 담고 있어서, "감동적인 웅변"을 통해 독자들에게 "숨길 수 없는 밝은 마음, 즐겁고 반짝이는 유머, 자애로운 박애 정신"을 느끼게 하면서, "웃고 울면서 손과 마음을 열어 기꺼이 자선을 행하"도록 하는 작품이라고 할 수 있다.

『크리스마스 캐럴』에 대한 다양한 평가가 있지만, 이 작품이 인간적 연민과 공감, 사회적 공동선의 추구와 개인의 변화를 위한 인간적 노력이라는 보편적 가치를 담고 있다고 찬사를 보내는 점에서는 대부분 비슷한 입장을 보인다.

시인 토머스 후드(Thomas Hood)는 자신의 일기에 "사회적 자애로움이라는 측면에서 사라질 위기에 처한 크리스마스를 이 책이 새롭게 살려 주었다."고 기록했다. "사회적 선에 기여할 수 있는 감동을 주도록 고안된 고귀한 책"이라는 마틴(Theodore Martin)의 평가도 있으며, 올리판트(Margaret Oliphant)는 "사람들을 더 선하게 만드는 새로운 복음서"라고 말했다. 이 가운데 디킨스와 동시대 작가이자 경쟁자였으며 디킨스 못지않은 명성을 누렸던 새커리의 다음과 같은 말이야말로 『크리스마스 캐럴』에 대한 가장 인상적인 평가라고 볼 수 있다.

이런 책을 두고 누가 반대할 수 있겠는가? 이 책은 국가적 이익이요, 이 책을 읽는 모든 이들에게는 개인적인 은혜를 베푸는 일이다.

알려진 것처럼 이 작품 이후 디킨스는 『크리스마스 책』이라 알려진 네 편의 크리스마스 관련 작품을 연이어 써 낸다. 『차임벨 소리(*The Chimes*)』(1844), 『벽난로 위의 귀뚜라미(*The Cricket on the Hearth*)』(1845), 『인생의 힘겨운 싸움(*The Battle of Life*)』(1846), 그리고 『귀신들린 사람과 유령의 거래(*The Haunted Man and the Ghost's Bargain*)』(1848) 등이 그 작품이다. 이 작품들은 「크리스마스 캐럴」만큼은 아니라도 모두 여전히 인기 있는 이야기들로서 사회적 문제들을 놓치지 않고 담고 있다.

『크리스마스 캐럴』을 포함한 디킨스의 이와 같은 『크리스마스 책』 편의 작품들이 미친 사회적 문화적 영향도 적지 않다. "메리 크리스마스"라는 인사는 크리스마스의 대표적인 표현이 되었고, 작품에 등장하는 "제길! 엉터리 같으니!(Bah! Humbug!)" 같은 표현도 일상적으로 사용되기 시작했다. 무엇보다 스크루지라는 이름은 인색한 구두쇠의 대명사가 되어 『옥스포드 영어사전』에도 수록되었다.

뿐만 아니라 이 작품은 크리스마스 자체를 즐기는 문화적 풍속에도 변화를 가져왔다. 19세기 초까지만 해도 도시와는 관련 없는 영국 시골의 풍습으로 여겨지던 크리스마스가 도시에서도 기념하는 휴일이 되는 데 이 작품이 중요한 기여를 했다. 이런 이유 때문인지 디킨스가 "사회적 화해라는 맥락 속에 경배와 축제를 결합시켰다."는 평가를 내리는 역사가도 있다.

1844년 초 『젠틀맨스 매거진』은 자선 활동의 부활이 이 작품 덕분이라고 언급하였고, 1874년 토머스 칼라일은 이 작품을 읽은 뒤 관대한 자선을 베풀게 되었다며 다른 이들의 자선을 촉구했다. 1867년 한 미국인 사업가는 이 작품의 낭독회에 참가한 뒤 감명을 받아 크리스마스 날에는 공장 문을 닫고 모든 종업원들에게 칠면조를 보내 주었다. 20세기 초반 노르웨이의 여왕은 몸이 불편한 런던의 어린이들에게 "꼬마 팀의 사랑을 담아"라는 문구와 함께 선물을 보냈다는 이야기도 전해진다.

"이 이야기가 보여 주는 아름다움과 축복은 스크루지와 그 주변에서 너무도 커다란 용광로 같은 행복으로 빛나 크리스마스의 유령들이 스크루지를 변화시켰던 아니건 간에 우리 자신들은 변화시킬 것이다."라는 작가 체스터턴(G. K. Chesterton)의 언급은 틀리지 않은 것 같다.

이 글의 작가 디킨스와 그가 창조해 낸 스크루지가 살던 19세기 영국 사회는 이미 오래전에 사라졌다. 더 이상 말리의 유령도 크리스마스의 세 유령도 출몰하지 않는 21세기의 세상에 우리는 살고 있다. 그러나 12월이 되면 어김없이 크리스마스는 돌아온다. 수많은 서기와 꼬맹이 팀과 프레드들이, 또 여전히 외롭고 가난한 수많은 이들이 크리스마스를 맞이한다. 그리고 어쩌면 그때보다 더 많은 스크루지들도 함께.

화가 반 고흐는 『크리스마스 캐럴』을 읽고 "그 안에 깃든 정신이 너무도 심오하니 모든 사람이 거듭 읽고 또 읽어야 한다"는 편지를 동생에게 보냈다. 이번 크리스마스에는 더 많은 사람들이 『크리스마스 캐럴』을 읽을 수 있도록, 그리하여 새 사람으로 바뀐 스크루지가 밖으로 달려 나가며 느꼈을 그 환희와 신선한 공기를 온 마음으로 느낄 수 있도록 "우리 모두에게 신의 축복이!"

# 크리스마스 캐럴의 기쁨이 있기를

맹문재

　　내가 찰스 디킨스의 『크리스마스 캐럴』을 번역한 시기는 우리나라가 국제통화기금(IMF)에 구제금융을 신청할 무렵이었다. 아이엠에프 사태, 아이엠에프 시대, 아이엠에프 위기, 아이엠에프 경제 위기, 아이엠에프 외환 위기 등의 용어가 연일 언론에 도배되는 상황이었듯이 동시대를 살아가는 사람들은 이루 말할 수 없는 고통을 겪었다.

　나는 그 모습을 보면서 『크리스마스 캐럴』을 번역해보고 싶다는 생각을 했다. 19세기 중엽 영국에서 디킨스가 겪은 상황과 20세기 말 한국에서 내가 겪는 상황이 같을 수 없지만, 사회적 약자들이 겪는 힘듦은 유사하다고 여긴 것이다. 디킨스는 영국의 음지에서 살아가는 사람들을 위해 『크리스마스 캐럴』뿐만 아니라 매년 1편씩 쓴 5편의 소설을 묶어 『크리스마스 책』을 간행했다. 크리스마스 날이라도 사람들이 난롯가에 모여 앉아 자신의 소설을 읽기를 기대한 것이다. 나는 디킨스의 그 의도를 받아들여 아이엠에프 사태에 무너지는 한국의 가정 역시 살아나길 희망했다.

『크리스마스 캐럴』을 비롯한 디킨스의 소설들은 그가 살아가던 시대와 사회를 반영한 산물이다. 디킨스는 빚을 갚지 못한 아버지가 감옥 생활을 할 정도로 경제적인 어려움으로 말미암아 아홉 살에 시작한 학업조차 그만둘 수밖에 없었다. 그 대신 구두약 제조 공장에서 일하거나 법률사무소 사환 노릇을 했다. 그와 같은 가난을 체험했기에 디킨스는 하층 빈민들의 고통과 비애를 잘 알고 있었고, 그들에게 사랑과 동정이 필요하다는 것도 인식했다. 그리하여 사회의 모순에서 야기된 빈민들의 소외와 아픔을 사랑으로 극복하려고 소설을 썼다.

디킨스가 살아가던 영국은 산업혁명으로 말미암아 엄청난 경제발전을 이루고 있었다. 그렇지만 겉모습이 화려했던 빅토리아 시대의 런던은 상상할 수 없을 정도 비참한 뒷모습을 숨기고 있었다. 빠른 속도로 성장한 도시는 빈곤, 실업, 저임금, 경쟁, 계층 갈등에 쫓기는 빈민들을 양산했다. 그리하여 디킨스는 지배계층의 사람들에게 인간성을 상실하고 비인간화된 도시 상황에 적극적으로 관심을 갖고 해결에 나설 것을 촉구했다.

디킨스가 추구한 사회의식에 나는 전적으로 공감했다. 1997년 12월 3일 국가 부도에 직면한 대한민국은 국제통화기금에 구제금융을 요청했다. 동남아시아 국가들의 외환 위기 상황을 보면서도 외환 관리를 제대로 하지 않았기 때문이다. 그리하여 많은 기업들과 은행들이 공중 분해되었고, 해고 노동자들이 거리에서 낙엽처럼 나뒹굴었다. 평생직장으로 삼고 일하던 노동자들이 하루아침에 해고되는 일이 다반사였고, 비정규직이며 구조조정 등의 용어가 자연스레 일상화되었다. 나는 『크리스마스 캐럴』을 통해 그들을 미약하나마 껴안고 싶었다.

디킨스의 소설들은 선과 악이 대립하는 구성으로 인물들이 등장하고 사건이 전개된다. 그런데 디킨스가 인식한 선과 악은 종교적인 대상이기보다는 『크리스마스 캐럴』에서 여실히 볼 수 있듯이 다른 사람에게 베풀 줄 모르고 자기 이익만을 챙기는 이기적인 사람들이 악이고, 그들에게 희생당하는 힘없는 사람들 혹은 그들을 사랑하고 배려하는 사람들이 선이다.

나는 번역을 끝냈지만 영국 소설을 전공하지 않았기 때문에 출간에 자신이 없었다. 그리하여 좀 더 보충해야겠다고 생각하고 번역한 원고를 책상 서랍에 넣어두었다. 그런데 살아가는 일에 쫓기다 보니 어느덧 20년이 흘렀다. 그동안 출간하고 싶은 마음이 여러 차례 들었지만, 시간을 전적으로 내기가 어려웠다. 그러다가 2018년 6월 23일 나의 장모님인 조덕구 어른께서 돌아가시어 조문 온 여국현 시인과 이런저런 이야기를 나누다가 의기투합했다. 그리하여 여국현 시인이 소설 전체를 감수하고 작품 해설을 달았으며 작가 연보도 마련했다. 번역 수준이 어떨지 모르겠지만 나의 의도가 잘 전해지길 기대한다. 독자들에게도, 나와 여국현 시인에게도, 그리고 세상의 선한 사람들에게도 『크리스마스 캐럴』의 기쁨이 있기를 감사한 마음으로 희망한다.

■■ 1812년 2월 7일 영국 포츠머스(Portsmouth)에서 존과 엘리자베스 디킨스
(John & Elizabeth Dickens)의 둘째 아들로 태어났다. 본명은 찰스 존 허팸
디킨스(Charles John Huffam Dickens). 부친을 따라 몇몇 곳을 이사 다니다
가 1816년부터 채텀(Chatham)에 정착해 어린 시절을 보낸다.

■■ 1822년 부친이 런던 해군본부로 발령을 받으면서 런던에 정착했다. 아홉
살 되던 1821년부터 학업을 시작하지만 2년 뒤 부친이 안게 된 과도한
부채로 인해 학업은 중단된다.

■■ 1824년 2월 디킨스의 부친이 부채를 변제하지 않았다는 죄목으로 3개월
간 감옥에 가게 되면서 가족은 더욱 어려움을 겪는다. 그동안 디킨스는
구두약 제조공장에서 주급 6실링을 받으며 하루 10시간씩 일을 한다. 같
은 해 6월 웰링턴 하우스 아카데미(Wellington House Academy)에서 학업
을 재개하여 1827년 3월까지 다닌다. 같은 해 5월 법률사무소의 사환으
로 일을 하면서 틈틈이 속기를 배운다.

■■ 1828년부터 리포터였던 먼 친척 토머스 찰턴(Thomas Charlton)의 영향으
로 런던의 몇몇 신문사에 기사를 송고하는 프리랜서 리포터 생활을 경험
한다.

- 1830년 마리아 비드넬(Maria Beadnell)이라는 여성과 사랑에 빠진다. 그러나 디킨스를 탐탁하게 여기지 않은 그녀의 부모는 딸을 파리의 학교로 보내 디킨스로부터 떼어놓는다. 1833년 4월 세 편의 아마추어 연극을 연출하면서 연출가로서 활동을 시작하지만, 마리아와는 결국 헤어진다.

- 1832년 스무 살이 된 디킨스는 코벤트 가든(Covent Garden)의 배우 오디션에 참가하지만 감기 때문에 오디션을 놓친다.

- 1833년 12월 첫 단편소설인 「포플러 산책길에서의 만찬(A Dinner at Poplar Walk)」을 『올드 먼슬리 매거진(Old Monthly Magazine)』에 익명으로 게재한 뒤 몇몇 잡지에 단편들을 발표하면서 본격적으로 소설가의 길을 걷기 시작한다.

- 1834년 9월 『더 모닝 크로니클(the Morning Chronicles)』 편집진의 추천으로 짧은 관찰 글인 「거리 스케치(Street Sketches)」를 집필한다. 1836년 2월 『보즈의 스케치(Sketches by Boz)』와 『피크위크 문서(The Pickwick Papers)』를 출간한다.

- 1836년 4월 2일 『더 모닝 크로니클』지에서 함께 일하던 동료의 딸인 캐서린 호가스(Catherine Hogarth)와 결혼한다.

- 1837년 2월 첫 연재소설인 『올리버 트위스트(Oliver Twist)』를 『벤틀리 문집(Bentley's Miscellany)』에 게재하기 시작한다. 2년 동안 집필한 뒤 1838년 단행본으로 출간한다.

- 1839년 『니콜라스 니클비(Nicholas Nickleby)』의 연재를 시작하고 1838년 단행본으로 출간한다.

- 1840년 『옛 골동품 가게(The Old Curiosity Shop)』와 『바너비 러지(Barnaby Rudge)』를 자신이 편집자로 있던 『험프리 경의 시계(Master Humphrey's Clock)』에 연재한 후 1841년 단행본으로 출간한다.

- 1842년 아내와 함께 미국과 캐나다 여행을 다녀온다. 이때의 인상을 담은 여행기 『미국 여행 노트(*American Notes for General Circulation*)』를 발표한다.

- 1843년 『크리스마스 캐럴(*A Christmas Carol*)』을 출간하고, 『마틴 처즐위트의 생애와 모험(*The Life and Adventures of Martin Chuzzlewit*)』을 연재한 후 1844년 출간한다.

- 1844년 이탈리아를 여행하고, 1845년 진보 신문인 『데일리 뉴스(*Daily News*)』의 편집장을 맡지만 10주 뒤 사임한다.

- 1846년 스위스를 여행하고 파리에서 지내다가 돌아온다. 스위스 여행 중 『돔베이와 아들(*Dombey and Son*)』을 연재하기 시작한다.

- 1847년 불우한 여성들을 위한 쉼터인 '우라니아의 집(Urania Cottage)'을 설립하여 10년 동안 운영한다.

- 1849년 5월 자서전적인 소설이자 대표작 가운데 한 편인 『데이비드 카퍼필드(David Copperfield)』를 연재하기 시작하여 1850년 단행본으로 출간한다.

- 1850년부터 1859년까지 『하우스홀드 워즈(*Households Words*)』의 출판인이자 편집자, 기고자로 활동한다.

- 1851년 11월 타비스톡 하우스로 이사한다. 그곳에서 『황량한 집(*Bleak House*)』, 『어려운 시절(*Hard Times*)』, 『리틀 도릿(*Little Dorrit*)』 등의 작품을 쓴다.

- 1854년 대표작 가운데 한 편인 『어려운 시절(*Hard Times*)』을 연재 후 출간한다.

- 1857년 자신과 윌키 콜린스의 공동 극작인 〈얼어붙은 대양(*The Frozen Deep*)〉에 출연한 여배우 엘렌 넬리 터난(Ellen Nelly Ternan)과 사랑에 빠진

다. 당시 열여덟 살이었던 그녀와 디킨스는 이후 평생 동안 연인 관계를 유지한다. 그로 인해 아내인 캐서린과 이듬해부터 별거에 들어간다.

- ▪ 1857년 12월 『리틀 도릿(*Little Dorrit*)』을 연재한다. 1859년 4월 『두 도시 이야기(*A Tale of Two Cities*)』를 자신이 편집자로 있던 『한 해 내내(*All the Year Round*)』에 연재하고 출간한다. 1858년부터 1870년까지 『한 해 내내』의 발행인을 맡는다.

- ▪ 1860년 대표작 가운데 한 편이자 널리 알려진 작품인 『위대한 유산(*Great Expectations*)』을 쓰기 시작하여 1861년 출간한다.

- ▪ 1865년 7월 파리 여행에서 돌아오던 중 열차 사고를 당하다. 이 사고를 제재로 단편 유령 이야기인 「신호수(The Signal Man)」를 쓴다. 11월 마지막 장편소설인 『우리 서로의 친구(*Our Mutual Friend*)』를 완성하고 출간하다.

- ▪ 1867년 11월 두 번째 미국 여행을 떠나 에머슨(R.W. Emerson), 롱펠로 (H.W. Longfellow), 그리고 자신의 작품 편집인이었던 제임스 필즈(James Thomas Fields)를 만난다. 이 방문 동안 건강이 좋지 않음에도 불구하고 보스턴과 뉴욕을 오가며 76회의 낭독회를 갖는다.

- ▪ 1868년부터 1869년 사이 디킨스는 잉글랜드, 스코틀랜드, 아일랜드를 순회하며 90여 회에 가까운 '고별 낭독회'를 갖는다.

- ▪ 1870년 6월 8일 12편으로 기획한 『에드윈 드루드의 미스터리(*The Mystery of Edwin Drood*)』의 원고를 쓰던 중 심장마비로 숨을 거두다. 이 작품은 6 편만 완성되고 나머지는 미완으로 남게 된다. 런던의 웨스트민스터 대성당에 안장되다. 그의 나이 58세였다.